叶珍

走向世界的中国作家

你的世界之外

叶弥 著

文化发展出版社
Cultural Development Press

图书在版编目（CIP）数据

你的世界之外/叶弥著.—北京：文化发展出版社，2020.8

ISBN 978-7-5142-2972-1

Ⅰ.①你… Ⅱ.①叶… Ⅲ.①短篇小说－小说集－中国－当代 Ⅳ.①I247.7

中国版本图书馆CIP数据核字(2020)第126786号

你的世界之外 NI DE SHIJIE ZHI WAI

叶弥 著

出 版 人：武　赫
策划编辑：肖贵平
责任编辑：周　蕾
责任校对：岳智勇
责任印制：杨　骏
封面设计：郭　阳
排版设计：辰征·文化

出版发行：文化发展出版社（北京市翠微路2号　邮编：100036）
网　　址：www.wenhuafazhan.com
经　　销：各地新华书店
印　　刷：天津嘉恒印务有限公司
开　　本：880mm×1230mm　1/32
字　　数：225千字
印　　张：9.75
版　　次：2020年9月第1版　2020年9月第1次印刷
定　　价：68.00元
ＩＳＢＮ：978-7-5142-2972-1

◆ 如发现任何质量问题请与我社发行部联系。发行部电话：010-88275710

"走向世界的中国作家"文库
编辑委员会

主 编

野 莽

成 员

(以姓氏笔画为序)

王池英（美）	立松升一（日）	吕　华
安博兰（法）	许金龙	周大新
贾平凹	野　莽	

不仅是为了纪念

——"走向世界的中国作家"文库总序

野荞

在一切都趋于商业化的今天，真正的文学已经不再具有二十世纪八十年代的神话般的魅力，所有以经济利益为目标的文化团队与个体，像日光灯下的脱衣舞者表演到了最后，无须让好看的羽衣霓裳作任何的掩饰，因为再好看的东西也莫过于货币的图案。所谓的文学书籍虽然也仍在零星地出版着，却多半只是在文学的旗帜下，以新奇重大的事件，冠以惊心动魄的书名，摆在书店的入口处，引诱对文学一知半解的人。

这套文库的出版者则能打破业内对于经济利益的最高追求，尝试着出版一套既是典藏也是桥梁的书，为此做好了经受些许经济风险的准备。我告诉他们，风险不止于此，还得准备接受来自作者的误会，此项计划在实施的过程中不免会遭遇意外。

受邀担任这套文库的主编对我而言，简单得就好比将多年前已备好的课复诵一遍，依照出版者的原始设计，一是把新时期以来中国作家被翻译到国外的，重要和发生影响的长篇以下的小说，以母语的形式再次集中出版，作为中国当代文学的经典收藏；二是精选这些作家尚未出境的新作，出版之后推荐给国外的翻译家和出版家。入选作家的年龄不限，年代不限，在国内文学圈中的排名不限,作品的风格和流派不限,陆续而分期分批地进入文库,每位作者的每本容量为十五万字左右。就我过去的阅读积累,我可以闭上眼睛念出一大片在国内外已被认知的作品及其作者的名字,以及这些作者还未被翻译的本世纪的新作。

有了这个文库,除为国内的文学读者提供怀旧、收藏和跟踪阅读的机会,也的确还能为世界文学的交流起到一定的媒介作用,尤其国外的翻译出版者,可以省去很多在汪洋大海中盲目打捞的精力和时间。为此我向这个大型文库的编委会提议,在编辑出版家外增加国内的著名作家、著名翻译家,以及国外的汉学家、翻译家和出版家,希望大家共同关心和参与文库的遴选工作,荟萃各方专家的智慧,尽可能少地遗漏一些重要的作家和作品,这个方法自然比所谓的慧眼独具要科学和公正得多。

遗漏总会有的,但或许是因为其他障碍所致,譬如出版社的版权专有,作家的版税标准,等等。为了实现文库的预期目的,在全书的编辑出版过程中,出版者会力所能及地逐步解决那些障碍,在此我对他们的倾情付出表示敬意。

2018年5月12日改于竹影居

目　录

雪花禅 / 1

文家的帽子 / 16

金玉满堂 / 52

天鹅绒 / 68

公民的兵法 / 84

逃票 / 101

亲人 / 130

有一种人生叫与世隔绝 / 146

桃花渡 / 164

你的世界之外 / 180

现在 / 192

花码头一夜风雪 / 237

另类报告 / 250

拈花桥 / 272

叶弥小说的腔调　/　293

叶弥创作年表　/　300

雪花禅

男人要把每一个地方都变成战场，连社交界都不例外。但是真的战争来了，何文涧要逃到西安。

世道这么乱，他要去西安的消息一传，还是有数不清的人冒着日本飞机轰炸的危险前来告别。吴郭人对他的尊敬，就在告别中。昨天，忙乱中，不知谁把一个条幅挂在他书房外面，写着：

你走了，城就空了。

何文涧见此条幅，流了泪。他知道这句话的凶狠。吴郭在上海边上，上海昨天沦陷，吴郭也快了。他现在要逃命。

这几天，说不尽的依依惜别，把何文涧搞得心力交瘁。何文涧不喜欢死亡，不喜欢告别。喜欢在自己的土地上，自由快乐、风花雪月。

所以，你看：何家的马厩里，养着两匹高头大马，时不时地喷出威武鼻息。院子里的喷水池边，停着吴郭第一辆小轿车，车夫是上海雇来的。两辆自行车，时常亮闪闪地倚靠在假山边上。何家的大门口，永远停着一辆黄包车，拉车的小江，也是何家的花工。后院子里，放着一乘四人抬的小轿子，何文涧的父亲用过的。除了骑马，有时候，何文涧也会坐上小轿子出游，轿边走着几个盛装丫鬟，有时都穿旗袍，有时全穿洋装。全吴郭，只有他喜欢这样玩。

何宅后门口的私人码头上,停着他的画船。为了这画船,他用了两位厨师,一位点心师父,一位烧菜师父。明月皎皎的夜晚,叫上三五好友,摇着橹,师父做菜,丫头上酒,他们吃着绿豆糕,沿着碧清的小河悄悄滑行。沿河人家的后院子里,常有桂花、玉兰花、栀子花、金银花、玫瑰花。花香徐来,晚风轻拂,赏天上的月亮和沿河的灯。

他会玩的还不止这些。家里两间大屋子,一间放他的行头和琴、筝、鼓、弦、琵琶各色乐器,他演唱京戏、昆剧、越剧时,用得着。他也自编自演时尚的话剧。另一间大房子放他喜欢的古董、书籍和纸砚笔墨,供他在这里写字绘画,研究金石。宣纸旁边,放着名贵的莱卡照相机,柯达的镜头。全吴郭城找不到第二架这种相机。他拍下他的妻女和丫鬟的姿容。

去西安前夕,光景撩人,满院子的蜡梅一朝开放,走在浓重的香气里,像穿了一件香气的外套。

现在,他要与这些风趣甜美的生活告别了。他要做的事,是逃命。昨夜,他是哭泣着入睡的。

清早起身,焚香,香是藏香。洗脸,擦脸的丝巾上滴了自制的玫瑰露。然后,喝了半小碗厨房里做的桃胶蜂浆桂花水。早点是茯苓粥、虾干拌香芹菜、桂花腌茄干。这些东西都拿到书房里吃着,仆人阿进报告,门口来了一些学生,他们要求何先生与吴郭城共存亡。

何文涧听了,半晌才说:"存是可以的,亡?我还没做好思想准备。即使我思想做好了准备,我的肉体怕也不答应。"

阿进说:"我怎么回他们?"

何文涧说:"你去告诉他们,人有生存的权利,只要不妨碍他人。人也是自由的,只要不犯法,不当汉奸,做什么,他人不得干涉。"

阿进说:"老爷说的话,学问太高。恐怕我还没到门口就忘记了。"

他到大门口,对门口的人说:"都回吧,我们老爷说了,树倒猢狲散,大家逃命去吧。"

刚说完,他额头上吃了一块石头,回过神来,学生们早跑了,面前站着一个人,定睛一看,是何文涧最喜爱的学生潘新北的叔叔。便叫了一声:"潘叔叔有什么事?"

潘叔叔说:"让你见笑了,我知道何先生要走,来要些他不要的东西。"

阿进说:"你个不要脸的东西,我家里没有不要的东西。我早就说你不是个好人,你要是个好人,也不会不养新北,把他从小抛在花神庙里。等到我家老爷资助你们新北读书成才,你倒上门来拉拉扯扯的,好意思吗?"

潘叔叔说:"不是我不养他,我养不起他。只怪他自己命苦,六岁就失了父母。我自己也有四个小人要养。"

他说着话,袖子里掏出一块大石卵,说:"最近时局太乱,我出门总带一样东西防身用,你快进去和老爷说,不然我也请你吃一记石头。"

阿进进去对何文涧说:"潘叔叔来了,他知道我家要走,来要点东西。"

何文涧听后笑了一声,说:"他好久不上门来了,一定不是光要东西。你让他进来吧。"

潘叔叔走进书房，看见何文涧吃剩的桂花腌茄干，说："口水都流下来了，何先生赏给我吃吧。"一手抓了就吃。

何文涧不喜欢他的吃相，转脸看墙上挂的一幅唐伯虎字画，问他："你要什么？"

潘叔叔说："先生把那带不走的吃饭桌子赏我一张，我一家老小每天要在吃饭的桌子上聚拢两次，我想有一张好桌子。"

何文涧吃饭用的桌子都是讲究的，他正踌躇间，潘叔叔又说："先生要是舍不得，那就把后花园里那棵大梓树给了我吧，我自己做一个吃饭桌子。先生这回不要推三阻四的，兵荒马乱的，你园子里的树迟早都要砍了做枪把子。"

何文涧笑起来，说："我才没有推三阻四的。这棵梓树你拿去吧，但是你要告诉我，人人都在慌忙，为什么你倒不慌不忙地要添新桌子？"

潘叔叔跪下叩个头，不起来，说："何先生真是一个聪明人。我就把话都说了吧。阿进，你出去，站在这里碍手碍脚的。"

阿进出去了。潘叔叔站起来说："何老爷，我临街的两间房子卖给日本人竹下四郎开了太久产业公司——这件事你是知道的。今年春上他关了门，撤回日本了。前几天又悄悄回来了，还带着一个日本男青年。和我说了好多话，主要就是人要识时务。他叫我和你说，不要走，留下与日本人一起建立大东亚王道乐土。"

何文涧说："哦，你做汉奸了。这么说，这城里现在就有好多日本人的眼线了？难道我离开吴郭，日本人就会杀了我？"

潘叔叔说："四郎给我透过一个消息，说住在吴门桥的杨荫榆，也是留学过日本的，但现在对日本的大东亚理念没有一点理解，还在报纸上一直乱说话。这种人恐怕没有好下场。你是个有趣谦和的人，我家新北又受了你那么大的恩，有我在，他们不敢对你怎样。你要走就悄悄地走吧，哈哈，你要不走，我怎么拿到梓树呢？"

何文涧说："章太炎以前对我说过一句话，小城市的人，反而自大。"

潘叔叔说："自大总比自小好。自小了，没人看得上。"

何文涧问："日本人答应给你什么好处？"

潘叔叔说："一开始不能谈好处，要走着瞧的。我是这么想的，人往高处走，水往低处流，人家现在强势，英国老强盗都拿他没办法，美国人有《中立协议》，也是怕他的意思。我们就得倚靠他。何先生，你和我们草民不一样，日本人说了，你要合作，有大大的好处。"

何文涧低下头冷笑了一声，喝了一口茶，说："日本人，只会打仗杀人而已。给我好处？配吗？"

潘叔叔说："反正我把话带到了。唉，我也是没办法，被四郎这鬼东西逼得苦了。我走啦，要去镶个金牙，早就想镶了。哈，祝你一路顺风。"

何文涧坐着发呆，想哭，又哭不出，心里十分难受。忽然听得门外一片喧嚣，阿进跑进来，惨白着小尖脸说："潘叔叔刚出大门就被人捅死在街上了……有人看见是潘新北叫住潘叔叔说话，然后边上就窜出一个人，朝他后脖子、后腰、后背，扎了十几刀。……梓树拿不走了。"

何文涧问："那潘新北呢？"

阿进说："潘叔叔一倒地，他就走了。"

雪花禅　5

书房门口，汉白玉台阶下，有人说："何先生，我来了。"
正是潘新北。

何文涧最好的学生潘新北，六岁时父母双亡，一个月里轮流去亲戚家里乞饭，寄住在花神庙里，给庙里做些事情。八岁时碰到了去花神庙祭花神的何文涧，见他聪明伶俐，就资助他读了书，上了大学。他长得貌不惊人，瘦小干枯，阳光下，却是一身凛冽，寒气逼人。何文涧看见这许久不见的人，忽然丝丝胆怯漫遍全身。他对阿进说，不要让他进来，他身上有冷气，我正头疼呢。你让他去隔壁待着，给他上茶。有话你替我们来回传吧。

以下是阿进来回穿梭，传送的语言：

潘新北说："请阿进告诉我老师，不要走，留下来，为家乡父老做个表率。"

何文涧说："阿进，你去问问他，我听说上海、北平都有了除奸队，他是不是除奸队的？"

潘新北说："我们有一些人，是自己组织起来的队伍。日本人已经在吴郭暗杀了，所以我们也开始暗杀。"

何文涧说："阿进，你去问问他，杀自己的叔叔，怎样下手？"

潘新北说："白刀子进去，红刀子出来，在裤腿上擦擦血。"

何文涧说："裤腿上擦擦？……乡下人的习惯，不可想象。"

阿进去告诉潘新北："裤腿上擦擦，不卫生，不管是乡下人还是城里人，都不可以这样。"

几个来回过后，阿进告诉何文涧："姓潘的忍不住，嘴里不干不净的，什么文天祥、辛弃疾……"

何文涧挥挥手说:"随他骂去,不要管他,只管给他茶杯里续水。他爹娘死得早,在世上六亲无靠,平时除了学习,没有什么爱好兴趣。对于这个世界,他没有什么留恋,不怕死,要做英雄。"

阿进去了隔壁好一阵子才出来,回来说:"他把茶杯推在地上砸破了,还把嘴咬破了,故意吐出一口血在白墙上……"

何文涧说:"城未沦陷,血已满地。"

阿进说:"哟,我忘记说了,他还说起以前住在艺圃的文震亨老爷。"

何文涧说:"文震亨是我学不来的,那么风花雪月的一个人,竟然为了'忠义'二字投河自杀。但是各人有各人的自由,他有死的自由,我有活的自由。"

珠帘一动,潘新北走了进来,说:"老师怎么这样没骨气?别人打上门来,屁都不放一个,还说什么自由?"

何文涧说:"我现在,活着比死难,谁都要我死啊。"

潘新北说:"只要老师带头抗日,就是我们的大英雄。虽死犹荣。"

何文涧站起来拍了桌子,吼道:"书生不是用来打仗的!"

潘新北却也执拗,走上来也拍了桌子问道:"那书生是用来干什么的?难道等着以后每天向日本天皇的画像三鞠躬?"

何文涧说:"书生是用来传道授业和风花雪月的,外邦皇帝想让我鞠躬,也不是那么容易。"

潘新北说:"说来说去一句话,你就是贪生怕死。"

何文涧骂道:"小猢狲,我贪生,干你屁事!"

潘新北几步跳到院子里,转过身回骂道:"我骂你一声他妈的。姓何的，你走着瞧！"

何文涧想起小时候的一件事，与死亡有关的一件事，风花雪月的日子一路过来，他几乎忘了这件事。

他五岁的时候，有一天夜里，与丫鬟们淘气，奔出大门外。十分安静的冬夜，仿佛听得见树上鸟儿的梦语。大门外，隔着一条石板路，无声无息地流淌着绕城河水，上弦月剪纸一般缀在高空。就在河里，突然有一处明亮起来，明亮的地方，下着鹅毛大雪，从天上接到河面，就如万花筒里转着的花朵一般。这一处孤零零的飘雪分外吸引着他，他张开双手，慢慢地走过去，越走越近，手几乎要摸到雪花了。阿进的父亲，何家的忠心老仆人，第一个从门里冲出来，看见何文涧穿着棉袄飘在河里，风车一样打转，双手在天空里抓着什么。他脱下鞋子就朝河里扔去，喝道："哪个恶鬼在这里撒野？走开！"

以后，每年的第一场落雪，何文涧的奶奶就要带着他去大弯山的念念寺，祖孙两代坐在雪地里念经文，祈福消灾，还要施饭施衣，为菩萨重塑金身。

何文涧十岁时，奶奶去世。他那时已经显露出自由快乐的心性，说什么也不去念念寺了。后来，他又去了。因为他听说，念念寺里有一样与众不同的洗浴，大弯山上长满野蜡梅，每年蜡梅花开放，寺里都要收集花瓣，加上没见阳光的山泉水，压紧了，一起封存在陶器里，埋在山洞里，隔年天寒时拿出来，舀一勺子放在浴桶里洗浴。皮肤干燥的，无光的，洗了以后就变得光滑细柔。更有香喷喷的味道，几日不散。所以，每年冬天一到，何文涧三天两头都要去寺里洗蜡梅花浴，给寺里的供养也比平时多了一倍。

今天想起念念寺，不是洗浴，是要去祈福求生。

他看看天，太阳不见了，阴云满布，风也慢慢地起来了。看来吴郭要下今年的第一场雪。他关照了阿进，让家里人按他的布置继续收拾东西，他一个人开了汽车去找娜拉，明天要走，天各一方，也许就是永别了。他要与娜拉一同去念念寺。

潘新北是何文涧最好的学生，娜拉是他最好的女人。

最好的女人，总是不在身边的那个，是想见才见的那个。何文涧二十五岁那年收留了娜拉，把她安置在三状元弄里一处名叫冷香苑的小园子里。娜拉那时不叫娜拉，叫王小兰，和母亲在街上乞讨，六岁，现在她十六岁。

娜拉在冷香苑里长大，何文涧让她听古筝，从早听到晚，据说古筝的声音有让人高贵的力量，使人沉稳安静。娜拉听了五年，听得像块冷冷的木头，不言不语，几天也没有一句话。何文涧只得换了周璇的歌让她听。周璇这年十二岁，发行了她的首张唱片《特别快车》，何等天真，又何等风情。娜拉与她差不多年纪，一听就领悟了，从此她也是既天真又风情。又有一件怪事，她身在深闺，不知道从什么地方学来一口脏话，因为不以为脏，一高兴，就挂在嘴边上说，譬如说："何文涧，你来了？你妈妈的，多少天不来了？"

娜拉的妈妈解释说，她是从后窗走过的卖鱼娘娘那里学来的。

何文涧倒是不以为怪，非但不怪，心里还暗暗叫好。美人不会骂人，就像玫瑰没有刺，终究缺乏真味。

街上反战的传单四处飘，却没有人，一片凄凉。

今天他去，娜拉说："你好久不来了，太阳从西边出来了？你个杀千刀的。"

何文涧说:"你看现在天上还有什么太阳,乌沉沉的,怕要下雪了。你陪我去念念寺做个雪花禅,好不好?"

窗外有几个女人的头一探而没,他起了疑心,走出去一看,一群女人,一个也不认识,见了他,四散躲藏。

他正想问娜拉,娜拉却一把扯起他的袖子,一路拉着他,把他朝大门外面推,说:"我明天一早也要走。跟的是吴郭电影制片厂的老板老刘,他死了老婆,他要娶我的。这些人是他上海、宁波赶过来的亲戚,住在我这里。"

何文涧着急说:"我没法带你走,不是我的意思,你知道的。"

娜拉说:"说什么废话?大家各自逃命去吧。我不怪你,你也别怪我。人人都有生活的自由。我就是为生活当了婊子,你也怪不得我的。他娘的。"

何文涧扶着大门,一只脚在里,一只脚在外,叹气说:"你把我的一套全学上了。我要是不显得大方,那就是自己打自己的耳光。"

大门被娜拉用力地关上,她在里面,叽叽呱呱地说着一连串没法记述的脏话,表达她展翅高飞的心情。

何文涧站在门外,脑子里涌起一笔笔旧账,什么时候整修冷香苑花了多少,什么时候添置大量家具,花了多少,养了她十年,请了多少先生,教古琴的、教古筝的、教字画笔墨的、教女红的……很快他就明白,他不是心疼钱,最主要的问题是,娜拉是个处女,他还没来得及享用她。

日本人破坏了无数风花雪月的事。

他想,算了,只要留得命在,风花雪月,后会有期。易卜生的娜拉，留不住。我的娜拉，凭什么留住她？

他再次回头看了一眼紧闭的大门，说了一句："别了，我的小娜拉！"

走过一队游行队伍，凄冷的街道有点热闹起来。群众是要聚在一起做点什么的，以便发散多余能量，造反、战争、舞会、看热闹……都是发散能量的形式。枪杆子面前的游行示威，终究是一个高发散能量等级，从队伍里的每一张涨红的脸都能看出这一点。

游行队伍从他面前走过，有人交头接耳说："看，这是何文涧……他当逃兵……"立刻，队伍里嗡嗡地冒出一些词：民族、危亡、命运、战斗、宁死不屈……一个声音突然刺耳地从嗡嗡声里响起来："兄弟姐妹们，上前打死他，防止他去做了汉奸。"

何文涧抖着手，急忙发动汽车，逃离这条街道，他浑身汗津津的，愈加想念念念寺的蜡梅花浴。拐弯时回头一看，身后的街道空空荡荡，一个人也没有。他不禁如此想，历史的长河中，他，何文涧，不过是一只偷生蝼蚁，人畜无害，怎么会有人大动干戈取他性命？他怀疑刚才那一幕是不是错觉。

念念寺前，两位在湖边挑水的小和尚正在玩耍，一个叫寂欢，一个叫寂行，哧哧地笑着，拿手里的茅草逗地上的蚂蚁。

看见何文涧走过来，寂欢说："何老爷来得巧了，前天刚收的蜡梅花，晒了一天太阳，昨晚上用泉水浸了一夜，花油已经渗出来，还没存进洞里，正好趁着新鲜花油洗一洗身子。"

何文涧说："两位小师父好兴致，兵火快烧到鼻子上了，还在玩蚂蚁？"

雪花禅　11

寂行说:"你不是也好心情吗?兵火烧到屁股上了,还上山洗花浴。"

寂欢推了寂行一把,扔下手里的茅草说:"我们大前天听说,日本人不毁寺庙,所以才放下心来,大家玩玩。何先生要洗花浴,我们两个就多挑些水吧。"

念念寺的住持背月和尚与灵岩山的印光法师来往得多,印光法师写了一个"死"字,贴在自己的卧房里,也给背月和尚写了一个"死",背月把这个字贴在卧房边上的书屋里。

念念寺香火很盛,吴郭人都说背月通神,是半仙。

两人见了,便去书房磨墨写字,一边写,一边重温两人第一次见面的情景,何文涧那时才五岁,穿的戴的,说的什么话,背月记得清清楚楚。何文涧写了一个大大的"生",换下印光写的"死"字。背月也不反对,只是微笑。两人的关系很是奇特,何文涧父亲死得早,他是把背月当父亲的,却不尊重背月,在这里,他想发火就发火,想骂人就骂人,有一次在山下受了气,上了山,冲着背月发脾气,把经书砸到背月的秃头上,砸了一个包。背月还是笑微微的。何文涧上课的时候,对学生说过,只有在背月的身边,他才感到彻底的自由,他希望老死的时候,是在念念寺。

何文涧说:"想活,都那么难。"

他扔下毛笔,跪在背月脚下说:"我心里害怕,这些天,总是心闷,出气多,进气少,走路脚飘,像踩着棉花一样。"

背月也不扶他,只安静地写字,嘴里说:"世上一切全是幻境,生与死,全是造化弄人。其实世上无生无死。生就是死,死就是生。参不透'生死'二字,一生苦恼。"

何文涧气愤愤地站起来指着他说:"这个时候你还说这种空话?让你现在就死,你舍得吗?"

背月笑起来。

寂欢走进来问道:"何先生是先洗澡还是先吃饭?"

何文涧说:"先洗澡吧,给我多放些蜡梅花油。"

他抬头一看,见外面的天空上飘起了零星雪花,今天的雪花飘落得分外缓慢,就似无比留恋天空、不忍与天分离的模样。何文涧只看了一眼,眼角就有泪花涌出,说:"我先去雪地里坐一会,诵一诵大悲咒。诵完了再洗澡。我想起中午饭也没吃,到现在也不饿,游魂一样。人要是不知饥饿,生活乐趣起码少了一半。"

窗外走过一位女子,何文涧想也不想地叫她:"娜拉,快进来,外面有些冷。"

寂欢说:"外面没有人。"

何文涧推开窗一看,果然没人走过。他笑了一声说:"这两天,当真累坏了。"

背月还在写字,头也不抬地说:"你就念心经吧。不停地念,就有放下之念。人一想放下,就舒服了。"

寂欢一手拿着蒲团,一手把何文涧扶到寺庙东边的一块巨石上坐下,说:"何先生,要是雪大,就回屋来吧。"

这雪一直没有下大,但也一直不停,稀稀落落地,慵懒颓废地飘荡,何文涧闭上眼睛,带着眼角边的一滴泪花,开始诵心经。梅香扑鼻,天寂静,地空远,他在诵经声里颤抖,知道自己对死的恐惧有多深。

枪声在山下响起,难民携儿扶老,从山下涌入寺庙,寺庙里所

雪花禅　13

有的屋子都亮起了烛光。上山的一条道，密密地行走出一条人龙，这条手无寸铁的龙寻求看不见的佛法庇佑。

何文涧在巨石上就如入定，纹丝不动，气息羸弱，对枪声和人声充耳不闻，口中的诵经也不知不觉换成他平时酷爱的风月诗句，柳永和杜牧，他们的诗句才是他的心头之爱，才能在此时与他融为一体。

不知过了多久，寺里的烛光一个一个地熄了大半，上山来的小石道空无一人，雪也在地上积了起来。寂静中有一支蜡烛微光踏雪而来，是寂欢和寂行。他俩走过来，把何文涧推倒在地，把他抬到洗浴的地方。

何文涧坐了许久，身体已经僵硬，不能言语，他的头歪在一边，眼睛看着地上，烛光一路照着地上的杂物，有小孩子的一只布鞋，女人的发带，扁担，绑腿，破碎的碗，一本小学课本……说不尽的狼狈。他叹了一口气，他不喜欢看这些东西，他的眼睛专为美丽的东西而生。

洗浴处热气腾腾，蜡光通明。两个人抬起何文涧，扑通一声把他扔到浴桶里。何文涧在香喷喷的热水里很快就暖和了，身体也柔软下来，只是还不能说话。这时，背月和尚走了进来，笑着说："你为了求生，差点把自己冻死。既然你这么执着，我把你的三魂七魄封存可好？封到岁月太平，你自然会醒过来。"

何文涧想，人都说这和尚有大神通，果然是的。于是在木桶里面露欣喜，连连点头。

背月和尚面色突变，神情冷凝，朝何文涧一指，他就昏沉沉地睡过去了。这一睡，睡过了山河破碎，日月无光。不觉时光如梭，斗转星移，正如背月设想的一样，他醒来时，是八年以后，岁月太平了,太阳重新灿烂。这时,寺里空无一人,墙壁坍塌,浴室外面长满杂草,他睡的木桶也长成了一棵松树。山下锣鼓喧天,他听了一会儿,知道抗战胜利了,山下的百姓正在庆祝。

何文涧又惊又喜,他逃过了劫难,从此后,他又能在这片可爱的土地上受用无边的风花雪月。他蠕动着嘴唇练习说话:"我,我,爱,生活!"

门外出现一个瘦削汉子,一脸胡须,身上背着枪,手里提着大刀,大步走进来,站在木桶边,朝何文涧瞪着眼,又是愤怒,又是惊诧,说:"我找得你好苦,原来躲在这里?"

何文涧认出来了,是潘新北。

潘新北不答话,抡起大刀就砍。何文涧在凛厉刀风下喊出最后一句话:"我要活,何其难?"

苍穹之中,黑暗无光。一根火柴划亮,半根残烛光明。寂欢说:"山里风穿过门缝,把蜡烛弄熄了。何先生,你醒了?起来用饭吧。寂行,你去厨房里把饭热一热。"

何文涧睁眼一看,没有背月,没山下锣鼓,更没有提着大刀的潘新北。

寂欢体贴地说:"何先生,泡了一泡花澡,你现在能说话了吧?你说句话吧。"

何文涧说:"我要活,何其难?"

写于2015年8月至9月
修改于2015年9月

文家的帽子

一

日本人占领吴郭城,就如德国人占领巴黎一样轻松。除了城外零星的枪声,吴郭人关了门,熄了灯火,跟一群吃饱的鸟一样安静,令人生畏的日本兵,走在街道的金山石上,走在木楼下面,走在眼皮子底下。

能走的都走了。吴郭城的大家族文家,早在一九三六年日侨分批撤离吴郭市,就开始出外避祸。文家一门人口众多,光仆役就有十几个,分成三批人马,一批由大儿子带队,去了上海投奔丈人,没想到大上海先沦陷了,所以一直困在了那里。第二批由二儿子带队,投奔了西安的丈人。西安倒是一直太平的。文老太爷,是到了一九三七年十二月才走的,他不想走远,带了第三批人马去了吴郭的花码头镇,那里有他的祖业,田地房屋都在。

文老太爷走的时候,记者来采访他,问他对于时局、对于抗战,有何想法。他指指头上柳亚子送他的呢帽,说,这是一顶帽子。

采访文老太爷的内容第二天见报,标题是:看时局水深火热,问抗战左顾言他。

文老太爷说,这些报人懂什么?我父亲二十几岁的帽子还在我的橱里,世上的人却死得一批又一批的了。

文老太爷一生好戴各式各样的帽子,连他的结发太太文冯志远,也不常见到他本人的真发。

吴郭的乡下也不太平,国民党地方游击队和共产党的抗日武装一直在乡下各处游走,蓝湖里的水匪,除了打国军,打共产党,也打日本人。冷不丁的,枪声就四处响起了,炒蚕豆一样。

一九三九年冬,吴郭城里倒是太平了,日本人年初在城里搞了阅兵式,现在贴出布告,请大家回到自己的家,便于领取"良民证"。老太爷说,唉,国破家还在,人活着总得有家。家才是自己的。回去吧。

他这一队人马不多,计有八人:他、大太太文冯志远、侍候他俩的夏姨、二太太吴银斗、二太太带来的丫头小菊兰、他唯一的孙子文觉、孙子的小厮阿七,还有仆人小路。小路学武出身,孔武有力,是兵荒马乱年代的好帮手。

本来文老太爷可以走水路的,从花码头镇一直坐到吴郭城南船运大码头,从船运大码头坐黄包车到家里,不过十几分钟。但是他情愿从花码头镇坐轿子,一路绕行到吴郭小火车站,再坐半小时火车,行驶二十公里,到吴郭大火车站,然后坐黄包车,四十分钟才能到家。等于上自家的卧室,不从房门进去,要到门外去绕个圈子,从窗户里进去了。

他是狼狈而逃的,他要体体面面地回。从这个意义上讲,不是从窗户里进去,而是劈了窗户重新做个门进去。

日本人占着城,他要让日本人看看,他,文泽黎是吴郭城兴办教育的名流,是诗人、画家,是有地位的尊者。听说日本人在城里各处送糖果给妇孺儿童吃,安抚人心,他要看看,日本人如何安抚他。他知道日本人善于学习,好奇心重,对他如此做派,他们会吃

文家的帽子

惊吧？

他兴冲冲地写了一封信，让小路先回城里交给隔壁拉黄包车的小季，让他带三辆黄包车，某日某时等候在吴郭火车站，再去通知一些他的学生，报社的人，站在车站外面欢迎。人越多越好。

在火车上，无数的人前来给文老太爷致敬。文觉一直盯着爷爷头上的灰色呢帽子，大家来打招呼的时候，全都拿掉自己的帽子放在胸前，只有爷爷一次也不曾脱帽，他那顶帽子就像他养熟的一条狗，忠心耿耿地、狗仗人势地窝在他的头上。火车停下，最后一个来探望他的人也匆匆走了。文老太爷忍不住摆阔气，说，哼哼，我每回见了市长，市长也没叫我脱帽。不管我去开什么会，从来没脱过帽子。这是我的身份。帽子，代表我的头。我的头见了市长也不用低下。

文觉说出自己的担心，爷爷呀，人家会不会以为你是个秃子？

文觉的小名叫小橘子。文老太爷说，小橘子，哈哈，我要是个秃子，也是个了不起的秃子。你看，我不谈国事，大家也都一声不吭。只说些天气、收成、头疼脚疼……

文老太爷一行慢慢地下了火车，车站里安静得连喘息声都听不到，明明走着那么多的人，却都没有气息，像夕阳底下的一群游魂。日本兵荷枪实弹地站着，令人胆战心惊。

出口的地方堆着一大堆东西，小山一样，老太爷眼神不好，惊问，文觉，这是什么东西啊？

说着话，脚就碰到了小山堆，仔细一看，啊呀，都是帽子啊。大家都在脱下帽子朝里扔呢。文老太爷直起老腰，看着帽子堆边的两个日本兵，正想发表一些议论，说时迟，那时快，一个日本兵熟练地用刺刀一挑,把老太爷头上的帽子挑落到帽子山顶上。文老太爷一个踉跄倒在帽子山里,手正好按在自己的帽子上,帽子滚烫,着火一样。他气得鼻涕流到手背上,想了一想,终究没敢拿走自己的帽子,任由自己像一坨泥巴一样在帽子堆里沉下去,只擦了擦脸上的鼻涕。

文觉想,呀,爷爷的头没了。

刚才在火车上还向爷爷致敬的一些人,看见这一幕,赶紧扔下帽子,加快步子从爷爷身边跑过去了。

文觉哭起来。

文老太爷与孙子有感应,在帽子堆里对孙子说,哭吧哭吧,爷爷的头没啦。哎,我早就料到,国破,家也亡,项上人头也是保不住的。

大太太文冯志远轻声说,你料到个屁啊!

大家一言不发,搀扶着老太爷走出火车站,他几个学生苦瓜一样静悄悄地待在门外,见此情景,抢着上来扶,文老太爷努力睁开眼睛,打起精神,说出一句话:

时间给予一切,时间拿走一切。

时间到了一九四八年冬季了,文觉代表他爷爷,以知识界的代表身份,参加吴郭市工委书记老方开的会议,商量迎接解放大军进城的事。文觉站起来一字一字地说,方静川书记啊,我代表我爷爷问你一件事哦,解放了,我们是不是可以自由地戴各种各样的帽子?

大家全都在笑。老方说,小橘子,你家老太爷帽子的故事谁人不知?谁人不晓得?我也有个疑问,自从日本人不许他戴帽子以后，他就真的不戴了？一次也没戴过？

文觉老实回答，真的。但是他买了许多帽子，放在他的屋子里看。

老方说，这个，我们知道的。我们还知道他后来买了五十多只帽子，但是从来不戴……这就是知识分子的软弱，要是我们，早就用硬碰硬的手法去争取人民的权利了。

文觉听老方"我们你们"地评说，心里很不是滋味，噘起嘴，头颈一梗，眼睛斜着看地上，想，以前你和你们也来过我家里，还不是追着我们的爷爷叫老师？可我们的爷爷根本就忘了什么时候教过你。文觉傲气地站起来说，不客气了，我可要走了。再请问方书记一声，从今后，我们是不是可以自由地戴各式各样的帽子？

老方说，当然可以，除了绿帽子，都可以戴。

大家又笑起来。这次是全体爆笑，屋顶上的鸟瞬间齐飞。

文觉回到家，先到大太太房里。一进去就放平脑袋，对着墙撞了一下，把自己撞得跌在地上，正要再撞，夏姨已经把一只厚垫子伸过来，护着他的脑袋了。大太太文冯志远虽说缠过小脚，但也读过女学，见过世面。先是参加了"放足会"，辛亥革命后，她又跟着王谢长达闹革命，是吴郭女子北伐队里最小的一个。她一动不动地坐在太师椅上缝衣服，说，再撞一下，看看是你的头结实还是墙结实？

文觉听言又撞一下，把头撞破出血了。大太太还是一动不动地缝衣服。他流下眼泪说，我撞死了你就没孙子了。

大太太说，人都是为自己活的，哪有为别人活的道理？

文觉一想，对啊，老方说知识分子软弱无能，他又没说我软弱无能。我为什么要这么不开心？

于是他去找爷爷了，幸灾乐祸地对爷爷说，新社会了，你以后除了绿帽子，别的都能戴。——不是我说的，是方书记说的。

老太爷一个人在那儿想着，说，哦，哦，这句话大有问题……

一想，真的想出问题来了，便把他的女人一个一个叫到面前来。

"二战"结束，他的大儿子最终定居了上海，小儿子带着夫人和两个女儿从西安回到吴郭，分了一半的房屋另立门户。文觉不愿去上海与父母姐妹团圆，宁愿跟着爷爷过。他们这一家差不多还是那些人，老太爷，大太太文冯志远、夏姨、二太太吴银斗、二太太的丫头小菊兰、文觉的小厮阿七、仆人小路。后来增加了厨师金水根和他的老婆，男的烧菜，女人打下手和打扫屋子。

老太爷叫人进来的顺序是从小到大。

先是小菊兰。小菊兰来到面前，他直截了当地问她，你最近是不是想嫁人了？

小菊兰不上他的当，但她近来确实想嫁人，想得厉害，听他这一问，问出一肚子鸟气，拍着手嘶叫，我想嫁人？你才想嫁人呢。

老太爷指着地上，声音低低地说，放肆了吧？跪下吧。

小菊兰跪下就哭，说，嫁人嫁人，你诬赖好人。我什么时候有过这个心？

爷爷说，我要是你，我就想找人。

小菊兰气鼓鼓地说，找谁嘛？

老太爷体贴地说，譬如小路，你们俩很配的。

小菊兰叩了一个头，站起来拍拍衣裳说，放心放心，我这辈子生是你家的人，死是你家的鬼，坚决不会嫁男人的。

老太爷说，难为你这么坚决，我选个日子收了你，好吧？

小菊兰不服气，说，我倒不怕二位太太不同意，我怕的是你老人家的功夫老早就荒废了。要是你啃不动我，还请你不要点我这把火。

说完，左手翘起兰花指，虚搭在胸前，昂头朝天，扬长而去，全不顾老太爷气得浑身发抖。一出老太爷门外，她就骨头轻起来，踮着个脚尖，摇头晃脑，嘴里唱着个小曲。小路突然从路边冒出来，雾里看花一样眯眼看着她的做派，问，姐姐高兴什么啊？小菊兰一开口，操着京腔说，高兴啊，和您有关的，能不高兴吗？

小路傻傻地笑出声来。

第二个来老太爷屋里的是夏姨。

夏姨是太太文冯志远的一个远亲，会写字，会读报，年轻轻的刚过门，丈夫就死了，男家不要她，娘家也不要她，她只好投奔了文家。不算仆人，也不算主子。要侍候老太爷和大太太上床起床，她偶尔发号施令时，别人也得听她的。

她一站在老太爷的面前，老太爷就觉得屋子里立刻冷了好几度。她端端正正地双腿并拢，看见脚底下正好踩着一片阳光，就挪了一下，挪到没阳光的地方站着。然后双手交叉放在胸前，威严地看着老太爷，就像看着一个孩子一样。

小菊兰显然没有给她透露什么信息。

老太爷看着她，硬着头皮问道，你有没有背着我们偷人？

夏姨不苟言笑，嘴唇就跟白松皮一样，一年到头干燥紧绷着的，听老太爷这么问，她不觉得可笑，只觉得心里有什么东西被这句问话问破了，猝不及防地笑了半声，眼眶红潮起来，低下羞答答的眼神说，太太说了，我是……你们的人。

老太爷说，哦哦，哦……我放心了。你是徐娘半老哟，我有点不配你。我看你和拉黄包车的小季挺配，他死了老婆，正想讨个新的。要是明媒正娶，你也不算给我戴绿帽子。要不我去和他说说？

夏姨脸色一冷，抬起头强硬地说，我找小季说话，也是为了你要用车，用完了车我去付账。给他家拿去的刀切馒头、白枣子、柿饼，是大太太让我送的。

老太爷与她两眼一碰，好的，夏姨的眼睛还是平常模样，冷漠干涩，他放心了。虽说他并不喜欢她，但在她身上的主权还是要维护的。于是老太爷说，把你衣服脱下来，让我看看你。你在外面老说是我家的人，可是我从来没碰过你。

他话音刚落，夏姨就软瘫在地，静悄悄地连喘息声也没有，不说脱，也不说不脱。

老太爷没办法，只好说，好好，我看你是个贞节的人，小菊兰才是个厚脸皮的东西。她……

不知哪里传来一声爆炸声。新政府刚成立，国民党的特务经常搞点破坏，时不时这儿爆炸，那儿着火。夏姨趁老太爷发愣，翻起身跑了。

第三位来的是二太太吴银斗，一身白衣裤，未语脸先笑。

老太爷拉过她的手说，来，坐我腿上，当年听你唱《思凡下山》，一眼就看上了你。在你唱得正好时，把你娶来金屋藏娇，这么多年难为你了，你的才华浪费了。

二太太说，嘀，你们一家都是好人，我也没受委屈。话说回

文家的帽子　　23

来，让我受委屈也不行。今天，我和你说吧，你也不用问东问西羞人答答，你干脆拿个烙铁在我身上烙个你的印记吧。

老太爷慢悠悠地说，好的，你就等着。

老太爷放了她的手，两个人脸对脸僵持，二太太始终笑着，晃着身子，老太爷神情木然，纹丝不动，就像案上放着的那盅碗莲。

过了片刻，老太爷有些生气了，喊叫着说，家里最不让我放心的就是你。你心高气傲，不是一只省油的灯。我早就知道你对方静川有好感，恨不得倒贴上去。他一来，你的脸就开出太阳来。

二太太也不说话，笑靥如花，从老太爷大腿上站起身，对着老太爷双手一摊，合起来用劲一拍，拍完双手又一摊。

老太爷摇头说，罢了，你的手势我不懂，但我还是向你认个错。你去把大太太叫来吧。

大太太过了好长一阵才来的，她也是笑容满面的，但她的笑和二太太的不一样，她的笑是娇宠着老太爷的。她说，夏姨在我屋里哭得伤心哪，说她过得不明不白，不知道是谁的人，死了也不知埋在哪块地里。

她一头说，一头给老太爷掖好松开的被角，老太爷一脸愠色，手上拿着文震亨的《长物志》，也不理会她的话，用书拍着床沿说，你怎么才来？你在干什么？你在轧姘头吗？

大太太说，今天不是吴郭大学派同学上门来收你的语录吗？还有《吴郭报》来问问你对于新的中国有何期望。我都对他们说了些场面话，挑不出毛病。

老太爷说，你说谎，你在轧姘头。

大太太说，好，好，你说我轧姘头，我就轧姘头。

老太爷问，你和谁轧？

大太太想了一想说，和，和……金水根吧。

老太爷说，不行，他配不上你，他烧的菜那么难吃。我要是捉你和他的奸，会被人笑死。

大太太说，那就阿七吧。

老太爷说，不行，他太小了。

大太太说，那和谁呢？我想不出来了。……和小路吧？

老太爷说，小路和小菊兰有一腿，我一定要破了他们两个的奸情。

大太太说，别说了，那就小季吧。

老太爷说，小季？他和夏姨有一腿……难道你也看上了他？

大太太说，那你说我和谁通奸吧？他娘的，你说谁就是谁了。

老太爷指着她的鼻子说，和日本人，你和日本人通奸。你是被逼的，你是为了活命只好忍气吞声，咽下不得不咽的气。……你放心，我替你报仇。不过我要先捉奸，你放心，我捉到了马上原谅你，谁叫我爱你？我只把日本人打死。打死日本人！

他脸色涨得通红，眼里冒出火花来，一下子蹦起来，站在被子上，头顶着蚊帐，高呼，打死日本人！打死日本人！

说着，一头栽倒在床上，口角流涎，四肢颤抖，不能说话。大太太悲伤地爬到他身边，对他说，我的亲人，你等了快十年，终于等到了今天，你好解脱了吧？

老太爷看着她，面露喜色，微微点头，指一指橱柜。

大太太说，我懂我懂。

说完就去橱里拿出一顶帽子给他戴上，这顶帽子有来历，这就是他当年被日本人挑落的帽子，后来托了人去拿回来的，这么多年

文家的帽子　25

它从来不露面。

老太爷弥留之际,正是解放大军举行进城仪式的那一天,即便如此,吴郭大学和《吴郭报》还是派人上门探视。文觉这天不在家,他一早就代表爷爷去欢迎解放军进城了。

时至今日,吴郭大学的档案部还封存着老太爷文泽黎弥留之际在纸上写下歪歪斜斜的几行字:

一、一屋子白蝴蝶。

二、小丑。

三、偏见、迷信、害怕。

文老太爷临死前回光返照,有那么几分钟,上帝让他开口说话,他看着一屋子准备听他遗言的听众,说了一句意义完整、情绪正常的话:

小橘子呢?

二

小橘子近来很忙。

他读书读得早,去年大学毕业,分配到《吴郭青年日报》,今年就被大家推举为迎军代表,这种待遇明显有他爷爷和家族的面子。后来他又受吴郭大学邀请,代表他爷爷参加教育界迎大军行列。

他对阿七说,爷爷简直是个精神病,话都不能讲了,还忙着要捉奸。奶奶又不肯抛头露面。家里没个在外面的说话人,现在,我就是了，我代表家族发话。

老太爷死的时候，头上戴着帽子。大太太一边给他整理帽檐一边说，唉，我就搞不清楚，帽子就像你的魂一样。小橘子这时正在帽子店里，为了一顶帽子的颜色和店老板胡搅蛮缠。家里人找到了他，告诉他爷爷的临终遗言，他说，我爷爷，是个悲剧。帽子店的老板快嘴快舌地说，文老太爷哪里是悲剧，他就是个喜剧。

文觉转头问帽子店老板，当悲剧好，还是喜剧好？

店老板狠巴巴地说，宁要人嫌，不要人怜。当悲剧不如当喜剧。最好是正剧，金榜题名，红烛高照，衣锦还乡，前呼后拥。再不济，当个底层人，也得有血性，叫人怕三分。

文觉要定做一顶时尚的霍姆堡毡帽，还要绿色的。爷爷那么多的帽子中，没有一顶是绿色的。当然全吴郭也没有男人戴绿帽子的，全中国恐怕也没有。绿帽子，只在舆论里有，复活在人们的嘴巴上，虽然子虚乌有，其实无比沉重。文觉现在要挑战世俗世界，为新的世界送上一份大礼。

没有店家愿意给他做一顶绿帽子。

他口若悬河地给店家说他的大道理，再把他的大道理写成一篇文章放在《吴郭青年日报》上，居然赢得吴郭的弄潮儿们一片叫好声。文章大意是说，解放了，必须打碎旧时代的镣铐，破除旧思想的束缚，人是自由的，天地是民主的，在新的社会里，年轻人天马行空，有思想的自由，一切为着破除旧思想、旧习俗的行为都可以尝试。

最后，帽子店好不容易给他从上海定做了一顶霍姆堡式的毡帽，水绿色法兰绒，前面束了一根深绿色宽缎带。

他从家里出来，戴着绿帽子，深绿的缎带迎风飘拂，好不凉爽自在。一路走向大东门解放军举行进城仪式的地方，只有阿七跟在他后面，嘴里还夸着小主人，效果太好啦，效果简直是……后来阿七适时地不见了，文觉的绿帽子后面跟了无数激动的陌生人，绵延数里，声势浩大，滚雪球一般，人越来越多，多到后来，就如满天蝗虫一般，熙熙攘攘地开到了庆祝会场上。解放军还没开进来，他伸长了头颈东张西望一番，忽地身子一低，脚底一滑，溜进去站在欢迎队伍的前面了。阿七这时候又适时地出现在他旁边，嘴里还在说，效果好，太好了……

　　疯狂的追逐者还在后面朝文觉这边挤，奈何挤不进，发出一片嗡嗡的声音：绿帽子，绿帽子，看看绿帽子……

　　老方往后面的人群看了一眼，转脸对他说，小伙子，你把半个城市都惊动了。

　　文觉吃了一惊，老方的眼睛里有股子说不出的凌厉。他把帽子默默地脱下来，藏在怀里。一会儿，满世界红旗飘飘，锣鼓喧天，鞭炮齐鸣，夹杂着庆贺的枪声。老方站在高高的台子上面，身轻气定，红光满面，神仙一样的风采。

　　文觉回去的路上，垂头丧气，走过城隍庙，进去看了看城隍老爷，在他面前说了点什么，出来对阿七说，方书记看见我戴绿帽子，气得眼睛都瞪出来了。我刚才给城隍老爷说，姓方的不是个好东西，让城隍老爷惩罚他。阿七说，他是你爷爷的学生，他惹你生气，神也不容他。他说绿帽子不能戴，咱们就戴给他看。文觉说，你虽是个蠢货，但有时候说的话是有道理的。我现在想想，戴绿帽子确实也是跟姓方的赌个气。气是赌过了，挺过瘾，但下来怎办?我这只小橘子还没红呢,还是青的……方书记是我们父母官,他要是不待见我,那我就得一辈子做一只青橘子。

但老方没生文觉的气,或者生过气后马上消了气。过了几天,他让秘书送给文觉一顶帽子,是红帽子,一顶紫红的毛线编织鸭舌帽,秘书说,这是毛线编织社的女工送给方书记的礼物,方书记转送给他,并且写了一张纸条,上面写着:

进步,进步,再进步。

文觉认为也该给方书记写点什么回礼,于是他也写了一个纸条,让方书记的秘书转交,纸条上写着:

方书记,城隍老爷保佑你!

虽说天气已热,过了戴毛线帽的季节,文觉还是戴上这顶红帽子出去招摇了一阵。大街上走了片刻,然后去茶馆喝了一会儿茶。吴郭城的人民马上把红帽子的事传开了,他的绿帽子在这当口理所当然地又被大家传说一遍。

广播电台、报纸都报道了这件事,从绿帽子到红帽子,连学校的老师都给孩子们当故事一样讲述。

事件扩散得很快,文觉就去和大太太,或者叫老太太商量自己该如何面对这顶热乎乎的红帽子。他挥舞着红帽子说,除了老早就参加革命的,吴郭知识界,哪一个都没有我现在这样红火。

老太太问,红火了干啥呢?

文觉说,你是真不懂还是假不懂?你就说爷爷吧,他为啥后来一直疯疯癫癫的?

老太太啥也不说,从枕头下面拿出一方白绢,上面青线绣着六个字:偏见、迷信、害怕。

文家的帽子

文觉推开老太太的手说，你们都说这是爷爷给我的遗言，我怎么觉得这是给他自己定制的呢？

老太太说，啊呀，你被阿七这个江北小孩影响坏了。你不像个大人家子弟，倒像街口那个卖糖粥的，油腔滑调没正经。……你到底要不要？

文觉说，不要，我要走我自己的路。你看，新的时代来了，一切都是新的，你们的老皇历没用了。你也不要看不起阿七和街口买糖粥的，不错，他们没有进过学堂，但他们有的是生活的智慧。

老太太扁扁嘴说，好啊，你有什么问题，就去问他们吧。我不管你了。我这个岁数就是安心等上帝把我招去，什么样的时代都和我无关。

文觉说，你们都信上帝，你们看见过上帝吗？相信一样从没见过的东西，是不是愚蠢？

老太太说，世上许多好东西，都是看不见的。

文觉对阿七说，哈哈，老太太输了。

阿七笑嘻嘻地问，输在哪块啊？

文觉摸摸阿七肉乎乎的鼻子尖说，喏，我现在向你讨教帽子的事，就是她输了。

阿七说，帽子？哈，我知道。就是市长给你的红帽子。这好办，咱们在家进门口搭个彩棚，放几挂大鞭炮，轰十几二十个大炮仗，把红帽子供起来，让人参观。一来讨口彩，以后要平步青云，二来咱们也表示支持新社会不是？

文觉说，这个主意合我心意。进步，进步，再进步。我们眼看着就要成为主宰世界的人了。阿七,你去告诉街口那个卖糖粥的,叫他逢人就说我这里供了市长的红帽子,叫大家来看看。

过了半天,文家大门口的八字墙边搭起了彩棚,随着鞭炮碎屑在地上弹跳、炮仗在天空中炸响,各行各业来参观的人员络绎不绝,无一例外地表达羡慕之情、赞美之情,文家大门口洋溢着阳光、坦率、上进的气氛。文觉拿了厨房师父金水根用的板凳坐在门口,戴着金水根用的草帽,手里摇着金水根老婆用的蒲扇。红光满面,朴实敦厚,乍一看就像金水根生出来的小孩。老太太嫌吵闹,带着夏姨去了花码头镇。

这天下午,太阳快落山了,一个中年男人急匆匆地跑进来,把红帽子看了又看,看完给帽子作了一个揖,过来对文觉说,文长官,请借一步说话。

说完,也不管文觉愿不愿意借一步说话,拉着文觉的袖子,把他拉到角落里,问,你脑子正常吧?

文觉答,正常。

男人问,有什么可以证明的?

文觉说,我爷爷他们,从来也没有说过我智商有问题呀。

这中年男人拉拉文觉的手说,那就好。我叫唐家龙,利华丝织厂的维修工,工人阶级。我早就听说你的大名了,虽然你小小年纪,做起事来却了不得的。今天上门借着看帽子的机会看看你,果然是一表人才,是共产党依靠的力量。但是,街口那个买糖粥的老头子,怎么说你脑子不正常?

文觉甩开他的手说,唐家龙,天要晚了,我忙了一整天,人来人往,你是国民党派来扰乱人心的?

正说着，头顶上飞过一架国民党的飞机，连机身都看得清清楚楚，飞过之处，天空上就飘落下来无数的传单。

唐家龙抄起一个石子儿，跳起来，叫喊着，作势要朝飞机砸去，跳了一阵，飞机飞远了，他把石子儿重新放回原来的地方，说，这是浙江那边机场飞过来的，那边的机场还在国民党手里。报上说，国民党亡我之心不死，真真是的。说完重新拉起文觉的手说，你看，你嘴巴太"仙"了，就是一个大人物啊，天上的星辰降在人间。你说什么，什么就会到你跟前。走，我家不远。你上我家里去，我给你看一样宝贝。我敢保证你出娘胎没见过这么好的宝贝。

文觉被唐家龙一路拉着，一路问，什么宝贝？到底什么稀奇宝贝啊？

唐家龙就是不说，只是努着嘴笑，死活把他拉到了家里。

进了家门，把他领到西边一个小房间门口，叫一声，唐糖，有客人来看你啦。

粉红布帘一挑，房里应声走出一个人，文觉就像见了太阳似的，眼睛一花，脚步朝后一滑。唐家龙看着文觉笑说道，是吧，是一样好宝贝吧？我没说错吧？文长官。

文觉马上给唐家龙鞠了一躬，说，不要叫我长官。叫我小橘子好了。我的小名叫小橘子，家里人都这么叫我的。

出来的是个大姑娘，一根乌黑沉重的大发辫绕在头上，看上去像年历上那些上海滩大明星，不同的是脸上没化妆，白的肌肤、粉红脸晕、黑色长睫毛，全是天然无粉饰的。大姑娘听了文觉的话，嫣然一笑，露出珍珠一样的牙齿，笑容浮在双颊上，像糖一样甜。

唐家龙说，我只有这样宝贝，从小娇生惯养。养在深闺里，一般不给人看见。所以才有好皮肤、好血气。上个星期她不听我的话，去了一趟公园看荷花，回来媒人踏破门槛，夜里都有小年轻趴在后窗上偷看，还送给她一个荣誉，说她是吴郭第一美。后来我报了警，家里才清静下来。

唐家住在三状元弄，单门独户的一个小院落，白墙、黛瓦、花窗，前后的院子，地面上铺设着镶图小青砖。前后院子，各有一口老井，青石井圈，后院井边长着喜阴的老石榴树，开着红花，傍了一块瘦、漏、透的太湖石。前院的老井边长了一棵喜阳的大牡丹花，花期已过，但枝头上还有两朵粉红的花开着。唐家龙说，这两朵花，就是你们俩。花树边上放着一副白色金山石桌和石凳，石桌边的围墙上，爬了一架凌霄花。

文觉和唐糖相见恨晚，就在院前院后走，走了无数遭。文觉发现，来这里短短几个小时，就比自己生活了十八年的文家还要熟悉。

文觉在唐家吃了晚饭，到了夜里九点钟，整条街道都入睡了，他还在月光底下和唐糖说话，现在说得很深了，不知不觉就说到了一些隐秘的事，譬如灵魂啊、投胎啊……

唐糖问文觉，如果让他重新投胎，他想做个什么样的人？文觉说，做一个征战沙场的大将军，为国立功。唐糖敏感地说，你从小跟着爷爷奶奶过，这是你奶奶教你的吧？我们都知道你爷爷是个软柿子。文觉说，当然，我爷爷……我想起他，心里会痛，他好像靠着帽子生活的。我奶奶年轻时是强硬的，后来局势总在变化，力不从心了，就退回到家庭，人也柔软下来。我和他们不一样，我想跟上时代，做一个强者。你知道的，我家先祖是个读书人，明初从塘沽来到吴郭投亲靠友，没做成一官半职，顺应形势，带人到家乡贩盐给吴郭人，后来发家了，有了钱，后辈们才读书的读书，做官的做官。开枝散叶，门庭光耀。文君也曾当垆卖酒呢。先祖要是食古不化，吴郭也就没有我们这个大姓了。开弓没有回头箭，我们这种家庭的，如果跟不上时代，就是没毛的凤凰不如鸡。

唐糖又笑起来。她总是在笑，文觉对她说，你一笑，世界就开始流出糖浆。

说完，文觉把手探进她的腋窝抓了一把，奇怪得很，她不怕痒，也不想装出怕痒的样子。文觉悻悻地问她，你说说你下辈子投胎想做什么？唐糖笑了一声说，天太晚了，你快回去吧。

唐糖破例夜晚出门，把文觉送到了巷子口。

回过来，见到父亲站在身后，吓了一跳。唐家龙说，我不放心，你们说到这么晚，怕他白占你便宜……都说些啥呢？我听见你们说投胎什么的。

唐糖说，他问我下辈子投胎做什么，我可没和他去说。

唐家龙好奇地问，那你下辈子想投胎做什么？

唐糖说，下辈子投到一个不管我的家庭里，我想做什么就做什么。

唐家龙说，你结了婚，想做什么就做什么，有你当家人管，和我无关。但是现在还得我管。给你找到文家小少爷，算你运气。人家前途无量，不信走着瞧吧。

果然，这年的国庆节前，市里提拔了一批干部，文觉榜上有名，小小年纪升为《吴郭青年日报》副主编。于是他把方书记写给他的"进步进步再进步"纸条裱了框,挂在他办公桌后的墙上。

十月五日的游园庆祝晚会,唐家龙放女儿与文觉一起去看烟花。唐糖回来就和父亲说,他们想结婚了,明年春上办喜酒。她比文觉大一岁,明年她二十,文觉十九。吴郭有儿歌这样唱:小橘子戴绿帽子,市长送他个红帽子,红帽子,好帽子,升官发财靠帽子。想恋爱,想结婚,一齐戴戴红帽子。

文觉结婚那天,收到无数的帽子,算上爷爷给他留下的帽子,有了七八十顶。他特意隔了一间小屋子存放它们。它们分别属于三到四个时代,它们混在一起的气味,杂七杂八,是一份粗制滥造的时间鸡尾酒。

他俩在文家院子里办的喜酒,方书记也派人送了一份珍贵礼物,一套第一版的《毛泽东选集》。双方的亲戚朋友同事,加起来办了八桌,大家推杯换盏,忽站忽坐,说的,唱的,朗诵的,都有。

酒席上有一个不合群的人,不大喝酒,不大吃菜,也不与任何人说话,低着头摸自己口袋里的花生米吃,阴沉着脸,心事重重,不像参加婚礼,倒像来参加葬礼。他引起大家注意了,因为他穿着军装——海军军装。他的帽子端端正正地戴在头上。

文觉指着这个人的后脑勺问唐糖,她含糊地说,一个亲戚吧……

文觉就去给丈人点了一支烟,说,阿爸,今天高兴吧?唐家龙说,哪能不高兴?我差不多就要醉倒了。文觉朝那位海军努努嘴,说,这位是谁?唐家龙兴高采烈地说,这位以前是唐糖的小学男同学。他一直对我们家唐糖有好感,以前老来我家坐坐,送点礼物,

文家的帽子　35

也不过是一只鸡两只南瓜之类的东西。后来参军了,就不大看得见他了。你看他衣服上啥也没有,是个小兵。和你没得比的。我去跟他喝酒,让他也醉一醉。

文觉说,告诉你,你女儿敢给我戴绿帽子,我毁了她的容,让她做吴郭第一丑。

唐家龙说,哎呀,没想到你也说得出这种话。阿七,阿七,你过来。是你教唆你家主人……

阿七说,他哪用得着我教唆?他是个了不起的大人物,谁欺负他都是自讨没趣。

文觉也不说话,上去就把那海军头上的帽子扫落在地。那海军跳起来捡起帽子,指着文觉说,你打掉军帽,你犯错误了。这个错误不小的。你走着瞧,有你好果子吃。

文觉说,小兵的帽子,值什么钱?

海军说,我只要告你,你就得坐牢。

文觉说,在吴郭这里,我是地头蛇。你算老几?

海军说,当然在这里我不如你,但是在部队的大熔炉里,我是有光明前途的,不信你走着瞧,看以后是你级别高还是我级别高。

文觉说,打个赌。

海军说,赌。

文觉说,赌吃一盆狗屎。

海军说,就这么说定了。

这时候,大家就涌上来劝海军,算了吧算了吧,不就是打落你一顶帽子而已,又没打伤你的人,犯不着让新郎官难做人。

唐糖站在那里,冷眼看着。海军回过身,郑重地给她敬了一个礼，戴上帽子走了，走到门口时，又回过身来看了唐糖一眼。他一走，唐糖就过来挽着文觉的胳膊，笑着悄悄地开玩笑，哟，你打落了人家的帽子，好威风！你是戴不到海军帽子才生气的吧？

文觉瞪她一眼，一把推开她。

深夜里，闹洞房的也走了，屋子里只有文觉和唐糖，红烛高照，寂静无声。

阿七在院子里头喊叫说，这里有大蟋蟀啊。

文觉一听就走了。唐糖在他身后喊，洞房花烛夜，哪有被用人一喊就走的？

文觉一夜没回来，他和阿七先是在院子里捉蟋蟀，后来伙了隔壁拉黄包车小季的儿子，一起出去捉蟋蟀，捉到了护城河外边，看看天快亮了，才想起要回家。

文觉说，这一夜过得好，大自然清新可爱。回家之前，我还得地上躺一会儿，在美丽的风景里想一想以后怎么过，不当悲剧，不当喜剧，要当正剧。

说着他就躺了下来，一分钟还不到，他打起了呼噜。阿七对小季的儿子说，我家少爷，就是这么一个人，得过且过，什么事不往心里去。你看好了，他是有福的。将来怎么过不需要想，逢凶化吉。

唐糖一夜没睡，一边绣花，一边等他。文觉不是走进去的，是一脚踢进去的，飞起一脚先把门踢开，连人带风一齐窜进屋里。唐糖坐着递给他一把剪刀说，你杀了我吧。

文觉抢过剪刀说，哼，捉了一夜蟋蟀，把我捉得头晕了，没有力气杀你。

唐糖说，一个男同学过来喝个喜酒，就把你气得这样。你不是

文家的帽子　　37

要移风易俗吗？你不是连绿帽子都敢戴出去张扬？可见你的行为是假的，只是想拿绿帽子换红帽子。

文觉说，就是假的又怎样？我们看将来。

唐糖说，你说过的，你爷爷靠帽子生活。你靠什么生活？

文觉想了又想，说，我没想过这个问题，等我想到了，再告诉你。那么请问你，你靠什么生活？

唐糖说，新中国我们翻身做主人，妇女翻身得解放，我要靠自己的劳动，实现我的人生价值。

文觉取笑她，嗬，嗬，你的人生价值是什么呢？

第二天，报社来了一个市府的女干部，直接来找文觉，说，有现役海军赵健夫把你告到方书记那里，说你打落军帽，你从今天起开始在家写检查，群众大会上读，什么时候大家通过了，你再重新回来工作。副总编这顶帽子就脱下来罢，以后再说，这个小鬼——这句话不是我说的，是方书记原话。

文觉愣了片刻，斩钉截铁地说，你告诉方书记，我错了。检查，我写。写多少遍都行，只求大家不要把我打入冷宫坐冷板凳。

女干部严肃地点了点头，她瞧瞧文觉吓得焦黄的脸，捂住嘴笑起来。

文觉想，不好，她笑话我了。

三

文觉不想当笑话，一个人成了笑话，不是喜剧，就是悲剧。一个男人，不能被人笑话，不能让人可怜。

马路对面有个人朝他这边喊,喂,报社,开表彰会,怎么一个人也不来开会?

文觉推开窗户回话,领导全到炼钢一线去啦。

这人说,哦,文老师,那就你来吧。

夏天的蜘蛛网结得飞快,一只毛腿大蜘蛛从他身后的大茶树上降落下来,掉在报社的铁栏院门上,竹针一样左右穿梭起来。一个多小时后,文觉从市政府大院回到报社,一开院子的门,结成的蛛网粘了他一脑袋。他别出心裁地想,哼哼,拿蜘蛛网做个帽子可是时髦的一件事!用竹篾编成帽子骨架,放在室外蜘蛛出没的地方,蜘蛛在上面缠绕结网,大概两天就成了吧?

看门人问他,文老师,你为什么这么高兴?

他说,哼哼,刚才我把方静川整得脸都发白了。

看门人头一缩不见了。

文觉刚才去市政府礼堂开新闻表彰会议,在礼堂门口碰到了老方,老方对他说,文觉啊,这么多年来,你好像一点进步也没有。文觉说,多谢你惦记!这么多年来,你不是也没升官?还是我们的书记。

老方边上的一个人怒冲冲地说,是谁叫他来开会的?谁?

文觉九年前被老方削职检查,后来检查通过了,他却一直没有官复原职,老方好像忘了他这个人。

他拿掉头上的蛛网,走进办公室,把老方的字从墙上取下。这幅字挂了九年了,进步,进步,再进步!进步个屁。男人没有社会上的地位,鬼都不知道你进步要图个啥。他说。

文家的帽子 39

办公室里还有一位女同志，女同志抬起头问他，你为什么骂方书记是个屁？

文觉说，人，都是一个屁，活着是一口气，死了就是一个屁。

女同志说，你太唯心主义了。就是屁，也有本质上的不同，我老家的人常说，地主老财吃的是鱼肉，放的屁就是荤屁，穷人苦人吃的是清汤淡菜，放的是素屁。修行的人只喝露水，放的是清屁。我问问你，你想放什么屁？

文觉认真想了一想，说，爱吃鱼肉，是人的天性，谁喜欢成天吃清汤淡菜？露水？别谈了——我就放荤屁吧。

女同志一下子笑得前仰后合，指着他说，你这么老实啊？你太老实了，难怪你昙花一现，这么多年默默无闻。

文觉说，你认识我吗？你叫什么名字？

女同志说，我不告诉你。哈哈，我来了三天了，你正眼都没瞧过我。你娶的是吴郭第一美人，所以对女同志都不拿正眼瞧。

文觉想起三天前，这个女同志是总编陪着进来的，不声不响地老是坐着，总是在笔记本上记着什么。他仔细看了她一眼，三十几岁模样，肤黑皮糙，穿得很朴素，裤子膝盖上打了一个补丁，只有一头乌油油的短黑发很出众，水波一样地晃。

文觉对她说，去，给我拿一瓶热水来。

女人把文觉上下左右打量一下，清脆地说，你也有两只手，不会自己去拿？

文觉听她这么一说，觉得她是有道理的，就去传达室拿了一个热水瓶。回来时，那女人还在笔记本上记着什么，听到他进来，头也不抬地说，剥削阶级家庭出来的人，就是和我们劳动人民不一样。

文觉问她,你是和我说话吗?

女人抬起头,又把他上下审视一番。文觉说,你老是看我裤裆干什么?女人赶紧又朝笔记本上记下什么。文觉见她行动古怪,潜到她身后,一把抢过笔记本看了一眼,只见最后一行写着:文言谈粗俗,说……

文觉放下笔记本,回到自己的位子上坐下,泡上一杯水,呷了一口,说,你记这个?好没意思。你是哪条线上派来的?我喜欢胡说八道,报社的人都知道。再说我是真的不怕老方,你告到哪里都没用。

女人把最后一页撕下来扔进废纸篓里,笑着说,我是瞎写呢,练练字而已。你不要多心。我要回去了,我知道你家和我家是一个方向的,我真心诚意地邀请你与我同行,好吗?

文觉想,这位女同志不坏,性格大方,思维敏捷,喜欢说笑,有点趣味,头发也长得好,同行就同行吧。

文觉结婚快九年了,还是第一次与女同志并肩同行。虽说他不喜欢她膝盖上的补丁,但人家也是个清清白白的女子,更有肩上乌发水波一样地摇晃。两个人一路走,一路说说笑笑。这女同志叫马爱思,父母亲在吴郭,她才从外地调回父母身边。二十九岁,尚未结婚。

马爱思说,我还是想问问你,为什么要骂方书记?

文觉说,他毁了我的梦想。

马爱思这次没笑,侧过脸,专注地盯了文觉一眼。文觉说,别这么看我好吧?难道你又要朝笔记本上记了?

马爱思从包里掏出笔记本,乱撕了一大把下来,扔到河里,说,你看,我向你表个态度,以后我就不记了。一个人不能成为喜剧,你成了喜剧,就是人家茶余饭后的笑谈。

文觉说,我觉得我自己吧,一会儿是个喜剧,一会儿又是悲剧。

前些年文觉闲着没事,撮合了小路和小菊兰、夏姨和小季两对夫妻。夏姨和小季结婚后,文觉把西边的房子分给他们住了,没几天,小季就砌了一道围墙,与大家隔开。等到小路和小菊兰成亲,文觉又把前边的厢房分给他们住,没几天小路也学着小季的样子砌了围墙。文觉本来还想给二太太吴银斗做个媒,这下子不敢了,把吴银斗送到花码头镇与大太太做伴。阿七这厮,做了人家的上门女婿,说好生了孩子,姓丈人的姓。但他老婆一怀孕,他就反悔了,把老婆哄着拉着投奔了文家,文觉把后院里的柴屋和储藏室都给了他们。他们照例在后院子当中拦了一道墙,不过却开了一个月洞门,夫妻俩平时从月洞门里进出,照顾文觉一家的生活。

文家的大门现在开在东边小巷子里,门一敲,里面屋子的人就听见了。开门的是阿七,拉着文觉和唐糖的五岁儿子文定。阿七说,唐主任今晚在家里。

他说的唐主任是唐糖,吴郭市妇联副主任。她结婚后去了妇联工作,因为工作出色,官路一路顺畅,前些天刚提了副主任。

文觉赶忙对马爱思说,再见吧!

马爱思笑嘻嘻地跟了进来。阿七说,人家和你说再见了,还跟着干啥?

马爱思还是笑眯眯地站着不动。

阿七叹气说,今晚家里真正热闹了,来了一个客人,又来一个客人。

唐糖闻声出来，脸上红红的，光彩照人。一看见马爱思，上来就拉住她的手说，大驾光临，什么风把你吹过来的？我真是三生有幸啊！来来来，我这里正好也有一位贵客，你来见一见。

文觉跟着两个女人进了屋子，沙发上坐着一位穿海军军官服的男人，那人见了他，满脸笑容地站起来，向他伸出右手。文觉见了他，两手垂下，双眼一低，退出门外。

这是唐糖的海军男同学赵健夫，和他赌吃狗屎的那位。

文觉出了大门，一个人漫无目的地走。

狗日的……时代！他悄悄地骂。

但骂人是没有用的，骂时代更没有用。游逛也没有用，他还得回家去。

被时代抛弃的人，不配有家，他一进家门就感觉到了。

唐糖和马爱思坐在沙发上，两人膝盖上都摊放着笔记本。海军坐在她俩对面的椅子上，手里也拿着笔记本，正在读着什么。三个人用的笔记本竟是一模一样的。文觉身边没有笔记本，就去拿了一张白纸，一支铅笔，搬了一个小板凳，装模作样地坐在边上一起学习。

赵健夫，上尉。他向地方上的同志通报海军整风"反右"运动的情况。

过了个把小时，他收起本子站起来，两个女人也一齐收了笔记本，一齐站起来，一前一后朝门口走去送他，文觉心里好没趣，朝床上一歪就睡着了，一睡就回到了那一年和爷爷回吴郭的时候，日本兵荷枪实弹地站立两边，爷爷拉着他的手，走着走着，爷爷的头

文家的帽子

从肩膀上滚了下来,爷爷自己还不知道,只管前行,他不敢说,回头去看爷爷落在后面的头,只听爷爷的头对他说道,我的帽子呢?快把我的帽子拿来,没有帽子,我算什么人呢?他吓得哭起来,说,爷爷,不是帽子,是头。

文觉在梦里一哆嗦,差点把尿漏出来,醒过来一看,唐糖坐在藤椅子里,披散着头发,抚摸发梢,看着他若有所思。文觉说,哎,做了一个噩梦。唐糖说,我看你一直在噩梦之中。文觉说,出了啥事?唐糖说,刚才来的这位,是方书记的侄女儿,在省里工作,最近省里派她到文化新闻教育一头蹲点摸情况。其实你见过她,我们结婚的时候,她跟着方书记的秘书来送东西。文觉说,她长得这么丑,我怎么记得住她?唐糖说,她为什么要看你裤裆?你那裤裆是金子做的?

文觉说,开个玩笑,有什么关系?

唐糖说,这是阶级感情问题。

文觉说,不管哪个阶级,总要上床吧?

唐糖晃晃悠悠地过来,走近了他,突然出手,抽了他一个大耳光,说,老说自己满肚子知识?满肚子屎吧?还说为国效力?做梦去吧,知识分子的轻浮浅薄,我看你将来死在什么地方都不知道。

文觉不答话,翻身穿起衣服,走到后院门口,一连声地叫阿七给他整理衣服送到报社,他今天要在报社过夜,明天去花码头镇看二位奶奶。

阿七果然给他把被子衣服送到报社了。

阿七对文觉说,唐主任让我给你带个话,第一,赶紧写个检查给报社领导,深刻反省自己灵魂深处肮脏的东西,请求宽大处理。

第二,如果不能过关的话,不要连累她。

文觉说,阿七,她居然敢打我耳光?

阿七笑起来,说,少爷这么问真是让我浑身高兴。

文觉说,阿七,我把墙上方书记的字拿下来了,你给我扔到外面的垃圾箱里。我辛辛苦苦地挂了这么多年,他也没给我官复原职,我还是一个平头百姓。

阿七说,要是我,早把字拿下了。

文觉连夜写好了检查,与自己的请假条放在一起,第二天一大早,坐上小船去了花码头镇。二太太吴银斗在门口坐着看鸟儿,见到他以后,让出自己坐的椅子,告诉文觉,大太太神志不清,时好时坏,现在正在睡呢,一天到晚老睡,睡不够的样子。正说着,大太太出来了,见文觉,惊问,你是谁?这么眼熟。文觉说,我是你孙子文觉,小橘子。大太太说,什么小橘子?我不认识你,你到底是谁?文觉好生无趣,一声不吭地走了,大太太追着他一直到镇口石牌坊,在他身后凄厉地喊,你到底是谁?然后对二太太小声说,我知道是这小猴子,就是不想认他。二太太说,罢了,你想要他怎样?大太太说,我不想要他怎样,就是不想见他。他和他爷爷一个样。

文觉坐在船上,一路看水波翻动,突然,他想明白了,奶奶是不愿认他这个孙子。这个世界里没人需要他。

他心里一酸,眼前一黑,"咕咚"一下滚到水里去了。等众人七手八脚地把他捞上来,再把他身上弄干,也就到了城南大码头了。

下了船,碰到一队敲锣打鼓的吴郭大学游行队伍,他们群情振

文家的帽子　45

奋，高呼口号，庆祝吴郭大学也炼出了铁水，他站在边上看，看见了队伍中几个熟人，越发伤感，想，时代是把他抛弃了，但在什么时候抛弃了他，到底是什么原因，他还闹不明白。也许就是那顶绿帽子开始，也许就是老方对他反感开始。想当年，他是吴郭城的风向标，他的思想、趣味，就是整个吴郭年轻人仿效的榜样。

他恍恍惚惚地看着人群，想到过去，想到自己的未来，浑身打了一个寒战。如果他还有将来的话。他想。绝不能像爷爷那样成为一个笑话，哪怕成为悲剧，也比笑话强。

他没有回家，去了报社，傍晚的报社，一个人也没有。他找出自己写的检查，撕个粉碎。泡了一杯茶，想了半天，然后下定了决心，拿出一沓稿纸，开始写一封检举揭发信，他揭发的是吴郭市委书记方静川，他前天听了赵健夫和马爱思的反右运动工作汇报，知道扳倒一个人不需要有实际的罪行，只要说他政治思想不正确就行。他想来想去，想到去年听总编私下嘀咕，说老方有一次说，日本侵略者是可恨，不让中国人进庙拜自己的神仙，要让中国人拜他们的天照大神。

他这样写道：……他方静川这样说的目的，就是提倡新社会的中国人民都去拜牛鬼蛇神，其用心险恶，十恶不赦……我国人民只崇拜敬爱的党和毛主席。

写完，浑身一阵轻松，他不禁苦笑起来，没想到给一个人编织子虚乌有的罪行会有这么大的快感。他对自己说，你是个混蛋啊。……但至少是个混蛋。

检举信一式三份，一份寄给市委，一份寄给省委，一份寄到北京中央组织部。三份信的后面，他都郑重地签了自己的名字，十年来，他第一次感到自己的姓氏又有了举足轻重的价值。

第二天是星期天，他回到家里，儿子和唐糖刚吃完早饭。唐糖朝他微微笑了一下，进去拿了手提袋出来。文觉问，你又上哪里去？唐糖说，我去理发店老王家里剪个头发，头发太长了，影响工作。文觉拿起饭碗，说，不许去，你就是想让老王的手在你头上摸来摸去。他们的儿子文定嘴里嗯嗯啊啊地发出声音抗议，唐糖把儿子哄着进了里屋。出来时，文觉已经吃完一碗饭，速度之快，令她不禁笑起来，她说，好吧，那我不去老王家里，你让阿七把老王叫过来，我在家里剪头发。

文觉斜睨了她一眼，说，有一件事，比你的头发重要多了，我揭发了老方，是真的。我签名了，寄出去了，你过几天就会知道的。

唐糖吃惊地说，哦，哦……

她嘴里虚应着朝后退，退出房门，朝巷口的部队医院走去。一会儿她回来了，对文觉说，你不要吹胡子瞪眼，我老实和你说，我是去打电话的。我让马爱思想想办法，能不能把信拿回来。

文觉说，恐怕你们是商量着怎么把这件事告诉姓方的吧？

唐糖迟疑片刻说，对，我们是商量的。

文觉说，鹿死谁手还不知道哩，你们商量也没用。

唐糖说，你还不明白，反右运动斗争的对象是谁？

一会儿，马爱思来了。她一进来，就与唐糖抱在一起，文觉倒笑起来了。然后，她们围着文觉，问他写了些什么，文觉一五一十地把检举信的内容说了一遍。他很喜欢看唐糖和马爱思紧张的表情，马爱思不停地点着头，就像颤抖一样……对，像某种特定时候的颤抖。文觉带着恶意这么想。唐糖咬着下唇，把丰满的下唇都咬出了血,这使他更想入非非了,他恨不得把她们抱在怀里,一起滚到被窝里。恍惚中,他觉得自己是个英雄,边上二位,是配给他的美人。

马美人说,唐糖,你看吧,你只有离婚这一条道了。

唐美人说,是啊。我真的没想到他这样胆大包天。我们吴郭的知识分子,历来温文尔雅,谦和忍让……

她还没说完,文觉就打断她,说,至少我在不同了。

没多久,方书记正在开一个重要的会议,上级给的右派名额,分配到各部门,各部门都表现出部门保护主义,全都用不完,客客气气地退回了用不完的名额。方书记就召集了各大部门,一个部门一个部门地重新过场。说到新闻单位,老方问,报社还空出几个右派名额?去开会的报社领导回答说,三个。老方说,分一个帽子给文觉戴戴吧。

文觉就这样当了右派。

文觉当右派,全吴郭都笑开了花。

因为当右派,要戴帽子,戴一种似帽非帽的玩意儿,大多数的情况下是纸做的,有时候是一只脸盆,有时候又是很写意的,一把扣在头上的扫帚或其他充满想象力的东西。它们是实体,可又是那么虚拟。它夹风带雨而来,使命却是让风雨摧毁它,它如此矛盾,却又高度统一。

居委会的主任来通知文觉,明天是吴郭的地主、富农、反革命、坏分子、右派分子大游街,他由街道统一安排,一起出发。主任是位女同志，腋窝里夹着一只布包，手里拿着本子，一边沾口水掀纸张一边反反复复地说。她的安排很详细，几点起床，几点去街道办事处集合。说完她朝文觉一笑，说，累死了。我走啦，还有几个游街的要去通知。看她的神情，好像是去通知看电影的。

屋里冷冰冰的，住着他房子的那几家人，夏姨和小季、阿七和他老婆、小路和小菊兰，他们突然消失无踪。

这些狗东西！

文觉骂。

昨晚上，他写了一幅字，拿到他的办公室准备贴起来。老门卫不让他进去，他说，我还没被报社开除工作，怎么就不让进去了？

老门卫说，谁知道你进去干什么呀？搞了破坏就不得了。

他就拿出写的宣纸给老门卫看，他知道老门卫不识字，就念给他听：偏见、迷信、害怕。

老门卫听了一挥手，说，你写的是什么呀？你至少写个毛主席万岁呀。别进来了，走吧走吧。

文觉手里捏着宣纸，流下了眼泪。

此时，儿子与唐糖在沙发上玩一只浑身油光光的独角仙，文觉问唐糖，你怎么这样高兴？是不是与你的海军准备结婚了？

唐糖说，你是你，我是我，我为什么不高兴？我也不准备再嫁人了，新中国好多女同志一心为了工作，都不结婚。我把赵健夫介绍给了马爱思，他们要结婚了。

文觉说，那你还不找地方哭一场？

唐糖说，算了，你还是好好想想等会儿游街的事吧。

文觉说，我已知我的命运，我不怕。要死的话，我希望死期早

文家的帽子 49

点来临。

他戴帽游街的时候，万人空巷，来看他头上新颖别致的纸帽子。别人的纸帽子全是白色的，上面用黑墨写上某某，反革命或破鞋或败类，他的纸帽子刷成了绿色，上面用红色的漆写着：

"文觉反革命 吃屎派"

"吃屎派"三个字写在后面，好多人看了前面，又去看他后面，一看就笑出了声。一群一群的人指点着他，说着他的往事，说着说着都笑。

文觉想，不好，不能让人这么笑我。

于是他抬头大骂，老方，老方，你是个混蛋。你是个缩头乌龟，你有种出来。他一边喊，大人孩子一边跟着他，不断发出阵阵惊叹声，时不时有人喝彩。

老方在路边的一幢房子里看到这一切，不由叹气，对身边的人说，你看看，他害我，反而成了英雄。

一大批人游了两个多小时的街，最后走到城北火车站广场上停下，露天上搭了大台子，台子正中放着一张青翠可爱的大荷叶，荷叶上放着一大泡牛粪。看见台子上有这等内容，人群再度沸腾。大家要看文觉如何吃屎。有人在下面叫，文老师，笑一个。

文觉一看见独有自己面前放着牛屎，又叫，老方，有种出来。

老方的吉普车也跟着游行队伍到了火车站，歇脚在车站贵宾室。贵宾室外面就搭着批斗的大台子，但他不是来主持批斗会的，他马上要去省里开会。听说台子上的牛屎，他笑了一声，看看手表，火车还要半个多小时才来，于是出门，去了台子上，领着大家喊了几句口号，唱了一首歌颂毛主席的歌。然后准备走，走之前对大会组织人说，把牛屎就拿掉吧。

老方领唱期间，文觉突然认出台下有许多熟人，原来大家张着嘴唱歌的时候，面目毕露。他的老婆、同事、朋友、街坊都在，马爱思和她的海军赵健夫，还有阿七之流，更奇的是，他居然见到了大太太和二太太，他们都在唱，于是文觉也卖力地唱。唱完他听到老方说，把牛屎拿掉吧。

他拿掉头上的纸帽子，一个箭步上前捧起牛屎，劈头扔到老方的脸上，朝台下的大太太叫道，奶奶，我只能做到这个地步啦！

台下人群如潮水般涌动起来。

文觉斜眼看着台下，想，谁还笑话我？谁还可怜我？

他一手指着台下，说，谁敢欺我！

他的声音湮没在巨大的喧嚣声里。

完成于2015年11月28日

金玉满堂

老头子的脾气，那是乌龟碰石板，硬碰硬。

阿牛的脾气，叫作点火的炮仗，一跳老高。

我的脾气像竹子，宁折不弯。

三个人碰到一起，从中午熬到午夜，一声也不吭。

午夜过后，老头子缓缓说了一句，我一生追求真理，死也不怕。他话音刚落，阿牛手上握着一柄玛瑙如意，弹簧似的一跳，跳到老头子面前，借着落下来的势道，手上的玛瑙如意劈上老头子的脑袋。老头子哼了一声倒在地上，梗着脖子叫喊，桌上最大的砚台，你拿来砸我，一砸就死。

阿牛说，你想死吗？你要是真的不怕死，就不会这么喊。

老头子哑着喉咙问，真的不怕死会怎么样？

我上前一把拉住阿牛，抢下他手上的玛瑙云头如意。

这柄玛瑙如意好沉，大约有八寸来长，两寸来宽。色彩斑斓，似泼了五颜六色的油彩，握手的一端已模糊，另一端的云头上打缺了一块，有老头子的血。我随手扔了出去，玛瑙五彩缤纷地在空中一闪，诱着我去捡回来。我偷眼瞄了一下阿牛的脸，没敢去捡。阿牛得意地哼了一声。我是刚去大学教书的老师，阿牛是大学里的伙夫，分配我们来抄家的人对我说，一切听阿牛的，他是坚定的无产阶级，革命队伍中最忠诚的人。

吴郭城很小，我和阿牛也认识，我们在一家共同的远亲那里喝过喜酒，后来在水库里游泳遇到过一次。但我们没有什么话，我家里很体面，我和父母都是教师，每人都有自己的卧室，家里还有一间单独的放满书的书房。他家里很穷，一间漏风漏雨的小屋子住着祖孙三代六个人。后来我当了大学教师，他是伙头。他自尊心挺强，在大学校园里看见我，总当作不认识。他的大名叫史三牛，大家叫他阿牛。

老头子爬着过去了，把玛瑙如意拿起来，用衣襟擦擦干净，站起来，放回桌子上，自言自语地说了一声，这个是清代早期的东西。

我和老头子也认识，他和我住在同一条巷子里，大名叫何涧石。我牙牙学语时就跟着大人一样叫他老头子，为什么叫他老头子，谁也不知道。他二十多岁时，巷子里就叫他老头子了，也许是对他的一种尊称吧。他不喜欢和邻居打交道，也不好女色。他的老婆十年前带着儿子去了香港，他就整天一个人在他那座园林式的庭院里游逛。我从小就听说他的庭院里到处是宝贝，今天进来一看，果然如此。我指着一桌子的宝贝对他说，你藏了这么多的金银宝贝，想干什么嘛？还清朝？你想倒退到愚昧落后的封建时代？

一屋子宝贝物件的辉光，连我们的脸上都有。老头子家里的灯光都是暗淡的，我小时候每次走过这里的围墙，总是想象围墙里灯火通明，这种影像固定在我的脑子里，以至于我一想起"老头子"这三个字，眼前就一片灯火辉煌。人生到底有多少谬误呢？我现在知道，老头子家的灯光是暗淡的，他的宝贝们都熠熠生辉。因为宝贝们熠熠生辉，所以他不需要明亮的灯光吧？世间的灯光在他看来都是不值一提的。

老头子看了我一眼，鄙视地朝地上吐了一口唾沫，说，亏你还是个历史系的教师，你睁开狗眼看看，这些东西不是金银宝贝，是文物，是活的历史教科书。

我正要说话，阿牛伸手把我一拦，对老头子说，你说这些东西都是文物，是活的历史教科书，你倒是一五一十地说给我听，说得我满意才好，我要不满意，小心我再打你。

我急叫起来，听他说什么废话？这些东西全是封、资、修的玩意儿，听不得的。我们要彻底破除几千年来一切剥削阶级所造成的毒害人民的旧思想、旧文化、旧风俗、旧习惯。

阿牛咬着嘴唇笑起来，说，你怕什么呢？你小时候不是胆大包天？怎么一当了知识分子就胆小如鼠了？明天我们就要把这些东西交给司令部的人，还剩几个小时，我看我们谁也别睡了，就说说话吧。这幅画多好看，还有这几块玉牌子。

紫檀木大桌子大得像一张床，上面那一堆东西，我大致都看得懂。明四家的字画这里都有，一堆线装书，都是珍贵古籍。寿山石、端砚，各种田黄、水晶、玛瑙、玉雕小件，金银器件，还有地上放着的青铜器大件，都是有年份的。但我明白，这些东西现在都不再具有价值，字画古籍会被我们打成纸浆，变成崭新的纸张，给劳动人民使用。院子里放的大件石雕会用铁器砸烂，金银珍珠玉石等都充公，它们会堆放在大仓库里，像破烂无用的旧家具一样。

现在最值钱的是思想，是紧跟时代潮流的思想，虽然我不知道紧跟了干什么。

我对阿牛说，你好奇心这么重，迟早要吃亏。

我走了出去，我不愿意听老头子说那些陈芝麻烂谷子。思想在不同的境界，他一开口，我就觉得有一股腐败的气息。

我刚到外面，老头子就追了出来，问我，你真的不来听听吗？

我怒视着他，沉默不语。老头子缩着头退回了屋里。

我坐在外面的台阶上。老头子的园子有二十来亩地吧，有池塘和假山，路面上都镶嵌着大小一样的鹅卵石，微风在竹林那里缓缓蠕动，忽然发出"沙沙"一阵响，就像有什么事要发生似的，让我心里没来由地一惊。现在是一九六七年的春天，吴郭市刚成立了"革命造反派联合总指挥部"，我们不再受市委市政府领导，而是接受总指挥部领导。局势变化得太快，人心也动荡不安，但不管什么样的春天，安逸的或是动荡的，春天的夜晚总会飘着种种花香。老头子的院内种了不少花和花树，花香一阵阵袭来，我昏昏欲睡。

有人在我身后，一把推醒我。我回头一看，是老头子，他俯身看着我，显得十分关切。

我呵斥他，你干什么？老实点。

老头子的眼睛，本来紧盯着我，忽然垂下去，可怜巴巴地说，你进去听我说说吧。你哪里听得到我说的这些？我讲讲精神和物质的关系……

我不客气地推了他一把，走，你进去。不然给你一枪。精神和物质的关系，我还需要你讲给我听？

老头子说，你的思维方式不对头，所以我要讲给你听听……

我和阿牛，手上都有枪。我的枪里没子弹，司令部的人说，马上就会有子弹了。阿牛说他的枪膛里有子弹，我不晓得他是不是吹牛。我如果枪里有子弹的话，我一定给老头子一枪，打不死也打残。

去！滚进去！我大声呵斥。

金玉满堂

老头子依言走了进去。一会儿,我听到他在给阿牛讲什么字画的来历,我暗自笑了一笑,这不是对牛弹琴吗?他的思维才有问题。

我从窗户朝里看,只见阿牛坐在凳子上认真地听老头子讲解,点头如捣蒜。我觉得好笑,就拿枪托子敲敲窗户上的玻璃,两个人一齐朝我看过来,这一刹那,我感到两个人似乎达成了什么默契,他们好像瞒着我,心照不宣地达成了某种一致。

我推开门走了进去,满腹狐疑。

老头子讨好地说,你是我们吴郭市有名的聪明人,我就知道你会进来的。

一听他这么说,我马上走了出去,在台阶上重新坐下。

老头子在屋里大声叹了一口气。

阿牛说,你不要叹气啦!有人就是扶不起的刘阿斗,你有什么办法?

老头子忽然凶狠地对阿牛说,闭上你一张臭嘴……

阿牛居然一声不吭。

我心中焦虑,虽然担心上了老头子的圈套,但我还是回到了屋里。他们两个人,一个坐在凳子上,一个远远地坐在靠墙的木榻上,两个人之间没有默契的蛛丝马迹,我觉得我是不是多虑了。

我关上门。现在是凌晨三点钟,离天亮最多两个多小时了,我要确保把老头子和这些物件安全地交给司令部的人。

阿牛的脸上有些红光,他开始喝水,喝水的声音太响了,也许是要掩饰什么吧?

阿牛对我说,你看我干什么,再看我,我就打你。

老头子对我说，你看他，粗人就是粗人，改不掉的。

我脑子里"嗡"了一声。我们三个人互相的关系，确实神不知鬼不觉地改变了。我要保持万分警惕。

阿牛站起来，指手画脚地说道，我们三个人，我是工人阶级，你是知识分子，他是资产阶级，我是老大。

我说，你这种蠢货也能当老大？

老头子说，大家不要吵，我们来做一个游戏，比比看，谁是聪明的人。毛主席说，高贵者最愚蠢，卑贱者最聪明。

老头子的态度忽左忽右，不可捉摸。我和阿牛两个人，脸红脖子粗。阿牛说，比就比，我就不相信比不过知识分子臭老九。

我的火气一下子冒出来，冷笑了一声，说，拿我跟你放在一起比脑筋，是不是不太合适？

老头子指着我说，哎，我相信你这句话。

阿牛攥起拳头，眼睛看着我说，乌龟爬门槛，就看此一番（翻）。

那么，做什么游戏呢？

很简单，就是测试一下老头子听谁的话，听我的还是听阿牛的。这个主意是阿牛提出来的，然后我，还有老头子本人，都献计献策，俗话说，三个臭皮匠，顶个诸葛亮。十分钟后，一个几乎完美的游戏出台了。

阿牛对我说，你不是比我聪明吗？你先来，让我向你学习学习。

我不答话，向老头子招招手，老头子乖乖地跑到我面前，低头、弯腰、垂手，我开始训话，我把我能背出来的毛主席语录和报纸上的东西全部用上，目的就是警告老头子这种人，要老老实实接受改造，接受无产阶级的专政。无产阶级专政是天罗地网，他跑到哪里都会被人民群众揪出来的。老头子一个劲地点头。我训完话，对他说，好了，你跑到巷子口，再从右边跑到大马路对面，那里有一棵广玉兰树，你摘一片叶带回来交给我。

老头子说，那棵树很高，我要爬上去才摘得到树叶。

我说，废什么话，你爬上去就是。

阿牛对我说，你真的相信他跑出去了还能再回来？

我说，我不会用怀疑一切来证明自己是个聪明人。聪明的人，会知道什么是该相信的，什么是不该相信的。怀疑一切或者相信一切，都不是真正的聪明人所为。

老头子说，那我走了。你们等着我。他还回头对我说，我会回来的，我听你的话。

老头子小跑着出去了，他的脚步声在空空的小巷子里显得格外清晰。

阿牛问我，你真的相信他会回来？

我说，我相信。他能跑到哪里去？到处都是群众雪亮的眼睛。

阿牛注视我片刻，扬起嘴角，露出复杂的笑容。他在轻蔑我吗？

我看了一眼手表，老头子跑出去十五分钟了，还没听到他回来的脚步声。我按捺不住想要出去察看的念头，又怕被阿牛笑话。我如坐针毡，屁股在凳子上动个不停，正想不顾一切地出门去找，老头子突然出现在门口。我站起来骂道，你死到哪里去了？你回来怎么一点脚步声也听不到，像鬼一样。

老头子说，我不会爬树，那棵树很高，爬上它起码用了十分钟,我落地时一跳,左脚崴了,回来就一步一步走得慢。

他把一片广玉兰叶子递给我。这叶子青翠欲滴,质地坚硬如塑料,叶子首端如针一样尖锐。我把它一掰两半,叶子发出"噗"的一声。老头子说,多好的一片叶子,这么完整,为什么要破坏它?我没理他,对阿牛说,该你啦!

阿牛对老头子招招手,老头子翘趄着走到阿牛面前,低头、弯腰、垂手。阿牛拍拍长枪问他,这是什么?老头子说,这是枪。阿牛说,这是什么枪?老头子说,我一生研究美的东西,从不研究枪。

阿牛没说话。他怎么能对老头子的谬言无动于衷呢?

阿牛说,这是枪,这里面有子弹,不是吓你,是真的。如果你敢逃,你是逃不远的,我会找到你,一枪崩了你。你出了巷子,朝左手过大马路,大马路对面是邮电局,我昨天在门口贴了一张标语,打倒一切反动派,你把这标语撕下来给我,撕坏了也没关系,反正是关于反动派的。

我耳朵里被"关系"这个词一撞,心中一动,问他们,我们现在三个人是什么关系?

阿牛说,我是无产阶级,你是知识分子,他是资产阶级。我们三个阶级互相就是冤家。我现在是老大,我要革你们的命。你们要听我的。

我沉吟着说,革命……嗯,我看你们俩吧,资产阶级和无产阶级,好像越走越近了。

阿牛说,什么?你敢怀疑我?你把自己的位置放正了再和我说话。

老头子说,我走了。

金玉满堂

二十分钟不到,他就回来了,手里抓着一把纸标语。他说,你们看看吧,你们的话我都听。

阿牛说,这不行,我和你们还是有区别的。

我一看老头子带回来的标语,说,阿牛,我赢了。我的叶子是整的,你的标语才一点点,还是破烂的。

老头子放开手里攥着的一大把破烂纸张,说,糊上了糨糊,不好撕,我不是有意的,老天爷做证。你们也说撕坏了没关系。

阿牛的脸色冷下来,恶狠狠地瞪着老头子。老头子一个劲地后退,退到门边说,我再去,我再去,这回一定全部撕下来。

他开了门,没有关门就走了。外面的冷空气冲进屋里,我和阿牛互相看了一眼,不知道是关了门好还是开了门好。最终我们还是没去关门。我俩听着老头子的脚步声慢慢消失在巷口,然后,我们竖起耳朵听他回来的脚步声。二十分钟很快过去,半个小时也很快过去,五十分钟……

我对阿牛说,他是不是逃掉了?

阿牛说,我命令你赶紧出去找,找不回来,我们俩都要受处分。

我没有多想,一头冲了出去。巷子里,每户人家都门窗紧闭,刚才我也没听到有人家开门的声音,那么老头子只有从大马路上逃走。

我跑到大马路上,站在路中间,惶然四顾,那棵大广玉兰纹丝不动地站在路边,仿佛嘲笑我的无助。我不知道该朝路的哪边追去。大马路边,有数不清的幽暗的小巷子。熟悉地形的人,会知道哪些小巷子四通八达。

老头子啊,我们现在的关系是追与逃的关系,你是逃犯,我们是捕手。

我紧张得喘不过气，在这个倒霉得要命的时候，我不知道为什么想起了老头子说过的几句话。第一句，他问我物质和精神的关系，第二句，他说我思维方式有问题。

物质和精神的关系，物质第一性，意识第二性。物质决定意识，意识形态决定上层建筑。无产阶级革命者都信奉唯物主义。这些话，我倒背如流，但现在一想，仿佛里面生出了新的含义，这些句子引着我朝形而下的地方去，落实到他的堆满各式各样宝贝的紫檀木大桌子上去。我恼火地摇摇脑袋，老头子说我思维方式有问题，不过是他引诱我的一个借口。

我跑步回到老头子的屋里，把大桌子上的东西一股脑儿推下地，各种破碎的声音，我听着十分受用。我觉得我又成了一个纯粹的战士了。

阿牛吃惊地看着我的举动，什么也没说。

我指着他骂道，是你输了。你脑子有病，让他去撕什么标语。

阿牛上来就用肩膀狠狠地拱了我一下，唾沫飞到了我的脸上，声音比我响多了。不关我的事，第三次是他自己走的。他说。

就这样，我与阿牛这一次的游戏不分输赢。或者说，我们俩都输给了老头子。

我冷静下来，一样一样地把完好的东西朝桌子上捡，不管怎么说，还是得把这些东西好好地移交到司令部。

且慢，有问题！

我停下手，看着地上的一堆东西。是的，那些字画不见了，黄庭坚的，黄公望的，倪瓒的，唐伯虎的，文征明的……一张也没有了,就像从来没有存在过。

你藏哪里去了?你赶紧给我拿出来。我面如土色,监守自盗,有可能掉脑袋。

阿牛若无其事地说,不是说字画要打成纸浆吗?既然要打成纸浆,说明不值钱。你慌什么?

我发现我陷进了一个悖论。

我说,毛主席教导我们说,不拿群众一针一线。

阿牛说,老头子算什么群众呀?他是资产阶级,是我们人民群众打倒的对象。

阿牛一夜间变得让我刮目相看。

莫非我的思维真的有问题?我跟随时代的潮流,会有什么问题呢?

阿牛又说,你敢报告司令部,我就说是你拿走的,我是无产阶级,谁会相信是我拿的呀?你拿还差不多。除非老头子出来指证我,但是老头子不见了。我们还是好好商量一下怎么应付司令部的人吧。

我恨不得朝他那张扬扬得意的脸上猛揍一拳。

我哭了起来。我明白,我被老头子和阿牛耍弄了。我才是那个笨蛋。

凌晨,吴郭市发生了一场骚乱,"革命造反派联合总指挥部"里的两派人马,为了支持谁还是不支持谁,意见分歧,一言不合,竟然各自抄起家伙火并起来。这一场打得子弹乱飞,大街小巷全都关门闭户。打了一整天,傍晚,枪声安静下来,双方休息。我和阿牛跑到大街上看了看,只见街上有几处火光,有一些背着枪的人跑来跑去。

看见火光，我和阿牛都激动起来，但是我们还要移交老头子的那一大批东西。一回去，就见两个背枪的人在院子里，身后跟着一群工人，这就是司令部的人了。领头的那个我和阿牛都认识，学校后勤处的。他看了我和阿牛一眼，说，我刚才在街上看见你们俩了。你们就这样跑出去了？门也不关。你们看一看，少掉东西没有？

我敢保证，东西一样不会少，还是金玉满堂。那个年代的人，把纯洁思想作为第一位的。

我对那领头的说，桌上的字画没有了。是阿牛拿的。

领头的人也看看阿牛，说，他大字不识几个，要那些没用的东西干什么？你说他拿这些金器银器我还相信。

我气急败坏，上前和阿牛拉拉扯扯起来，但我不是阿牛的对手，我老是被他推在地上。我俩在这里撕扯，那里开始装东西，砸东西。我们走的时候，一地的破碎石器、砖雕、泥塑。老头子的园子面目全非。

领头的最后对我说，算了，你放开他吧。字画也不算什么，不值钱的，打成纸浆也没多少。

我不相信地看着领头的，我认为那么神圣的事，就这么轻飘飘地消解掉了。

当天晚上，吴郭市发生大规模的武斗。后来驻军部队介入，才让事态平稳下来。我和阿牛参加了武斗，阿牛打伤了一条腿，回家去了。第二年，一九六八年十月，吴郭市成立了"五七"干校，我进了干校改造思想。我和阿牛以后也再没有见过面。

那天在干校里干完整地的活，我坐在破床上，听着外面呼啸的西北风，突然想起一个问题：我为什么会跟老头子和阿牛两个人玩

金玉满堂　63

那么低级的游戏呢？

那场游戏中，唯一的输家就是我。

我浑身冒寒气。

时间最令人生畏的地方就是快。转眼之间，距离那个测智商之夜整整过去了三十年。时代不同了，物质应有尽有。

我还是吴郭公认的聪明人，我在老头子和阿牛手上栽的跟头，吴郭人当成一件趣事到处传扬。

我还是独身一人，形单影只。年轻时，我也有过几场恋爱，最终都是我逃之夭夭。我每次从女孩们身边逃走时，都会产生无比的幸福感。我不信任她们，我先逃了，我就是个胜利者。

照理说，我对人疑心重重，别人应当生厌。但我不同，哪怕我怀疑一切，大家还是公认我是个聪明人。即使我怀疑错了，大家也会原谅我。我想，也许中国人是用怀疑来表明自己的智慧。一个对世界充满热爱和信任的人，会被大家认为智商有问题。

我上课时，常常会对学生们提起老头子这个人，他当年设局逃生，一去就杳无音信，不知他是不是还活着。我曾花了一些时间，通过派出所去找阿牛，他搬了家，我去他的新家，邻居告诉我，这个人搬来以后，一天也没在这里住过。三十年，足以沧海桑田。我前几天走过阿牛搬迁的新家，居民房全部消失，原地拔起三幢商务楼，周围喷水池、花坛、草坪、小公园……美轮美奂。

时间会改变一切，唯独无法改变内心的一些东西。我越来越惦念失去消息的老头子和阿牛，他们那场游戏改变了我的一生。

好吧。事情终于到结局的时候了。这天下午，我与往常一样，独自从学校走回家里去,街上一位老者吸引了我。这位老者旁若无人地在街道上哈哈大笑,问题不在于他笑,在于路边一家人家正在办丧事,他这么一笑,引得不相干的路人都对他侧目而视。

我几乎是一眼就认出他是老头子,除了头发白了,他没多少变化。我站在那儿百感交集地朝他喊了一嗓子,老头子啊!

他一愣,跑过来说,是我是我,我就是老头子,你是谁?

我说,我是三十年前,被你和阿牛骗了做游戏的那个人。你还活着?

老头子说,当年他身上带着一些钱,从吴郭一路逃到深圳,然后偷渡到香港与妻儿团聚。别说什么铜墙铁壁,这都是想当然,其实这个世界漏洞百出,他很容易就逃走了。

我张着嘴说不出话。

老头子说,为了逃跑,他必须要在我和阿牛两个人中选一个配合他。这件事不能明说,只能默契。他是选择我的,无奈我的脑袋里,思想装得满满的,水泼不进。但是阿牛的脑袋没满,阿牛的思想是实际的,生机勃勃的,是讲常识的,接地气的……没有阿牛,他可能就没命了。他是资本家,又有那么多的海外关系。大陆可以自由来往以后,他马上从香港回到吴郭,找到有关部门,有关部门发还了一些当年的抄家物资,但是字画,一张也没有了。这些年,他每年都要在吴郭住两个月,找阿牛。今天,就是刚才,他找到了。阿牛在因果广场开了一家古董店,名字叫"石恩斋",这是念老头子的恩情。他去里面转了一转,没说破自己的身份,只和阿牛说了一些话,知道阿牛早就改了姓名,结了婚,有一子一女,都是守本分的乖孩子,名牌大学的博士生。他明白,阿牛当年听懂了他的暗示，只把那些字画藏起来了。他赚了大钱了，那些字画也有了生存下去的机会。所以他想起来就哈哈大笑。他心事已经了结，要回香港了。

我问他，当年你是怎么逃走的。

他说，他就藏在那棵广玉兰大树上。他在树上看见我在街上茫然四顾。武斗开始时，大家都在逃避，他也从树上爬下来，朝轮船码头那边逃去。

我和老头子挥手告别。老头子临走时，对我说了一句狠毒的话，可惜你当年没有主见，不然今天这场富贵就是你的了。

我魂不附体地来到阿牛的店里，我一眼也认出了阿牛，他坐在店铺里面的院子里，院子后面是一幢三层楼的别墅。这就是他的家了。院子里放着一方喝茶的天然大石桌，他就在石桌边，抱着一个婴儿逗乐，看情形，应当是他的孙儿辈。他的边上，还坐着几个体面的男女青年，一边喝茶，一边说话。还有两个小女孩在一边观赏茶花。

过来一个伙计招呼我。我听不见伙计在说什么，我的注意力全在院子里。

伙计说，老先生，你认识我家老板？这句话我听见了，我说，不认识。

伙计多嘴多舌地说了一句，这是老板一家子。女儿、女婿一家和儿子、儿媳妇一家，小的是孙子。儿子媳妇前两天从国外回来探亲。

院子里的那一大家子，一定是说了什么好笑的，齐齐地发出一阵大笑。

我在他们的笑声中热泪盈眶。我的心从此宁静了,再也没有想过输赢这回事。

完成于2017年11月29日

天鹅绒

从前有一个乡下女人，很穷。从小到大，她对于幸福的回忆，不是出嫁的那一天，不是儿子生下的那一刻，而是她吃过的有数的几顿红烧肉。在当时这不是一件羞耻的事。可羞耻的是：曾经富裕过的人被称作地主或者富农，没收了土地，被没有富裕过的人监督劳动。

这个乡下女人真的非常穷，她家里的炕上一年四季只有一床薄而破的被子，被子下面一年四季垫着一条芦席。她只有一双干净像样的布鞋，用作逢年过节和走亲访友时穿——光着脚穿，她没有袜子。当然她更不可能有牙刷、牙膏、指甲钳之类的东西。

这是一九六七年的中国，距今不远，想忘也忘不了。

问题不在于她的穷，在于有另外一个女人背后嘀咕她："连袜子都不买一双，敢情真想做赤脚大仙？"

这一句话传到了她的耳朵里。她是个自尊要强的女人，曾经在脱盲班里学到过一些学问，譬如：地球椭圆形的，在宇宙里像一只鸡蛋那样无休无止地滚动；毛泽东是中国人民的大救星；共产党一心救中国。等等。但是很多很多的学问在脱盲班里是学不到的，譬如人和人之间怎样协调相处。

她既不能一笑了之，也无法去找那个背后说三道四的女人吵上一架。问题是她没有钱买袜子。

她思来想去，想到一个主意。那是冬天，已经过完春节了，她的儿子在学校里读高一，十八岁，功课很好，好到同班的一个女同学送了他一支新的钢笔。还有几天他就要从高一升到高二了。这个女人把儿子叫到面前，告诉他：读到高中毕业，又能怎么样呢？十八岁，是帮家里挣工分的年龄了，某某的功课不是比你更好，去年就不读了，帮着家里挣工分，还订了一门亲。

她把儿子的几个学费揣在怀里，不顾一切地朝集市上走去。集市上有一家商店，方圆十几里唯一的一家商店，大号叫"××供销合作社"，简称"供销社"。供销社里每一个营业员都像本地的干部一样有权。

女人要了一双深灰色的腈纶袜子，仔细打量之间，心里又有了盘算：买了一双袜子，不过是跟别人一样有了一双袜子，不过是逢年过节穿一下。这好像不是一件特别划算的事。

她放下袜子，就在供销社里转悠开了，转完供销社又到集市上转悠。不觉天就黑了。她看见集市上一下子冷清下来，就昏了头，心里敲响了锣鼓，越敲越响，越敲越乱……她想到该回去给儿子丈夫弄一点糊口的高粱粥汤的，想到有点对不起儿子，想到她这么个又穷又傻的女人，却生了个聪明听话的儿子。突然间，这个女人做出了一个行动：买了两斤猪肉。她要烧上一锅子红烧猪肉，与丈夫儿子一同端到门外去吃。让全村的人都看见她家在吃猪肉。

悲剧就这样发生了：进了村，她上了一趟茅厕，把肉拴在茅厕外面的木棍上，她出来的时候，肉不见了。

但是她这个人还在。这个人从此就负载着一个沉重的任务，她要为失去的两斤肉喊冤。她不上工，不下灶，几乎不吃不喝，每天

天鹅绒

站在她家里的屋门口，脏话连篇地骂，骂谁偷了她的猪肉。村里的女人一个劲地劝，告诉她，谁都相信她是买过肉的，也许那块肉被饿狗拖跑了。

她转而骂狗，听上去就像在骂人，比直接骂人还难听。这回没有女人去劝了，因为种种迹象已表明，她疯了。她成了一个疯女人。

儿子运气比她好。他回乡务农后，当了队里的会计，那个送钢笔给他的同学是大队书记的三女儿，有点心脏病，有点哮喘，眼睛有点斜视，但他还是娶了她。因为她是大队书记的女儿，而且没有嫌弃他的疯妈。这样他二十岁不到就结了婚，结婚后当上了他那个队的小队长，管着四十多户人家，二百多号人。

我在《司马的绳子》里这样提过：后来，大批大批"下放"的人开始返城。我们一家回去了，唐叔叔吃了官司，他的老婆拖儿带小的也回去了……

唐叔叔为什么吃了官司？他杀了这个乡下疯女人的儿子，管他的生产队小队长。

这件事大家口口相传：疯女人的儿子和姓唐的老婆有了男女关系，姓唐的就用一杆猎枪毙了小队长。

唐叔叔大名叫唐雨林。祖父是印度尼西亚的华侨，那杆猎枪据说就是他留下来的。唐雨林的老婆叫姚妹妹。姚妹妹上头有五个哥哥，到了她终于是个女孩子了。父母亲又喜又怨地，索性把她叫作了姚妹妹。姚妹妹到了四十岁还是姚妹妹，会赌气，会俏皮，会耍赖。圆而白的脸上，总是带着一副观察的神情，观察的目的是为了在该笑的时候奋力大笑。结婚晚。她三十九岁的时候，女儿才九岁。女儿喜欢在小辫子上系两只蓝蝴蝶结，偏偏她也喜欢在两根大辫子上系两个蝴蝶结，也喜欢蓝。于是她这样跟女儿商量：

"囡！蝴蝶结是大人戴的。妈给你头上扎一条宽宽的红带子吧。"

女儿不干。女儿搬来了父亲唐雨林。唐雨林这样跟老婆商量："乖妹妹。你们两个人换一换，她戴蓝蝴蝶结，你扎宽宽的红带子。"

姚妹妹不干。唐雨林哄劝了半天，口干舌燥，伸出巴掌，恶狠狠地扇了她两大巴掌。姚妹妹的眼泪还未曾干，她的爹妈就互相搀扶着跌跌撞撞地跑来了，坐在客厅里，一把眼泪一把鼻涕地诉苦："带大一个女儿不容易啊！生下她也不容易啊！。从来不舍得打她一下，现在倒好，送上门去给人家打耳光了。"然后，她的五个哥哥也来了。

……

有客人上门，唐雨林总是这样介绍老婆和女儿："这是我的大女儿，这是我的小女儿。"

唐雨林、司马、我父亲，三个人是棒打不散的赌友。

这三个人是好汉，好汉们各有特点：司马是智者，我父亲是仁者，唐雨林是侠者。唐雨林脾气火暴，除了对老婆没办法，什么样的人他都不怕。有时候他会带着那杆猎枪去赌，所以赌场上的小人见了他退避三舍，不敢赖账，更不敢做手脚。

二十世纪六十年代末到七十年代，政府把大批城市居民迁徙到贫困地区，称为"上山下乡运动"，民间把这个运动叫作"下放"。唐雨林、司马、我父亲都在一九六九年那年"下放"在三个相邻的县，也从这一年开始，三个人约定：每年的大年初一下午

天鹅绒　71

聚合到我父亲家里，豪赌一夜，第二天上午八点分手。为了一夜豪赌，也为了老友相聚，唐雨林要顶着寒风，骑一个半小时的车子。一个半小时是指正常的行驶时间，不包括他在路上打猎的时间。我们记得他当时的样子：背着猎枪，满脸通红，双目发亮，鬓边汗湿着，自行车后面捆着年货，年货里有他即兴打来的野物。我们老远就冲着他咧开嘴巴笑，他的口袋里还装着白果，他教我们如何把白果埋在灶膛热灰里爆着吃。有一次，他一本正经地对我们说，白果爆裂的声音特别像他放屁的声音。于是我们扔下白果，爬到他的身上，把他揍到求饶。

总而言之，他一点也不像个杀人犯的样子。

姚妹妹跟着丈夫"下放"那年恰好整四十岁。她一点也不伤感，她认为将来会有许多变通的方法。但是唐雨林心情沉重，这儿太穷了，太穷的地方总是像死一般寂静，他不喜欢这种毫无内容的寂静。他跟在向导后面，不动声色地打量路上遇到的每一个当地人，在赌场上他就经常用这种目光打量对手。他发现他走进了一个完全陌生的世界。

他走着走着，就和那个穷女人的儿子碰上了。

穷女人叫李杨氏，她的儿子叫李东方。李杨氏疯骂了三年，恰巧在唐雨林一家来的这一天清醒过来。她不知道自己能清醒多少时候，赶紧梳了头，烧水洗个热水澡，穿上鞋子，趁着清醒又自尊的时候，急急忙忙地跳河了。

她跳河的地方忽然热闹起来，许多人朝河边跑过去，又围着河嚷嚷："死了死了。死透了。没用了。"向导扔下唐雨林一家过去看热闹，一会儿过来说："死的是小队长的老娘。三年前丢掉了两斤猪肉，就疯了。听说今天醒了，梳个头，洗个澡，穿上鞋子，就投河了——洗什么澡？多此一举，反正要投河嘛。"

于是，唐雨林看见了李东方，李东方就看见了唐雨林的那杆猎枪。他一愣，眼里露出惘然的神情，一时竟无话可说，他从来没有见过真正的猎枪，这杆猎枪看上去与本地民兵训练时用的"三八"式步枪有很大的不同，它很华丽，带着城市里陌生的富足的气息，隐隐地还透着某种异国情调。它咄咄逼人。他不知道对它说些什么。

他黑而瘦，裤管和袖管看上去空荡荡的。从后面看，简直看不到屁股在哪里。肩膀高而宽，显得整个人像个"T"形，硬而且冷，设着一道防线。但是他的神情却是不设防的，他细长的眼睛里流露出对什么都认真的样子——什么都认真，却什么都不准备问的样子。眼梢略略上扬，眼眸晶亮，令人想起某种驯顺的食草动物。另外，他经常随着外部情况而变换表情，这个习惯使他像一个没有多少心思的孩子。

这是唐雨林一家和李东方初次见面的情景。说实话，唐雨林有点看不起这个顶头上司，但是他知道不能流露出这样的感受。唐雨林阅人多多，唐雨林百战百胜，唐雨林从不伤害好人。何况他一开始就看见了李东方丧母的悲伤。

但是姚妹妹在伤害人了。姚妹妹皱起了鼻子，说："脑子有问题吧？我妈总说他们的脑子是有问题的。你看看，两斤猪肉……两斤……又不是两百斤。"

她的女儿问："两斤？两斤是多少啊？"

姚妹妹说："两斤嘛，比一斤多一斤。"

她突然大笑。两斤，比一斤多一斤，这样的回答确实让人想起来觉得好笑。这样，唐雨林就不得不板起了脸，说："姚妹妹，人家悲伤的时候，不要这么大笑。你要是还这么大笑的话，我以后不让你吃猪肉。"

现在是初冬。一到冬天，这里更是寂寞荒凉。

唐雨林看了队里分给自己一家三口住的茅屋后，很快就给自己描绘了一幅前景。夜里，点起了煤油灯，他一边吃着灶上烧的米饭，一边这样想刚才描绘的前景：冬天，做什么样的事最美呢？吃饱了饭，穿得很暖和，坐在无风的太阳底下，嗑姚妹妹炒的葵花子，喝着城里带来的五窨花茶，听女儿唱简简单单的儿歌。要过这样悠闲的田园生活，前提是回避掉田里艰辛的劳动。当然这样会有麻烦，因为所有的"下放户"从第一天到农村就投入了劳动。

李东方是个认真的人，他的娘投河第二天，尸体还停在家里没有发丧，他就下田劳动了。一天劳动结束，他没有看见唐家的人。于是他故意绕着路走过唐雨林的家门口，不吭声，不回头，给唐雨林看一个僵硬的后背。他是小队长，唐雨林知道会有一些麻烦，他必须跟这位李东方达成某种协议。

李东方的娘下葬那天，唐雨林也去吊唁。他扛着那把猎枪，大马金刀地朝桌子旁边一坐，人群哄然一声朝后退避，像潮水一样，留下了搁浅的李东方。李东方和唐雨林在空无人处面面相觑，中间搁着那把猎枪，都有些慌张。突然，两个人不约而同地给了对方一个微笑。笑的含义是各不相同的，突如其来的尴尬境地让他们有了第一次和善的交流。

唐雨林这一天收获颇丰：李东方一个半生不熟的然而友善的微笑；一只野兔子；一只五彩斑斓的野鸡。他把猎物扔到姚妹妹脚下，说："去！用盐腌了，挂在风口上吹着。改天请李队长来吃饭。"

李队长来吃饭的情景值得一说。他穿上了新裤子和干净的解放鞋，两只手背在身后，耷拉着脑壳，扛着一对瘦而笔直的肩膀，来到唐家大门口。他小心地叫了一声：

"老唐。"

老唐和妻女都在灶房里忙活，没有听见。他站在那儿缓慢地转动着脑袋，认真地四下里看了几眼，不知为什么突然一惊，迅速地几步跳到了屋后。过了一会儿，他看上去轻松了，浑身从脖子那儿开始松弛，松弛的结果是，他慢悠悠地蹲下了，眼睛看着河边几根没有收割的芦苇。

唐雨林和姚妹妹轮流到大门口去张望，已经过了吃午饭的时间，唐雨林心中焦躁。姚妹妹说："不会掉到河里去了吧？"唐雨林刚想责备她几句，就听得女儿惊喜地大叫："找到了。"——她在屋后找到李队长了，并且拖着他的袖子不放。

唐雨林跟着姚妹妹笑起来。

趁着吃饭，唐雨林和李东方达成协议：他可以暂时不出工，替李东方管教队里的几个痞子。那几个痞子老在集市上转悠，喝酒赌钱，扰乱地方治安。

这顿饭，姚妹妹喝的酒比他们两个人加起来的还多。酒至酣处，她撇开丈夫跟李东方发牢骚："说什么我也要离开你们这个地方。我是很认真的一个人，我说的话都是真话。我为什么敢说真话，因为我是家里的老小，父母哥哥都宠我，所以我胆子大，不怕

天鹅绒　75

得罪人。我这个人天生有福，从来没有吃过亏。你是农民阶级，我是工人阶级。农民阶级和工人阶级都应该说真话。你们这个地方真是野猫不拉屎的地方，什么东西都没有。我保证你没见过小笼汤包和虾仁烧卖。"

李东方神往地问："虾仁烧卖是什么？"

唐雨林从来就管不住姚妹妹，看上去她还要发表许多言论。他看一眼李东方，发现他听得津津有味。唐雨林一向是不喜欢应酬的，尤其是像李东方这样的人。于是他想，让她说去吧，也让李队长听去吧。

他站起来对好脾气的李队长说："她这种言论，该枪毙。交给你好好教育，我要溜之大吉了。"

唐雨林提着枪出去了一阵。傍晚，他一无所获地回到家。姚妹妹在房间里睡觉，圆脸上睡得一团粉红。厨房里，李东方还呆呆地坐在那里，看见唐雨林走进来，脸上什么表示也没有，站起来就走了。唐雨林走到屋子外面，问踢毽子的女儿：

"你妈下午怎么了？"

女儿说："下午没怎么。"

唐雨林、司马、我父亲，三人中，我父亲是仁者，司马是智者，唐雨林是侠者。这三种人，只有侠者具有这样的两面性：既有令人生畏的铁石心肠，又有无处不在的悲天悯人。

唐雨林遵照与李东方订下的协议，每日到集市上去转悠。那几个泼皮确实难缠，但唐雨林是何等样人，连吓带骗，没几天就把这帮泼皮收服了，令他们不再扰乱百姓。他也确实向他们动过武，那是他实在生气不过,把猎枪搁在一边,捋下几根柳条,狠狠地揍他们的屁股,把他们揍得四下里逃窜。后来,他就给他们表演枪法,谈城里的见闻和吃穿用度,给他们做红烧野鸭煲西瓜野鸡盅什么的。如此不出半年,他就是几个泼皮家里的常客了。他们在一起有许多事情可做,譬如打猎、赌博、空谈。他们都觉得相识是缘分。

唐雨林对泼皮们说:"有时候,我是你们的朋友……"泼皮们响应:"是朋友啊!"

唐雨林又说:"有时候,我是你们爹。"泼皮们再次响应:"是老爹啊!"

这种富有层次的关系肯定给唐雨林带来了莫大的愉悦,不然的话,他为什么经常在外面不回家呢?不想姚妹妹炒的葵花子,也不想城里带来的五窨花茶。

他冷落了姚妹妹。

姚妹妹确实是在这时候与李东方好上了。一件看上去极不可能发生的事发生了,一件非理性的事件,一件考验人类智商的事件,一件不是第一次发生也不会是最后一次发生的事件。每当这样的事件发生后,我们冥思苦想,智商受到极大挑战。我们只能这样猜度:这是不正常的事件。

初夏的一天,唐雨林如往常一样,扛着枪到他一个小泼皮家里去。坐在人家屋外的苦楝树下,喝酒猜拳,热闹到半夜,他觉得露水渐重,就对泼皮们说:"散了散了吧。"泼皮们上来按住他,说:"你老人家不是说今晚要住这里吗?"唐雨林诧异道:"我什么时候说了?"泼皮们一齐回应:"你说了。"唐雨林一头雾水,抓耳挠腮

天鹅绒 77

地想了又想,最后还是果断地站起来说:"没说。回去。"

他说走就走。

泼皮们跟在他后面,不住嘴地劝:"住吧住吧,老爹!再睡一刻天就亮了,不在乎这一时半刻地赶回去。"

唐雨林不理睬他们,他心里一个劲地想赶回去。他突然发现,这世界太空旷了,令人想起一些让人不安的物事。

他大步流星地走了片刻,觉得身后有异样。回头一看,泼皮们全都跟着他,默默地,像一群鬼魅,难怪他听不到声音。他生气了,把枪从肩膀上卸下来,举起枪柄作势要打过去。这一次,没有发生他预想中的逃窜场面,泼皮们不动。他们庄重地说了以下这些话:

"那我们就不送老爹了。"

"老爹你留神脚下,慢慢走。"

"不管有什么事,老爹你明天一定要过来喝酒。"

雾渐渐地深了,漫过了路面,淹没了唐雨林的脚,四周围全是湿淋淋的麦田。湿透的麦苗在深夜里也醒着,发出异样的香味。有一点风吹过来,卷不动浓重的雾,却把唐雨林的脸吹得冰凉。

到了家。

家是三间草房,冬暖夏凉。西边是吃饭的地方,女儿的小床安在中间,他和姚妹妹的大床在东边,那是他的天堂。

天堂里有了陌生的声音,这就是泼皮们送了他一程又一程不想放他回家的原因。

唐雨林愣在窗口。

他听到两句话。第一句话是姚妹妹说的:"我家老唐说我的皮肤像天鹅绒。"第二句话是李东方先生说的:"天鹅绒是什么东西?"

唐雨林把枪倚在窗子下面,走到邻居的屋后,那里有一座隔年的麦草堆,他坐下来,偎在草上。他有些后悔回来了,按照惯例,过了半夜,他就住在别人家里了。

一觉睡到大天亮,唐雨林拖着沉重的脚步走回去。姚妹妹在厨房里烧粥。唐雨林走近她坐下。枪就靠在墙壁上。唐雨林对姚妹妹说:"你过来!"姚妹妹看了他一眼,坚决地说:"不。"唐雨林再次命令:"过来!"姚妹妹再次拒绝:"不。"于是唐雨林问:"是不是你比我有道理?"姚妹妹看都不看他一眼,说:"我要把粥烧好。"唐雨林无可奈何地说:"好吧,等你把粥烧好,我就狠狠地揍你一顿。"姚妹妹说:"你揍吧!"

过了一会儿,姚妹妹把粥烧好了。她拿了酱菜和筷子放在唐雨林的面前,盛了满满的一碗烫粥端过来了,到了唐雨林面前,她跪下了。认真地跪着,把粥放到他的桌子上,然后把脸伸过来,说:"你打吧。打了,大家就好过了。"

唐雨林想,我要上了这样的女人,就得为她放弃正常生活的愿望。美貌的女人会害死男人,头脑简单的女人也会害死男人。这个头脑简单的女人会害死两个男人的。他伸手摸摸姚妹妹散乱的头发,心情沉重地告诉她:

"你这是送人家死啊!"

侠者唐雨林一手拉起姚妹妹,把她拉到自己的腿上坐下,一手端起粥碗,"呼噜呼噜"地一气喝完。然后,一手推开粥碗,一手推开姚妹妹,提了猎枪就走了。

他在李东方必经的土路上候了三天。第四天,李东方出现了,

天鹅绒 79

空着两手，一脸憔悴，裤管和袖管看上去更空空荡荡了。

奇怪的是，面对猎枪，他的神情竟是坦然的，眼眸还是晶亮的——亮得和先前不大一样，先前是认真，现在有点像是营养不良。好像是几天没吃没睡的样子。唐雨林知道，三天，足以让这个疯女人的儿子找到生存下去的办法，他和他的母亲一样固执。

唐雨林放下枪，让他说话。

他说话了。他的语气是不卑不亢不温不火的，没有任何让唐雨林挑剔的地方。

"我是该死。"他慢吞吞地说道，"但是有一件事我搞不清楚，死不瞑目。"

唐雨林点点头。

李东方面不改色地说下去："什么叫天鹅绒？"

唐雨林又端起枪："天鹅绒是一种布料。"

李东方呆滞地看着唐雨林的枪。

唐雨林想，毫无疑问，这是个阴谋。他在乞命。唐雨林再次解答："滑溜溜的一种布料，有点像草地，有点像面粉。"

这一次，李东方的脸露出了唐雨林熟悉的迷惘，那种真实的迷惘，他在日常生活中经常毫不掩饰的迷惘。唐雨林想，这确实是个阴谋，是一个不同寻常的阴谋。这个阴谋里有着让人不可忽略的愿望，你无法让一个人带着真正的遗憾死去。况且这个人有过那样的母亲。

唐雨林放下枪，点点头。李东方慢慢地离开了。

现在的问题是，唐雨林必须让李东方明白什么是天鹅绒。如果李东方拒绝明白的话，唐雨林的计划将变得遥遥无期。

唐雨林扛起枪回家了。他从不后悔。

这一阵子，唐雨林和李东方两个人都很忙。一个忙于教，一个忙于学。学生老是听不懂，老师老是教不会，好在两个人都不着急。那一阵子，村子里的人都看见了这两个人垂头丧气的模样，经常有人问李东方，你在干什么呢？李东方就沮丧地说，我在想事呢。也有人问唐雨林，你老人家在干什么呢？唐雨林就恶狠狠地说，想事呢。于是很多人都说，他们都在想姚妹妹呢。

这样过了一个月，唐雨林知道李东方确实无法明白天鹅绒是什么东西。这个叫李东方的男人已经越过了死亡的恐惧，专注于某一样事物的研究。这种特性与他的母亲是一样的，坚韧和脆弱相隔着一条细线，自我的捍卫和自我的崩溃同时进行着。

唐雨林明了这一点。他怜悯李东方。

又过了一个月，已经很热了。有一天的傍晚，唐雨林站在屋前眺望落日。西边的天空上不断变幻色彩，从橘红到橘黄是一个长长的芬芳的叹息，从橘黄到玫瑰红，到紫色，到蓝灰，到烟灰，是一系列转瞬即逝的秋波。然后，炊烟升起来了，表达着生活里简单的愿望。土地上生长的每一样庄稼、每一棵树、每一丛草，都散发出生命的气息。生机是这么直白而一览无余，令人感动。

唐雨林当天晚上就出发回城里了。他的心越来越柔软，再不行动的话，也许他就要放掉李东方了。

他到了城里，所有的布店都没有他要的东西。他又到了上海，上海有他的一些曾经发达过的亲戚，他小时候见过几位女眷用过天鹅绒的制品。在上海一无所获后，他又到了北京，北京的亲朋做着不大不小的官。不大不小的官说，这种布料非常稀少，相当大的官才能购买到。

他一无所获地回来了，但他给姚妹妹带来了扎辫子的绸带子，给女儿带来了一只小布娃娃，给那群泼皮们带来了几瓶酒。和去时一样，他回来的时候也是傍晚，要暗不暗的当口。他已经看见李东方放工回家了，他在自家屋后的菜地里干活。

唐雨林提起枪就走。姚妹妹跟在他身后，走了一程，不敢再跟下去。

片刻之后，唐雨林和李东方见面了。李东方蹲在菜地里，略显惊惶地打量从天而降的唐雨林，他的前后左右，全是高而茂密的芦苇，一个绿色的深渊。

唐雨林威风凛凛地问："我就是跑遍全中国，也不一定找得到那样东西。你说怎么办？"

李东方从地里慢悠悠地站起来，用平常的然而坚定的口吻对唐雨林说："你不必去找了，我想来想去，已经知道天鹅绒是什么样子了。"他接着大声说："跟姚妹妹的皮肤一样。"

唐雨林端起枪，以迅雷不及掩耳之势一枪打死了李东方。他终于找到了行动的机会，他知道，若是他放弃这次机会的话，也许他一辈子都没有机会了。

当然，这机会是李东方主动给他的。

一切都结束了，唐雨林进了监狱，到现在他还在监狱里度他的漫漫长夜。每年的大年初一，我父亲想起老朋友唐雨林，总会像个妇人一样感时伤怀。这个杀人事件有意思的地方在于：如果李东方拒不明白天鹅绒这样东西，唐雨林会不会让李东方的生命一直寄存在他的枪口上？

答案是会的。所有的人都这么说，唐雨林是个侠骨柔肠的男人。他如果想杀李东方，早就下手了，何必等到这时候。可以这么说，这是李东方自己选择了死亡，疯女人的儿子在一刹那驾驭着自尊飞翔到生命最灿烂的地方。

李东方死后的若干年后，公元一九九九年，大不列颠英国，王位继承人查尔斯王子，在与情人卡米拉通热线电话时说："我恨不得做你的卫生棉条。"这使我们想起若干年前，一个疯女人的儿子，一个至死都不知道天鹅绒到底为何物的乡下人，竟然在枪口下大声赞美情人的肌肤。

于是我们思想了，于是我们对生命一视同仁。

2002年2月2日完成

2002年2月14日修改

2005年6月再修改

公民的兵法

去年初冬,我的邻居因为贪污和渎职,过年时还在某处羁押,不得回家。半个月前,他老婆抱着孙子到我家来玩,临走时语气干巴巴地对我说:"老头子回不来,我们过年不在家里过了,到湖北我亲家家里去。去两个月。家里请了亲戚来照看。"

按照我对这一家人的理解,她这几句话能相信的只有最后一句:家里请了亲戚来照看。所以我就应她这句话:"哦,你的亲戚来了要是有什么事……要个葱头线脑的,来找我。"

她眼里立刻渗出泪花,千恩万谢地走了。

记得我刚来的时候,捧了一束花去她家拜访。她一脸不屑地问我:"你是哪幢的?"我老老实实地回答:"我是你左边隔壁的那家。"她的眼光把我上下一打量,不屑地指着我的鞋说:"不要进来弄脏了地。"

我是一位教师,当然崇尚朴素。我的这双布鞋穿了五年了,虽然老旧,可也不脏。我退回门外,把花放在她家门口,据说这门值五六万元。

她后来也道歉,说她以为我是保姆。

她刚出门,我妈就从自己屋里走出来,挨个拍着身上的穴道,说:"哼,她这是苦肉计。你不要去理她,隔岸观火就好。"

吴郭城从三年前开始,整天雾霾笼罩。在一些无风无雨的夜晚，开着车从环城高架上经过，车灯照射之处，黄霾滚滚，铺天盖地，十分恐怖。所以，去年过年时的鞭炮声就少了许多，今年更少，到小年夜的傍晚，家家户户还是静悄悄的。我在家里一边烧着菜一边感叹吴郭人还是有忧患意识的，正得意，右边窗外一阵震天大炮仗，吓得我一哆嗦，筷子都掉进了汤锅。我收养的母狗来花一头蹿出门外，才叫了几声，声音突然变成了惨叫。小猫杠开听到来花惨叫，吓得从窝里跳起，穿过后窗逃了出去。

我赶紧出门，右边人家的院子里，站着一群人，脚下一大堆行李，还有一大堆刚放完的炮仗纸屑。人群里一个胖胖的四十岁不到的男人冲着我抱起拳，笑嘻嘻地说："这位阿姨，给你拜个早年。祝你羊年大吉大利，发财发财。"

我还没来得及回答，男人的腿后面，钻出一个五六岁的小丫头，与这男人一样的眉眼，一样油油的笑容，小嘴巴连说带笑："阿姨，你家的狗，是我用炮仗扔它的。炸死它！炸死了吃狗肉。"

我还是没来得及回答，走上一个年轻女人，手里抱着一个三岁左右的男孩，她把男孩换到右手抱着，用左手打了小丫头一个耳光。这女人浑身上下透出一股子别扭，不管看什么人，眼风都像刀子一样凌厉。她打了小丫头，接下来就去包里掏出一串钥匙，"哗啦哗啦"地抖着，开了邻居的那值钱的大门。至此我才明白，这就是邻居的亲戚了。看来是乡下穷亲戚，住过来看一阵子门的。

年轻女人率先进了屋子，那胖男人亦步亦趋，小丫头抓着男人的后襟。院子里剩下我、一位老男人、一位老女人。老男人留下来拖一大堆行李，老女人留下来骂他。老女人骂道："你吃屎的啊？这么没力气。"老男人吊起一股子劲，把行李一起拖出几步。老

公民的兵法

女人又骂："你用这么大的劲干吗？把包都拖坏了。"老男人一赌气，撒手就朝屋里跑。老女人对我说："你看看，这世上最难弄的就是人。对他好，他要娇，对他不好他要闹。"说完也进屋了。

现在院子里就剩我和一堆陌生的行李。我悻悻地回家。

我妈这些天一直和我住，她和儿媳妇闹了不小的矛盾，怎么也不肯和儿子一家过年。她是个敏感要强的人，国事家事，风声雨声，都要琢磨琢磨。这不，她趴在右窗户上察言观色呢。我一进家门，她就对我说："看看，这一家子人，都不是善茬，笑里藏刀呢。特别那儿媳妇，你看她打女儿都那么有心机，换左手打。"我傻傻地问："左手打又有什么讲究？"我妈说："这一掌是打给你看的。左手没力气嘛，打得轻点。这叫兵不厌诈。"我说："妈，你也不要太小心眼了，心眼小，苦自己，跟人相处也难。"

妈跨前一步，点着我的鼻尖说："你别把话题朝你嫂子身上引。我不吃你这一套。你呀，脑子简单，和我年轻时一个模样。你妈我，经历过好几个时代，早就成精了。和我斗？我不揪下她的脑袋来？"

我妈有偏执症，她的一个姐姐也是偏执症，两个妹妹是焦虑症。最小的弟弟是轻度抑郁。他们都在吃治疗的药。我的外公外婆却身心健康，安详，知足，平时不多话，遇事谦让，就像两头老绵羊。是典型的老吴郭人的样子。

新来的邻居把楼上楼下的灯都打开了，灯火通明，屋里一时晶莹剔透，华贵细腻。两个孩子表达高兴的模式是尖叫和怒吼，那小丫头的吼声时高时低，怪瘆人的。

我妈说："人家让这么样的穷亲戚住进来，送的是一份大福利哟。这是收买人心啊,想借尸还魂罢了。"

吃过晚饭,那位胖子和老女人带着小丫头来做客。我让他们坐在客厅的沙发上。老女人说,他们是老夫妇俩,加上儿子和儿媳妇。小男孩是孙子,小丫头是孙女,叫秀秀。秀秀听见奶奶介绍她的名字,朝后一靠,靠在奶奶大腿上,娇嗔地朝我露出笑容。我仔细一看,这孩子长得眉清目秀,笑起来特别甜美无比,眼睛细细的,朝下弯着,像两个可爱的小月亮。看人时透出纯洁的光芒。

我便心生喜欢,站起来给他们倒水。饮水机放在餐厅的角落里,我刚拿到茶杯,手腕就被我妈按住了不放。刚才,她一听到敲门声就上楼了,说要早点睡。看来她根本没有睡意,她一直藏在这里偷听。

她按下我的手腕,顾自走了过去。她悄悄地走过去,老女人悄悄地站起来了,然后她的儿子和秀秀也站起来了。胖子向我妈伸出手,说:"阿姨,我们以后就是你的邻居了,这一排房子只有我们两家人住着。前面一排、后面一排也没有人住,再前面一排、再后面一排也没人家住。请多多关照。"

我妈对他的手视若无睹,走到沙发中间坐下,问:"邻居,你们要住多长时间?"

我妈一个人把沙发占了,他们只好站着和我妈说话。老女人赔笑说:"一年半年吧。"她忽然换了一种严厉的语气说:"哼,我们也是同情他们,才来照顾照顾他们的家。我们没跟他们要钱,趁火打劫的事,我们是不做的。上屋抽梯的事,我们也不做的。他们好的时候,我们没有沾到他们的光。那时候想让他们给我儿子找个工作，他们也没答应。哼，他们那么有钱，我那儿媳生第二个孩子，问他们借了一千块钱，还盯着要我们还。我们要是想还，就不跟他们借了，这不是搬起石头砸自己的脚吗？"

她说的他们就是房主了。

我觉得老女人的话很奇怪，就过去说："借人家的就得还呢。"

老女人不客气地扫了我一眼说："我们是穷人，富人就该接济穷人。要不穷人怎么过呢？难道叫我们造反？抢银行？"

她"呵呵"地笑起来，小丫头随着她"咯咯"大笑。

胖子对这个话题不感兴趣，他站着东张西望，嘴里说："你家的别墅怎么这么小？只有我家的一半大嘛。你们是二层，我们是三层带阁楼。"

我妈嘴里"嗤"了一声，说："乡下人就是叫人发笑，你家的别墅？笑煞人了。"她站起来，侧身扭腰，表情古怪地说："就算是你家的，目前的形势，也不一定保得住啊。说不定哪一天法院就来封掉了。"

胖子对我妈拍拍手说："阿姨阿姨，你说得对，谁家屁股上没一点子屎。保不住哪天就倒霉了。"

我插在两个人中间，对胖子说："我妈妈身体不好，要早点睡。请你们早点回去。"

胖子大度地说："那好吧，我们也累了，正想回家睡觉。哎，阿姨，我问问你，这院子怎么才住了这几家人？冷清清的，不好玩。"

秀秀一直在观察我，我在饭桌上拿了一只苹果，偷偷地塞进她的衣袋里。

第二天一早我打开门，一眼就看见秀秀站在两幢别墅之间的石砌栏杆墩上,双手捏住铁栏杆,小身子像钟摆一样地晃荡。看到我,她露出两排小白牙明快地笑着,说:"阿姨阿姨你真好!"我被她恭维得特别高兴,问她:"我好在哪里啊?"她说:"你给我吃苹果啊。"她向我招手:"你过来你过来。"我说:"你有话就说吧,好吗?"她说:"我不说。"

我没空理会她,穿上运动鞋,照例要在早餐前跑几圈。

我跑完一圈,在邻居的屋后看到秀秀,她彬彬有礼地说:"阿姨好!"我回道:"你好!"

第二圈,秀秀还在那里。她热乎乎地说:"阿姨好!"我不忍拂了她的好意,也再回了一句:"你好!"

跑完第三圈,不仅秀秀还在那里,她的小弟弟也跟在她后面看着我了。秀秀对我大声说:"阿姨好!"她话音刚落,小男孩就兴奋地在原地蹦起来了,嘴里喃喃不清地喊道:"阿姨好,阿姨好……"

我赶紧跑开,我想,他们不可能在原地了吧。我早上要跑十圈,现在回去有点扫兴。我继续跑第四圈,这次,我在路口一露面,姐弟俩就开始跳着叫:"阿姨好,阿姨好……"我只好走过去问他俩:"你们想干什么呀?"

他俩就不吭气了,秀秀低头扭捏地笑,时不时地瞟我一眼。她推了小男孩一把,小男孩流着口水说:"苹果果……"

我倒笑出来了,说:"好吧,你们等着。我给你们拿。"

我妈,她还能在什么地方呢?她当然趴在后窗户上听我和两个孩子的对话。

公民的兵法　89

我进去拿了两只苹果，走到门口，就被她拦了下来。她一把夺走，我抢回，她又一把夺走。早上这种气氛实在让我不愉快，我的音调响起来："你干什么啊？"她一听，转身进了她的屋子，一会儿出来，已经把她的东西都收拾了，手上多了两个包，我便抢她的包，她的力气意外地大，怎么也抢不走她的包。我问她："那你想怎样？"她说："我回家，给你嫂子赔礼认错。"我看她如此固执，便说："那你等一会儿，我开车送你回去。"她说："谢谢你啊，不麻烦你。我身体还是好好的，坐公交车半个小时就到家了。你送我？我怎么受得起？"我无奈地说："是你要走的……回回都是这样多心。那好吧，你不要这样从人家大门口走，你朝边上走。"

但她故意从邻居的大门口走了，昂头挺胸，大义凛然，走到邻居的家门口停下拍衣服，嘴里大声说："有你苦头吃的……你苦头吃不够的。……一看就不是好路子，反客为主啦？小孩子就像野狗一样放在外面，大呼小叫，有人养没人教的……"

我妈这方法我懂，是我们老百姓常用的一招，叫"指桑骂槐"。我听着她夹枪带棒地乱骂，难为情的脸红。看一眼邻居那边，一点动静也没有。等我妈走到旁边一幢屋子，他们突然发出一阵爆笑。我知道这笑声不怀好意，假痴不癫。我想我不必理会他们。我是大学教师，我有我的天地，有我追求的理想。我要是计较他们，怎么为人师表？

我妈应该听到了身后无礼的哄笑，但她又能怎样呢？她佝偻着背，尽量让脚步显得从容一些。

我妈一走，我就是一个人了。江吉米在西藏拍摄寺庙，去了两个多月了。我给他打电话，把新来的邻居和他说了一番，他正在喝青稞酒,听得不耐烦,说了一句:"但愿长醉不愿醒。"

他愿长醉,我还得尘世呢。

两只苹果被我妈放在门口的石柱上。

新来的邻居从家里热热闹闹地出来了,高高兴兴地说着话,从我面前扬长而过。正是中午,他们去外面吃午饭吧?奇怪的是,一家老小从我眼前走过,恍如未见,就连秀秀也一眼不瞅我。

我看着他们走远,抱在奶奶怀里的秀秀弟弟,突然在奶奶肩头上转过来,用手上的塑料小枪对准我,朝前一送一送地打出意念中的子弹,小手腕还左右移动,作声东击西状。我的心一沉。所幸奶奶把他搂到了前面。

我心里七上八下起来,肚子里转起无数念头。我仔细地想我有何地方失礼,有何地方不近人情。最后总结是我妈不讲道理,得罪了人家。

过了一会儿,一大家子再次从我门口热腾腾地经过。我在院子里摘金橘树上的小金橘子。这回,他们和我打招呼了,我看他们想进我院子参观的样子,连忙把他们让了进来,他们的身上洋溢着面条味道。我把门旁石柱上的两个苹果给了秀秀姐弟俩,还把摘下来的一大碗金橘给了秀秀,小丫头吃了几个,一个劲地嚷嚷好吃。她奶奶对我说:"做城里人就是好,大年夜了,中午还有地方吃面。对了,秀秀刚才还说有话和你讲呢。"

秀秀笑眯眯地看着我,小嘴上挂满甜笑,唱一样地说道:"阿姨阿姨,你真好!"

我发愣,啊,这就是她要与我讲的话?

一大家子围着我,一本正经地点头。是的,就是这句话。我只能这样说:"谢谢秀秀,你也好!"

　　下午,我妈给我打电话来了,她说她回家后,嫂子主动认了错,赔了不是。所以她让我也到他们那里过大年夜。我是不去的,我有四位学生,过年没有回家,他们马上就到,一起包虾仁野荠菜馄饨吃。

　　我妈问我邻居有什么动静。我就说:"他们有点奇怪,吃午饭前,见了我不理不睬,吃了午饭以后,态度就转变了。"

　　我妈说:"那你的态度呢?是不是先是担心,后来高兴?傻子,人家那是心理战呢,欲擒故纵,你上当啦。你真是没用,比我差远了。他们吃好面条回来跟你打招呼,你要当作没听见,这样他们就输了这一局。"

　　我打断她的话:"妈,你别说了,我还要去挑野荠菜。"

　　我拿了一只小篮子和一把剪子,在院子里到处寻野荠菜的芳踪,大半个小时我就找到了一篮又肥又大的野荠菜,回家整理干净,等着我的学生们来。

　　我的四位学生陆续来了,三位男孩子和一位女孩,他们给我带来了鲜花和水果。在外面零星的爆竹声中,我们一边包馄饨,一边漫无边际地聊天。从雾霾到国民心态,从美国的人权运动到改革开放后的中国官场,从本城的传统礼仪到我的新邻居。

　　有一位男孩说,他同意我妈的意见,他了解这种人,他认为新邻居就是那种愚昧的但又喜欢玩小手段的人。

　　我有点意外。这位男孩叫凌达月,是我们中文系有名的才子,他写的诗歌和小说我都看过,风花雪月,充满温情,很合我的胃口。

我反问他:"新邻居最多住个一年半载,与我没有任何利益冲突,何苦来与我耍手段?"

小凌说:"习惯。"

我看看另外三位学生,他们都冲我点点头。

女孩叫何玉梅,腼腆的一个孩子。

我问她:"你为什么也这么想?"

她低声说:"真的,就是习惯而已。我们四个人就是怕见村里人,所以约好了今年不回去。一到过年,大家全都回村了,那个心思复杂呀,手段无聊呀……叫人想着都浑身不舒服。"

小凌说:"我们四个人,是一个县的。"

这又是我没想到的。会不会事情并没有那么严重,只是他们也习惯了这么想。

小猫杠开回来了,和来花在客厅里玩官捉强盗游戏,一会儿杠开当强盗,一会儿来花当强盗,追得不亦乐乎。它俩习惯了和平共处,打闹取乐是日常的状态。

我自嘲地大声说:"啊,世界上,真有这种习惯?我不知道。"

四位大学生一齐放下手里的活,对我说,他们要出去买点东西,现在是下午四点,过一会儿恐怕没地方买了。

我收拾桌子,准备年夜饭。

有人敲门。进来的不是四位学生,是胖子,他手里拿着扫帚,笑得有些用力,一个嘴角朝上弯成弓,另一个嘴角没有及时地跟上。我见他这副皮笑肉不笑的尊容,决定保持距离,便问:"有事吗?"

他说:"我老婆刚才和我说,你们吴郭人的习惯,大年初一不搞清洁卫生,我看你的院子里有好多树叶,顺便一起给你扫一下。"

公民的兵法 93

我还没来得及说话,四位学生从外面走进来,小凌坚决地对胖子说:"你就是新邻居吧?谢谢你,你去扫自己家的吧。这里,有我们呢。"

胖子看了小凌一眼,一声不吭地走了。他走回自己的院子,就把扫帚扔在地上,走进屋里去。他好像打开了电视机,他好像在看电视了,不一会儿,他哈哈大笑起来,是看到可笑的画面了吧?随着他的大笑,邻居的屋子,从一楼到三楼,灯全部亮起来了。看来他们喜欢灯火通明,喜欢不花钱的灯火通明。

邻居家的三楼上有一间家庭音乐室,不知是谁,把音乐打开了,放得震天响,还东一槌西一棒地敲开了架子鼓。我很想知道,是谁这样童心未泯。

大过年的,我不想责备小凌。但小凌是知道我心思的,他说:"他是黄鼠狼给鸡拜年,没安好心,你千万不给他有纠缠你的机会。"

就在这时,我妈又来了电话,她问了我一个奇怪的问题:新邻居在干什么?

我说:"人家干什么,与你我有什么关系?"

我妈说:"知彼知己,百战不殆。"

那边,胖子跟着电视里唱起来了,不用说,中气挺足。我耳朵里听着咚咚鼓声和歌声,嘴里埋怨我妈:"不管怎么说,人家还是轻松快乐的,该笑就笑,该唱就唱。"

我妈说:"那是装出来的,迷惑你,再打击你。这叫出其不意,攻其不备。你等着,他们马上就要给你颜色看了。"

我不得不笑了,说:"那好吧,我惹不起还躲得起哪,我就以退为进吧。"

放下电话，我批评小凌："你们为什么去买了这么多的炮仗，还有这几挂鞭炮用来做什么？我有三四年不放这些东西了，减少雾霾，从我做起。"

小凌说："放心吧艾老师，我们也是买着玩玩的，摆放在家里有个喜庆，像个过年的样子，不一定真的要放。"

我就信了他所讲的。

小凌他们给我扫了院子，大家洗了手，围在桌子边上，单等我举起手中之杯，就开始除夕夜的大餐。

但是，我想起一事来了，这件事不能不做。

我端起一盘子鲜美的大苹果，把它们送到了新来的邻居那里。他们初来乍到，我必须要表达一下善意。我对打开门的胖子老婆说："祝你们羊年大吉啊。和和美美，健康快乐！"胖子老婆也是个会说话的："哎呦，羞死人了，怎么当得起？我们本来想先去给你拜年的，没想到你先来了。进来坐，进来坐。"

我想着四位学生，就说："我要回去了，不麻烦你们。"

老女人过来把我的胳膊一拖进了屋，我吃了一惊，但是看看老女人满脸是笑，不像有什么恶意。

老女人说："你就进来坐片刻工夫呗。怎么？看不起我们乡下人？"

我无论如何也听得出她话里的复杂之音。我讪笑着，一边朝门外退，一边说："改天我再来拜访……改天啊。对不起。"

老女人伸手在空中一抓，想要抓住我的样子。

出得门来，我深吸了一口气。新邻居从昨天来，到今天，不过是一天的时间，其实什么事情也没有，但我为什么已感到疲惫？还伴着某种说不清的厌世?

口袋里的手机响了起来,是江吉米的。我把手机一直放在口袋里,就是为了等他大年夜在某个时辰给我打电话。

首先他给我赔了不是,上次的电话,他正在与几位藏人喝酒,心里匆忙,没有顾及我的感受。然后他问了我妈离开的事,问了新来的邻居,一系列话问下来,再说几句情话,祝了羊年顺利后,我已绕着小区里的路走了不知几圈了,赶紧收了手机,收了笑容,朝家里跑。路过地上停车场,我忽地看到我的深蓝色小车前有一个小身影,那小身影很警觉,看到我,一闪不见了。

我好奇心起,过去找,在后车轮下找到了一个孩子。"秀秀,你在这里干什么呢?怎么不在家里吃年夜饭?"

秀秀从下面探出头,嘻嘻地笑,答复我的话是:"阿姨好!"

我对她说:"今天是大年夜,赶快回家去吧。"

秀秀说:"阿姨,你有小车子吗?"

我说:"有啊。这辆就是我的。"

她爬起来就走了,一边跳着一边说:"阿姨,我不知道这辆车子是你的。你的车子好漂亮啊!"

我被她的话说得有点疑心,站在原地没动,眼看着秀秀跑回去,不经意地看了看车身,这一看,看得我脸都白了。我是昨天傍晚把车停在这里,一天一夜,没有动过,停时车身上还好好的,现在多了一道长长的划痕,从驾驶座那儿一直划到车尾。我想起秀秀的右手始终放在口袋里,如果是她划的,她的手里一定捏着铁钉、小刀之类的东西。

我想,我是不是该顺着我妈的思路想问题,我决定用我妈的思路想一想。如果是我妈，她会怎样做？

——她会用一招声东击西。

我去找新邻居。他们开了门，我没看到有多少过年的气氛，桌子上放着我送去的苹果，胖子从厨房里端出一大盆饺子放在苹果边上。家里人东一个西一个地散在一楼到三楼，电视机的声音响得耳朵难受。秀秀在客厅看电视，她看见我，回过头，淡淡地笑了一下。我发现她的右手，还放在口袋里。

老女人和胖子老婆从楼上下来了，我一把捉住老女人的手，对她说："对不住你，你刚才说有话和我讲，我想晓得，你要讲什么？"

胖子的老婆突然开始大声清喉咙，还把电视开得更响了。老女人看看儿媳，没能明白她的一番做作，对我说："我就想和你说一下，你屋后有片空地，我想种点菜。这家人把院子全铺上石头了，种棵葱都没地方。"

我的屋后确有一片三角形的空地，被我种上了一些小枇杷树苗。这院子本来住的人家就不多，每一户人家都有一个大院子。几年前，大家就心照不宣地在自家院子里种"放心菜"，物业管理员非但不阻止，自个儿也在空闲的地上种菜吃。

我欲擒故纵地说："好啊，种菜？好事情啊，你们种啊。那块地也不是我的，是公共的。我看没人管它，又脏又乱，就整了整，种上了小树苗。你想种你就种吧。其实，大家是邻居了，有话好好说，不要叫人划我的车嘛。"

胖子老婆像一头母老虎一样窜出来，对我叫道："你什么意思，我们人穷志不穷，你想栽赃？没门。我们劳动人民不是好欺负的。"

她的口水喷了我一脸。说实话，一刹那我后悔了。我惹上了这家人了，我惹不起的，他们七十二般武艺样样精通，要文有文，要武有武，我没有时间耗在这些事上。

秀秀又回头看了我一眼，神情平静。她太平静了，这才是让我不能平静的理由。

我一步跨上去，拉出秀秀的右手。和我想的一样，她的右手里握着一根铁钉。

老女人问秀秀："你又拿铁钉干什么？不是和你说了，这个东西危险？"

秀秀说："妈给我玩，凭什么你不让我玩？"

我心情难受，我不可遏制地冒出了泪花，我捏着她的小手，说："秀秀，大人叫你干坏事，千万不要去干。"

胖子老婆"哇"地哭出来，朝地上一倒，喊道："我要回家，我要回家。杀千刀的胖子呀，我不想来的，你非要叫我来。这是个地狱。"

秀秀看了看倒在地上的妈妈，转过头去看电视了。

老女人跟在我后面，诚惶诚恐的，一直把我送到我的院子里，我要进门的一刹那，她跪在地上了，对我说："人，不可无中生有。"

她出其不意的这一句，把我吓坏了。我是无中生有了？秀秀手里有铁钉，一定就是她划的？不一定。她妈妈让她玩铁钉，一定就是叫她划我的车？不一定。秀秀说是妈妈让她玩的，也不一定吧？

我进门的时候，四位学生全都站在桌子边上，无声地关怀地看着我。我的眼睛里还有泪，他们一定知道了什么。

这一顿年夜饭吃得还不错，我的四个学生轮流给我讲笑话，听得我开怀大笑。

十一点，外面陆续响起了辞岁的爆竹之声。小凌对我说，他们想放几个炮仗玩玩，我看他们是小孩子心性，就同意了。我一向不喜欢炮仗，由着他们自己去院子里放。没想到他们把炮仗全都扔到了新邻居的院子里，他们闹得动静很大，等我出门看时，我发现别的人家都出来看我的学生们胡闹。新邻居紧闭大门，灯光一下子熄了，连客厅的灯都关了。

我大叫着让他们住手。

小凌跑过来拦住我，说："看他们再敢乱说乱动？有我们，你就高枕无忧吧。"

我便恼火了，甩开他的手说："我不要你们这样，要杀人放火，我去干。我不想看见你们这样，你们不能这样。"

我从来没有发过这么大的火，我的声音是拼尽全力发出来的。

后来，四周静悄悄，一个人也没有，全走了。我的力气也用光了。烟花爆竹的声音在远处此起彼伏。多少年了，什么都没有改变，一切都是原样，人，和物。

我身上微微有些抖，除夕就这么过了，现在是新年了。我沿着小区里的路走了一回，心里平静了一些，便去看看信箱，昨天也忘了取报纸信件。我在信箱里拿出一大堆报纸信件，最上面有一个小小的纸卷儿，扎辫子的小绒绳儿扣着，纸卷两端夹了两个彩色小发夹。我拿回家去，灯光下一看，认出是秀秀的发夹。打开纸卷，上面密密麻麻地画满了心形图案，反过来一看，还是心形图案。她这么小，才来了两天，不可能认识我的信箱，就像她不可能知道我的车一样。

公民的兵法

且不去想，这心有几分真实，就当它是虚幻的。

看着这份借着孩子出手的小手段，我也想起三十六计里面的一计了：抛砖引玉。

二〇一五年二月写于浦庄

逃票

第三次逃票成功了一半。

傍晚的阳光那么善变，神秘莫测。孔觉民从火车上一步跨下来，旋即把随身的小布包朝上衣里一塞，像肚子有点发福的样子。在火车还没消失的蒸汽里，走得大大方方，连他自己也不相信此刻正在逃票。

逃票需要勇气。一旦被捉，轻者罚款、批评教育，重者游街、拘留、判刑。不管轻重，都要通知本人单位或居委会。

每一次逃票成功，孔觉民的心里总会高兴一阵子，至少一个星期，他沉浸在幸福之中，同样，他的老婆赵点梅也沉浸在幸福之中，于是一家子都沉浸在幸福之中。

但是这幸福是不能让外人察觉的，现在是表达苦和恨的时代，一个人愁眉苦脸或者满腔愤怒是正常的，一个人若是从心底里涌出喜悦，眼梢眉角闪烁银子一样的笑意，邻居就会怀疑他做了什么不好的事，居委会干部就会上门探个究竟。如果有必要，派出所的同志们也会召见他。要是他运气不好，派出所上头的专政机关，说不定已经在调查他的祖宗八代了。谁的祖宗八代能受得起考验呢？没有的！

此时，一斤米是一角三分九厘，买一斤米付一角四分，买十斤米是一块三角九分。豆油七角九分一斤，肉排四角一斤，虾四角一斤,猪肉六角九分一斤,青菜一分到一分半一斤,豆腐二分钱一块……

从吴郭市到上海,逃一次票,快车是一块九角,普通车是一块五角,棚车是八角。快车是买不到的,而且也难逃票。棚车容易逃票。普通火车逃票的难度介于两者之间。孔觉民从不坐棚车,棚车到底是迫不得已的人们才会坐的,但凡有点经济基础,都要一份体面。从棚车里出来的人,表情痴呆,眼神发愣,跟下来一群猪差不多。

每逃一次票,就是一块五。一块五角,参照以上的物价,可以在菜场买不得了的东西,当然你要起得足够早,菜场里东西少,早上七点过后,基本上只有烂青菜和僵土豆,连臭烘烘的死鱼烂虾都难寻踪影。

国营菜场五点半钟开门,赵点梅在菜场里有内线,知道什么时候有蹄膀买,蹄膀和肥肉一样,属于抢手货。她会半夜里起身,一点不到就去排队,排队的人,大都也是知道内幕消息的。买到大蹄膀,不管红烧还是白烧,赵点梅会请个假回到家里。这时候左邻右舍们都不在,在,她也不怕,她的煤炉支在自家的小天井里,门一关,别人没法看到她在做什么。她快速地把它去毛、焯水、下锅急火烧开。珍珠一样的水泡,顶开汤面上的油层,一只只放逐在空气里,眼见得香气就要冒将出来,传遍四面八方……且慢,这时候她把砂锅端起来了,捞出蹄膀,放进一只布袋里。带上布袋,骑上破旧的自行车到娘家去了。砂锅里的清油汤,她没忘了收到碗橱柜里。

赵点梅的娘家,在枫杨树街,路上无人,骑二十分钟就到了。爹娘一年到头也吃不上一回蹄膀,他们的肉票全都给了孙子。赵点梅一来,他们就知道吃蹄膀的日子到了,不是真正的吃,而是对外宣布吃，宣布吃蹄髈和真正地吃到蹄髈，不是时间顺序上的问题，而是两者永远无法相遇的问题。

现在，赵点梅可以重新出现在她的厂里了。而她的娘这时候从布袋里拿出半生不熟的蹄髈，上了锅慢慢煨。她知道她的外孙和外孙女们是多么需要吃这只蹄髈，她不敢怠慢，把蹄髈烧到外面烂糯里面劲道，赵点梅要的就是这效果，烧得太烂，一吃就没了，放在嘴里慢慢咀嚼才好。牙齿里嵌两条肉丝，夜里还能当点心吃。

肉味飘香。赵点梅的娘脸上挂着谦虚的笑容，回答邻居的问话，是的，是的，吃炖蹄髈。

傍晚，赵点梅过来拿蹄髈。回到家，只等天黑，关上门，落下窗帘，屏气静声地吃。吃完把大骨头收起来，赵点梅找个空扔到弄堂里老虎灶边上的小河浜里。这河浜多年来不知藏了多少企图隐瞒的骨头和壳片，当然这不是她一家干的。居委会有个干部叫崔红心，她说她有梦游症，夜里会拿个手电筒，念着毛主席语录，一家一家地翻看垃圾箱。她说她在梦里接受上级指示，从垃圾箱里的骨头和虾兵蟹将的壳子，寻找阶级斗争的新动向。有几次还真的被她找到了阶级敌人，譬如老王家的垃圾箱里有一阵子骨壳不断，一查他，原来他的资本家父亲从上海给他汇钱来。

崔红心再精，也不会下河去打捞证据。

静穆地吃完蹄髈大餐，安全地扔掉骨头，还有最后一道工序要做，那就是，第二天，大家出去时要记得愁眉苦脸哦，千万不得嘻嘻哈哈、蹦蹦跳跳哦，不得满面红光，满眼笑意哦。对于装腔作势，孔家是驾轻就熟的，小女儿孔妮甚至会冷着脸咳嗽一阵，再翻两个白眼，一副营养不良的样子。她的大哥很正经，二哥又在与人

逃票

打架,三哥佝偻着背沿墙根走,她父母亲都略微皱眉,似忧似恨,总之他们没有与众不同的样子,没有人格外注意到他们一家,没有人知道他们昨晚吃到肚子里的那些油脂正在哈哈大笑。

萧家的小女孩,长得像洋娃娃,一点脑子都没有,她妈给她做了一件新衣服,在新衣服上打了一个补丁,有一次她走在路上突发奇想,把那块补丁扯下来了。正好被崔红心看见了,于是萧妈妈就进了"坏分子学习班"。

这说明一件事:孔觉民是有勇气的,赵点梅也是有勇气的,他们一家都是有勇有谋的人。

赵点梅是远近闻名会过日子的女人,四个孩子每天都有荤菜吃——买上四角钱的肉浆,四分钱百叶,做上十只肉百叶,午餐和晚餐都有荤菜了。听起来好听,其实百叶里面的肉只是象征性的,那四个正长身体的孩子还是油水不够,整天馋,想着吃的。粮食也不够,三个哥哥每月各吃十五斤定量米,小妹妹只有十二斤。学费倒不贵,每个人每学期都是一块两角,便宜的。如果老师可以当荤菜吃,那就不是这个学费了。

孔觉民是中专生,在中学里教书,月工资是三十五块八角,赵点梅是二级车工,二十七块五角,夫妻俩加起来一个月有六十三块三角,从理论上说每天可以开支两块一角一分,可以放开肚皮吃百叶包肉,但实际上毫无操作的可能性,因为市场里没有那么多的肉和百叶,即使有,她也没有那么多的肉票去购买。于是她每个月要从工资里拿出十五块钱,到黑市去换粮票、肉票、油票、豆制品票。

这样,全家一天可开支一块六角一分——这还不是真正的实际开支数,赵点梅还得从里面扣点出来备用,"备用"这两个字很有学问，覆盖面很广，到底备什么用，大家问她，她笑而不答。问急了，她就骂人，说这是她给自己准备的丧葬费。也许她也说不上来，只是她焦虑心情的一个备份吧。

她有一个铁皮匣子，上着锁，放在她的床头柜子里，有时候也坦然地蹲在床头柜上，里面就是她的"备用"金，她每天都朝里放钱进去，一角两角，甚至几分钱，但家里从没有人看到过她怎样放钱进去，她从不当人的面放钱进去。所以大家看到的永远是沉默的上了锁的铁皮匣子，它也永远那么神秘，是孔家生活里一大秘密。它还有一个奇特之处，有幸看到它的亲朋好友们，无一例外地保持沉默，从没有人对它表示出一丝一毫的兴趣，更没有说三道四。沉默里流露出心照不宣的同谋犯一般的默契。

也许家家都有这么一个盒子吧？

家里有一个传说，说赵点梅把多余的钱都换成了粮票，藏在家里某个地方，数额惊人。那么到底藏在何处，谁知道。孔觉民知道吗？他说他也不知道。他只管交钱，三十五块八角，一分不少地交给妻子，这在今天听来是多么不可思议。

再说孔家这笔大钱。也许是妈妈赵点梅在墙上掘个洞藏起来了吧？孔妮从小就看到父母亲不在家里时，三个哥哥拿着棍子在墙上四处乱戳乱挑，有一次二哥认定毛主席像后面有机关，棍子从毛主席的肩膀那里伸进去轻轻按了按，没想到他手里的棍子诡诈地朝外一弹，就这样把毛主席的肩膀搞出一条豁口来了。二哥扔掉棍子大叫，不是我弄坏的，不是我！

孔妮的三个哥哥，大哥聪明二哥傻，三哥人云亦云没主张，孔妮是家里最小的，又是女孩，不免娇宠，她的围兜里经常放着爆米花,坐在高脚凳上,一边从围兜里掏爆米花吃,一边高高在上地观察他们。她看到大哥拿了糨糊,颇为老练地把毛主席的破损的肩膀上下黏合起来。他本来黏合得天衣无缝,但他想了一想,觉得还是应该让人看一点出来,于是他在糨糊接口的地方用手指戳了一下。毛主席的肩膀本来是垂直的,略略鼓起,与他宽阔的胸膛保持完美得近乎自然的线条,这下朝里陷进去了,如果你盯着看,看上五分钟,就看见毛主席好像在耸肩膀,当然不细看还是看不出来的。

赵点梅是天下最细心的女人,她的眼睛比特务还厉害。邻居家的一只碗什么时候多了一条裂缝,她都看得一清二楚,这让人很害怕。她一走进卧室,眼睛不用抬就看到了,冷冷地说,毛主席的像坏了,一定又是那三个东西在墙上找什么东西。

她的语气告诉别人,她对毛主席像扯坏一事不怎么在意,她在意的是她的三个男孩的冥顽不灵。

倒是孔觉民像个女人一样尖叫起来,什么什么?

他是深度近视,离远了看不清,于是走近了看,也没看出来,就脱了鞋子上床,鼻子一直戳到毛主席的胸膛上。

赵点梅说,看什么,坏了就坏了,重新换一张,把这张悄悄地烧了。

孔觉民这下子看清楚了,对着墙壁自言自语地说,要判刑的。

不知道他指的是什么,是赵点梅的语言,还是弄坏了毛主席像这件事。不管如何,让外面知道了,弄得不好,这两件事都可以判刑。

但赵点梅无畏地说,你怕啥?看你腻腻歪歪的,吓得像条西瓜虫。不说出去,谁知道?

孔觉民转过脸严厉地对她说,你这么大声嚷叫,怕隔壁邻居听不到吗?他脸色煞白,看来真的吓住了。赵点梅鼓起腮帮子不说话了。

孔觉民是老师,赵点梅是工人,虽说从报纸到广播电台几乎每天都在批判知识分子,连孩子也都知道知识分子是"臭老九",工人农民才是国家的主人,但说是一套,大家私下做的可不会跟着报纸电台走。姑娘们找对象都愿意找"臭老九",因为臭老九在社会上臭,在家里可是香的,说话做事都讲道理,又讲卫生又懂体贴,钱也不少,对孩子的教导也有一套。所以赵点梅当初找了孔觉民,人家说她是额头碰到天花板——运气好。也因此,这个家,外面看上去是赵点梅为主,其实是孔觉民说了算。

赵点梅看一眼孔觉民的眼色,乖乖地把孩子们召集到卧室里,孔觉民看着四个孩子说,毛主席是各族人民的大救星,是他老人家让我们过上了幸福的生活。反对他就是反对各族人民,你们谁想坐牢谁就搞坏主席像好了,我不会拦你们,我亲手把你们送进派出所,你们坐牢,我一次也不会去探望的。

赵点梅惆怅地捂住嘴,淌出了眼泪。她一哭,二哥咧开嘴哭了,说,下次不敢了,爸爸救救我!他们俩的眼泪,让孔妮身临其境,好像二哥已经坐牢。于是她捂住眼睛抽泣起来。大哥觉得他对撕破毛主席像一事该负责任,低了头,羞愧地随着小妹哭泣起来。三哥看这么多人哭了,好像也要哭一哭的,就面无表情地红了眼圈。

最后,孔觉民说,这件事谁都不能朝外面说,说了,小二就是现行反革命,我们都是反革命家属,都不会有好日子过。说完他摘下眼镜,眼镜上水汽蒙眬,真的是泪花呢。

这么折腾了一阵，上了床后，夫妻俩互相一把搂得紧紧的，眼泪好像还在身体上的什么地方无法拭去，危机催生情爱，两个人浑身发热，迷迷糊糊地在被窝里摸来摸去，眼看一场从未有过的恩爱即将到来，不料到了紧要关头，两人倒冷静下来，不急不缓死气沉沉，还屏着气，床架子咯吱吱一声，马上就停手不动。原来怕隔壁人家听了去嚼舌根，汇报给居委会安你一个莫须有的罪名也不是没可能。

事情很快结束。赵点梅就说，你还说我们过着什么幸福生活，我看是不幸的生活。

孔觉民说，我有什么办法？谁让墙壁不隔音的。我们教务处的处长私下里跟我说，每次过夫妻生活都提心吊胆，像偷人家的老婆一样。老婆为了这个不让他碰。他算了一算，有一年多没过夫妻生活了，老婆的外形越来越像个男人，上唇还长了胡须。单位里斗起走资派，她上台对那些走资派拳打脚踢，当场把一个老家伙打昏过去。我们处长说，夜里和她睡在一起，想想害怕。就怕一摸她的裤裆，摸出个男人的玩意儿。

赵点梅"咕咕"地笑起来，我说的不是这个，这个又不能当饭吃。好不好的都没关系。我说的是家里的经济情况，你看小孩一个一个都大了，穿的衣服全是破旧的，肚皮里也就是半饥半饱。

孔觉民为这个话题愣了片刻，决定采取退让政策，于是说，当然，关起门来说，谁不想过得好，吃得好穿得好。

赵点梅说，这话听着对头。唉，现在也就是床上才能说点真话了。我和你说——上海的人民广场那边，有个换票的黑市，我们吴郭的黑市里，粮票三块钱一斤，那边是三块六角一斤。我把积下来的粮票都让你带过去，你去换了钱，再回来换成粮票，再去换成钱，再把钱换成粮票……我的表姐夫就是这么干的。

孔觉民说，结婚前你是温吞吞的，一结婚，你就凶相毕露，样样事情都逼我。你不要逼我，逼急了我去揭发你。

赵点梅愣了片刻，她想起她的师父就是被他老婆揭发的，他说毛主席跟耶稣差不多，就为了这句话他判了五年官司。她一刹那心灰意懒，觉得这世上真是什么都靠不住的，冷笑着说，你去揭发吧。我才不怕。我们工人不像你们这种知识分子，胆小如鼠。到了派出所，我什么话都骂得出来。

孔觉民说，算了吧，你嘴硬。钢铁打成的人，进了那里面也叫你化成水……不是吓你。我和你说，我们过得不错了，我们夫妻俩都有工作，比上不足，比下有余。富得像小资产阶级了。你看隔壁的阿三家里，一大家子七口人，只有阿三一个人有工作，真正是家徒四壁。我们家的壁上，还藏着大把的粮票——当然我不知道你究竟藏在什么地方。你再看看巷子口的小白家、老陆家，响应毛主席号召，全家下放到江北，难得回来一次，恨不得连面店的地皮都要啃上两口。小孩身上的虱子爬到耳朵沿子上，一个个面黄肌瘦、可怜。

赵点梅扔下一句话，你还是可怜可怜你自己吧。你们教务主任不是一年多没过夫妻生活了，告诉你，不要说是一年，我两年、三年不过都没关系。不相信你就试试看。

孔觉民吓得差点滚下床，街坊里，男人们私下传着一句话，说现在的女人，不男不女，三十五岁后就不想要男人了。赵点梅今年正好三十五岁。

逃票　109

孔觉民到底没有斗得过赵点梅。一个中国男人没有奴性是不可能的，他从小生活在强悍的母性之下，后来生活在强劲的妻权之中，何况还有不可避免的社会管束：派出所、居委会、邻居、单位的安保部门、路上的陌生人……重重压迫之下，他得努力拿出勇气来保证家庭和谐。

他坐在公交车上去火车站，脸上挂着苦笑。他真切地感到这苦笑已在他的脸上生了根，这苦笑就像从娘胎里带来的面容，这辈子大约无法改变了。

车票是三天前排队买来的。赵点梅一反常态地表现出温柔友爱，陪着他上火车站，他想，没有奴性是不可能的，想摆脱奴性也是不可能的。这时候他碰到赵点梅悄然伸出的一根手指，互相一碰，他感到一阵异常的温暖。于是他想，罢了，我敢这样想还是幸运的，多数男人连这种念头都不敢有。多亏了这个老婆。

多亏了什么，他说不上来，反正觉得这个女人还是不错的，是的，不然的话，他连这个念头也不敢有。

赵点梅到了火车站大门口，就哭了，说心里难受，送人的滋味真不好受。

孔觉民见状心想，哼，假装的吧？为了哄我到上海去搞投机倒把。脸上却笑了，说，那你就送到这里吧，回去回去，明天是星期天，你们五个去人民公园玩玩，桃花不是开得正好？等我赚到钱回来，我们买只蹄髈吃吃，煨汤。汤面上撒五朵桃花，一朵代表你们一个人。

赵点梅说，煨汤？汤汤水水的不中吃，四个小赤佬前脚吃过后脚饿。不如红烧，多放酱油，多闷出些红油汤，油油的，肥肥的，吃得他们饱三天。

她眼神油亮，仿佛被蹄膀油擦过了。

孔觉民说，好，好，红烧白烧，你想怎样就怎样。一切听你的就是。

大马路上突然响起震耳的锣鼓声，赵点梅想都没想，就朝她男人身上一靠，她是吴郭城的小家碧玉，连乡下都没去过几回。城里的女子，过了下午六点就不上街了。火车站对她来说是个陌生的地方。

孔觉民说，你不是胆子挺大的？在家里骂东骂西，出了门，连个锣鼓声都怕。

赵点梅站直身体，冷冷地说，我才不怕！

孔觉民的心里涌上一股子不快。

他不死心，说，难道我就怕？他靠近赵点梅，嘴角含着笑意，正想表达出男人的气概，却被赵点梅推了一把，赵点梅说，正经点。孔觉民说，怕啥？火车站又没有认识的人。话音刚落，他的耳边响起一声断喝，干什么的？一位戴着红袖章的纠察队员从老远直冲过来，伸出食指狠狠地指着他，孔觉民连忙掏出单位开具的住宿介绍信，上面写明某某是我单位职工，出身良好，政治面貌清白，积极拥护"文化大革命"，因去上海探亲一天，请准予住宿一夜。

该纠察队员看了，还给孔觉民，他的目的并不在此。他看着赵点梅，却问孔觉民，你，眼镜，大庭广众之下打情骂俏搞男女关系，你们是什么关系？

孔觉民连忙鞠躬说，同志，我们是正当的夫妻关系。我们是在毛主席像前宣誓结婚的。

纠察队员还是铁板着脸问，结婚证书拿出来看看。

孔觉民说，同志，她是送我的。如果我们一起出差，那就要带上结婚证书了。火车快要来了……要不然，你和我爱人一起去家里拿吧。

纠察队员将信将疑，但他是不可能到人家家里去看结婚证书的，这样做的话，队长准定骂他是没脑子的猪猡。他心里矛盾懊恼，少不得又训斥了几句，看见那边来了一个要饭的女人，手指一指孔觉民，铁板着脸去了。

孔觉民说，这年头，自家夫妻都像做贼一样，要是搞腐化，那不比登天还难？——我佩服搞腐化的人。

火车站人头攒动，乱成一锅糊涂粥。因为都穿着普蓝色的或军绿色的陈旧衣服，一眼望上去就是一锅子颜色污糟糟的隔夜粥。大喇叭里播放毛主席写的诗词，几个红卫兵小将把身上的包朝地上一放，边唱边跳起"忠字舞"。孔觉民推开乱七八糟的人群，朝赵点梅消失的地方看去。他刚才发现，赵点梅的背影无比柔弱，风中柳条一样，这不是假装的，他想多看几眼。

背影看不见了，他心中若有所失。再低头细一想，心中一痛。从来都是他看赵点梅的背影，赵点梅从来不看他的背影。也曾问过她，她倒说，你有病吧？脑子里为什么总是想这个？没有一个人心里老是想这种内容。我看不起你！

孔觉民不和她一般见识，他心中很清楚，没有她，他活不了。

今天太阳明晃晃的，吴郭城的太阳总是带着水汽，今天没有。今天的太阳干净爽利，孔觉民放眼看去，密密麻麻的人，陈旧的街道、商铺……比往日清晰百倍，一直刻到了心里，但这种清晰带来的是巨大的孤独，茫茫人海就像不出声的道具，仿佛只有他一人清楚一切，只有他一人脚踏在地上，看着所有的都将飘浮到天上去。

车站里面比外面还要乱，外面是一锅子糊涂粥，里面糊涂得连粥也分不清了。人贴着人，男男女女，分不出性别，都像一样会走路的东西，这些东西尽量喊叫，仿佛不喊不叫，就会没有了。

孔觉民一进候车室，少不得也喊叫，不喊不叫，好像不对头，冷静的人，不是特务就是小偷，或者心中有鬼，会引人注意的。引人注意的人，不会有好下场。譬如给领导提意见的右派们、搞腐化的奸夫淫妇们、脸上老是笑眯眯的人……

他一直听到有个人在他后面喊，同志，同志……那声音不紧不慢一直跟着他，从门外跟进来，跟了足有一百米，他这才回头看了一眼。一个小年轻，一看就是个游手好闲的小瘪三，头发溜光，军裤烫得笔直。一看就是用搪瓷茶缸子烫的，裤子上面还有茶缸底部的圆印子。

小年轻说，眼镜老伯伯，你喉咙真响，我是喊不过你的。

孔觉民一听得他喊老伯伯，心里不高兴，大声问，什么事？

小年轻两只眼睛左右晃一晃，看看四周的人全都在喊叫，忙着挤进挤出，谁都只顾自己的样子，遂说，老伯伯，我看你像是有票的，阿是到上海？没等孔觉民回答，他念了一吴郭城流传的儿歌："上海小瘪三，白相天平山，前山滚后山，屁股跌得粉粉碎。"

孔觉民便一笑。

小年轻凑上来问，老伯伯，给你一个赚钱的机会要不要？我也要到上海去，我每个星期都要到上海去看我阿姨，她嫁在上海，她快要死了。我是去一次少一次，去一次少一次……

孔觉民看他眼圈红了，真的相信了他的话，就说，你有什么话说？

小年轻说，你叫我阿四好了。三状元弄的阿四。

孔觉民说，好吧，阿四，你想做什么？

阿四说，你这个人真是的，我说到了现在你还不明白，你是真不明白还是假不明白？我想逃票啊，我哪里买得起这么多的票，一个星期一次，不去又不行，我阿姨要想我的……

孔觉民文绉绉地说，哦，你逃票，和我有何关系？

阿四说，有啊，直接的关系。你在前面检票进去，你走到大门那边，我就冲到检票口喊，等等我，等等我，你怎么自己进去了？我朝里面冲，这时候检票员上来拦我，她是拦不住的，因为人太多了，太挤了，我力气大，三两下就挤出检票口了，检票员还是想拦，我就指着你朝她叫，你就在这时候回过头来，朝我挥挥手。我就说，你看，票在他那里，票在他那里。检票员看你一眼就犹豫不定了，你看上去一副老实人，好人的样子。她只要稍微一愣，后面的人就排山倒海地涌过来，把我推进去了。到了火车上，广播里唱完《大海航行靠舵手》，大家朝广播鞠完躬后，我自然会找到你，一张票一块五角钱，我给你六角钱。

一口气说完这些，阿四说，怎么和你没关系？

事情结果就像阿四所说的一模一样，人很多，人很挤，影响了检票员的情绪，检票员看到孔觉民向阿四招手，"犹豫不定"了，然后人群果真是"排山倒海"地把阿四推搡进了月台。广播里唱完《大海航行靠舵手》，全体乘客对唱赞歌的广播鞠躬敬礼，阿四就找到了孔觉民，交了六角钱。然后他就走了，他说列车员马上就要查票，他得守在厕所门口，一见到他们就进去躲起来。那么，到了上海如何出站，阿四说，方法多的是，全靠你动脑筋。

孔觉民看到阿四轻描淡写，着实佩服阿四的智慧和勇气，两个人握手告别。

这件事就这样轻松地结束了，从天而降了六角钱。六角钱的用处不是一般的大。孔觉民想起家人紧闭门窗后的笑脸，长吁一口气。赵点梅啊赵点梅，你把我逼出天大的勇气来了。他想。

到了上海，孔觉民下了火车以后就去排队买明天的返程票，排了三个小时的队，最后只买着了一辆过路的棚车票，八角。他拿了票在看的时候，突然阿四就找到他了，阿四看着票只是笑。孔觉民说，笑！笑！还想跟着我逃票？

阿四先是夸孔觉民脑子活络，聪明，而后说，他是想要了这张票，翻倍卖掉，你孔觉民拿回自己的八角钱，阿四自己呢，也赚八角钱。当然他会负责找一个"掩护人"给孔觉民。坐棚车的人大包小包的，还有带着鸡鸭鱼的，更乱。你，老孔，贴着"掩护人"上车，上车以后基本上不查票。火车到了吴郭城，远远地停在站外，你下了车以后不要进站，机灵一点，朝外走，手里的小包包塞到衣服里，这样看上去就不像出远门的人了。好吧，票给我吧，约好时间，我们明天在火车站外面的厕所边等。

孔觉民想，哦，六角加上八角，这趟旅途光车票就赚了一块四角。

　　他点头同意。他将八角钱的棚车票交给了阿四。第二天中午，他如约在火车站外面的厕所边见到了阿四，阿四把他带去见了"掩护人"，是一个老头，一脸的黑皱纹，头上包着毛巾，这种天居然还穿着棉袄，身边大包小包的，有一只包里放了一头小猪，小猪的头脸露在外面，好奇地直视孔觉民的眼睛。老头沉默寡言，一看就是说不上话的人。孔觉民跟在他后面顺利地上了棚车，棚车大门一拉上，里面黑咕隆咚，老头突然说，哼，带上你赚了一角五分钱。他的普通话说得如此标准，孔觉民着实吓了一跳。小看这老头了，看来他是个见多识广的。

　　到了吴郭市火车北站，棚车没有进站，远远地在车站外停了下来。那老头握住孔觉民的手，说，同志，你有种！好样的！

　　孔觉民把小包藏在衣服里，混在乱七八糟的人群里下了车，悄然走到火车尾巴那里去了，穿过铁轨，转眼消失在铁路边的树林里。

　　他回去把事情一五一十地告诉了赵点梅，赵点梅鼓励他说，就这样，我们没什么好怕的。胆小的过不好日子。

　　这就有了赵点梅一点钟的排队，她父母院子里的肉香，一家人关上门窗的吃喝，第二天全家的装腔作势……

　　有了第一次，就有第二次。第二次逃票也成功了。

　　赵点梅喜笑颜开。星期六晚上，她把四个孩子全都放到外公外婆家里去了。入夜，孔觉民在灯下看书备课，赵点梅拿了水盆在洗澡，洗好了故意踢那水盆子，水盆子一响，把孔觉民从书里惊出来,哦,他想一想,懂了。于是也去洗漱。上了床,孔觉民不管三七二十一,把床搞得阵阵乱响,邻居在隔壁敲着墙警告他们。赵点梅说,奇怪,你哪来的胆量?

这场风月倒也有滋有味。两个人休息下来,赵点梅对孔觉民说,你明天去上海吧。

孔觉民说,哦。语调里听不出他是情愿还是不情愿。

对于第三次逃票,孔觉民心里有不祥的预感。他盘算着,如果被抓住,就说买不到票,是的,买当场票,无论如何也是买不到的。也就说是第一次犯错,他们会罚款,批评教育。大不了通知单位来领人,那也无妨,反正他在单位里不属于红人,也不是黑人,开个小会批评一番就是了。教导处主任是他表舅舅,想来大家不会朝死里整他。

去!

从吴郭城顺利到了上海,粮票换了人民币。再从上海顺利回到了吴郭,铁路上的地下风景,他已经尽收眼底。来来去去三回,他熟门熟路了。他一脸轻松自在。

他坐在火车最后一节车厢。这次火车头进了车站的天棚,最后两节车厢甩在露天。逃票贵在随机应变,他随着人群下车,突然蹲下摸摸鞋子,猫着身子紧走几步,拐到火车的另一边,几大步就进了树林,寂静的树林子,外面紧挨着一池一池的稻田,稻田边,是村庄。这是乡下了,与火车的那一边的城市风光完全不同。

绕路不怕,只要能安全回家。

孔觉民在树林子里慢慢地走啊走,看看站台在天边成了一个巴掌大的物事,天黑下来了,树林里没有鸟儿,它们觅食未归?还是被饥饿的人们用弹弓打掉了？周围一个人也没有。他放心地从树林里出来，准备过铁路。对面也是树林，树林另一边是一条小公路，路上跑着一辆拖拉机和一辆"东风"小卡车。

穿过铁路了。穿过树林了。……没穿过一个人——他居然撞在一个人身上，还是一个女人。他看清是一个年轻女人，穿着蓝色的民警制服，是个女民警，血色不太好，嘴巴有点发白。是她撞了孔觉民，把他撞倒在地。她一手指着孔觉民，语气严厉但扬扬得意，哼，我早就注意你了，上次让你逃了。你以为总能逃过我的手？车站里每天成千上万个人走过，什么样的人，全逃不过我的眼睛。

她自说自话，孔觉民可从来不知道她的存在。

她长着小而细长的眼睛，毛茸茸的睫毛像阳光一样散开，差不多覆盖住了眼睛。孔觉民脑袋一晕，也是他急中生智，不怕人笑话，坐在地上，一脸惊喜万分地说，哎呀，你怎么到这里来了？

女民警吃了一惊，随后冷静地说，你怎么会认识我？少打岔。站起来！

孔觉民想，完了，今天完了。他不愿意就这样束手就擒，他站起来，说，你脸上有一粒芝麻。伸手在女民警脸上一摸，摊开手掌心让她看。可不是，真是一粒白色芝麻，丰满多汁的芝麻。

芝麻来自孔觉民的口袋，他口袋里装了两个大饼，昨夜和今天早上，吃的就是它们。

这粒芝麻来历可疑，但女警恰好刚才吃了人家给的半个大饼。她皱着眉头，不表态。其实，天黑了，孔觉民怎么会看到她脸上一粒芝麻？

孔觉民不失时机地弯腰鞠一个躬，说，我该死，我逃票，我有资产阶级思想。……你真像我认识的一个熟人。

哦，像谁？她终于表现出好奇心。

你像……你像我的第一个女朋友。孔觉民继续撒谎。

在以后漫长的岁月里，孔觉民始终在想一个问题，当时他可以朝郊外的农田里跑，为什么不跑？天已黑了，这里离开车站起码有三公里的路，他完全可以逃走。这女民警一看就是营养不良，嘴唇发白，制服里面的身体瘦弱纤细，楚楚可怜。

那么，他为什么不跑？几次逃票，他已有足够的胆量逃离。

他没有逃，足够的胆量还是不够。

她确实像一个熟得不得了的人，像谁呢？他一时想不起来。但有一点是肯定的，她像他生命里一个十分重要的人，这个人不见踪影，但时时刻刻存在于他的内心深处，他无比空虚的时候，这个人填补他的灵魂，他没有勇气的时候，这个人给他力量。她就像这个人。

再看看她，她的脸上没有悲苦，没有喜悦，没有好勇斗狠，她训斥他的时候，脸上也是平静的。她像一个刚出闺门的女孩，带着青涩，需要成熟。所以，她的蓝色制服，帽子上的国徽，这些令人生畏的东西他全都视而不见，他一直看到了她的内心，温暖、善良，有些呆，有些傻，时而聪明，时而愚笨，一览无余。这些特色他都喜欢。她有时候会在说完一句话时，扬一扬左边的眉毛，轻微的，只是一个小习惯，这习惯引人注目甚至想入非非。扬起左眉的同时，她的左眼梢也朝上微微一挑，显得很不寻常，透露出她内心的另一面。是什么呢？是风情。孔觉民很激动地感受到了。

她听了孔觉民的话，没有生气，捂着嘴笑了一声。孔觉民想，她相信了。她的心软了，真是幸运！我的幸运是靠勇气得来的。

你叫什么？她问。

孔觉民。

她问，孔觉民，你刚才说你是第一次逃票？

孔觉民回想一下，自己没有说过这句话。她不是说早就注意他了？显然这是她有意给孔觉民撇清的机会。在她面前，他实在不好意思再说谎了。他低下头，把投机倒把赚来的钱，和不是投机倒把赚来的钱，通通拿了出来，捧在手上递给她。她掏出一张纸，包住这些钱。她小心而专业的样子，表明在她眼里，这不是钱，是罪证。

她说，念你初犯，没收你这些赃款。你住哪里？

孔觉民说，孔家巷二十五号。

她说，你跟我来，朝车站里走。你往这里走的话，越走越远，两个小时也到不了家。

两个人朝车站里去，车站里一共有两个民警，今天只有她一个人在。两个民警没有单独办公的地方，与车站的服务人员管理人员全在一个大办公室里。他们走过办公室，她就扔下孔觉民，自己走进去了。孔觉民在门外听见有人招呼她，阿兰，你和谁啊？

她不吭气，过了一会儿居然说，亲戚，碰到一个亲戚。

孔觉民迷迷糊糊地想，我是在轧姘头吗？

又有人问，阿兰，我看不是什么亲戚啊，是不是对象？

这个叫阿兰的女人说，我带着三个孩子呢，谁肯要我？死鬼脚一伸，年年只碰一次头——清明节烈士陵园里碰头。……谁肯要我这一大家子的，婆婆公公小叔子。哈哈。

她看来是笑给孔觉民听的。

孔觉民在窗外头一伸，看见她落了座，桌子上有一盆兰花，吴郭城出产兰花，山上到处都是。

他再次死死地看了她一眼，要把她看到心里去。她的确是一个与众不同的女人，脸上的神情和行为举止都是精致有趣的，比撒娇要矜持一点，比矜持要做作一点，她的心里好像荡漾着一股暖洋洋的东西。

那么，她心里到底荡漾着什么东西呢？她倒水，和人说笑，捋头发……哎哟，孔觉民豁然明白，小兰的心里有个情人，她的一举一动全是做给这个无形的情人看的，这个无形的情人无时无刻不在注视着她，从天上，从身后，从隐藏的任何角落，所以她行为举止和脸上表情会这么精致有趣。

孔觉民想，居然也有这样的女同志，真正是绝代佳人，被我碰到了，运气好。

他离开窗户，路边正好有一只积满雨水的小水塘，像脚盆那么大，孔觉民歪过身去，朝水塘里打量自己的脸容，怎么看都是顺眼的，怪不得小兰那么轻易地放了自己，定是她的心里被自己的风采打动了。

孔觉民自恋了一番，去坐公交车时，才发现自己身无分文，前后一想，小兰的行动让人生疑。他心里一动，隐约明白了什么。

但是，他不在乎。他愿意。不仅愿意，以后还想资助她的生活。

孔觉民勇气倍增。

那里，小兰收起脸上的微笑，看着桌子上的那盆兰花发呆，兰花是她的心头之爱，这盆春兰她养了五年，每到一个地方，桌子上总有它的落脚之处。但是近年来，她觉得和这盆兰花之间有了一股隐隐的敌意，兰花朝她叹气，吐口水，嘲笑她，奚落她。等到它孕出花苞，尖锐的淡绿色花瓣时时刻刻在等待机会刺痛她。她端起花盆朝门外一扔。

第三次逃票也算成功。可是钱呢？赵点梅冷着个脸，冷了他一个星期，终于和他说了话，第一句话是，哼，你说被小偷偷了？你是死人啊？

孔觉民听了这话，转身就走。一个人在大街上瞎走，突然听见火车的吼叫声，明明白白在召唤他。死人都会被它唤醒的。他赶紧回去对赵点梅说，这样，我再去一趟上海，绝对把你损失的那笔钱再赚回来。

赵点梅说，哼，我损失？难道你没有损失？

孔觉民的眼前，小兰的样子闪闪烁烁。没有。他想，我才没损失呢。

男人改变也是很快的，昨天他还觉得没有赵点梅是活不了的，今天他觉得没有小兰的话，他的生活毫无意义。三状元弄的阿四，是他急需见到的人。逃票，没有阿四不行。

刚到弄堂口，就见警车堵在那里，里面的人不让出来，外面的人也不让进去。阿四被两个身强力壮的民警反揪着两手押出来，他弯着膝盖急速行走，像舞台上的小丑。但是他眼神凌厉，无所畏惧的样子，令人震撼。

警车走了之后，孔觉民扎到人堆里听闲话，警察抓捕阿四时说，阿四长期不务正业，从事倒票活动，投机倒把行为严重，疯狂扰乱社会秩序，向党和人民示威。

这是一九七六年四月十日的事，"清明节"刚过，天安门发生了"反革命"事件，这件事离孔觉民很远，但阿四被抓让他日夜揪心。

一个星期后，孔觉民在学校里被警车带走，另一路人马在他家里抄家。警察移开一家子使用的大马桶，赵点梅藏在马桶后墙根里的粮票马上就露了馅，面对一盒子的粮票，赵点梅低下了高傲的头。她的四个孩子也都在家，警察走了之后，他们都去摸摸马桶后面的那个洞，没想到妈妈的宝贝藏在这里啊！

两个月刚过，孔觉民的脑子就糊涂了。整天在牢房里念念有词：一块五角、一块九角、八角、一角三分九、六角九……

同牢的犯人，全都取笑他，说他是个软骨头书呆子，才两个月就这样了，六年的牢坐下来，那还不成了活死人？他们说，孔觉民的生活算好的，其实没必要再去冒险。他的四个小孩功课都好。他的老婆把钱藏在马桶后面。让孔觉民吃官司的，不是倒票大王阿四，是车站民警阿兰。她当派出所所长了——刚成立的车站派出所。

他们问他，喂，你和小兰睡过觉没有。听说她很骚。

孔觉民狠狠地朝他们脸上吐口水。

他们说，这小子胆量不小。揍他！

这座监狱是民国的砖瓦建筑，设计精巧绝伦，外面看是一座三角形的建筑，里面就是一个又一个迷宫一样的走廊，走廊两边无数的牢房。赵点梅去看了孔觉民，没有话好讲，说，这座牢房倒是很漂亮的。孔觉民说，是的，我知道的。这些天，我深刻反省自己，才明白思想深处的东西，我看上去是投机倒把，其实是对社会主义社会不满，用投机倒把行为掩盖反社会的目的。我最难过的是辜负了小兰的一片心意……

赵点梅无法不吃惊，小兰？小兰是谁？

孔觉民已经忘了是自己提起小兰的，说，你怎么知道她的？

赵点梅说，我不知道啊，我要你说啊。

孔觉民看了她一眼，强硬地捍卫小兰，说，这件事，我们棉花店里找老板——不谈（弹）。

赵点梅倒抽一口冷气说，不谈？你敢对我这样？你好大的胆子？你又搞投机倒把，又搞腐化，坐牢的人，还这么狠？……不谈？好啊，那我们就气功大师拍砖头——拍两散。

转眼就过了三十年，二〇〇六年。赵点梅在三十年的时间里，与现今的丈夫每提起孔觉民，总以"畜生"代称。……过了三十年了，那"畜生"也老了，坐了两年牢出来，没有单位要他，这"畜生"撕掉一张毛主席的像，索性搞投机倒把了，倒洋货，倒汽车，倒药材……什么都倒。没有投机倒把的罪了，投机倒把是搞活经济。没想到他发大财了，有司机给他开着"凯迪拉克"，他的公司里，听说全是美女，他忘了嘴里念念叨叨一块九、一块五的日子了吧？他就该坐牢，坐满六年牢，没想到"文革"结束，"畜生们"全减刑了。还有，这"畜生"居然没搞腐化，他是一厢情愿，为了一个不相干的女人和嫡亲的老婆离婚，你说是不是脑子发昏？他当时只要反咬一口，把小兰拖下水，不仅小兰完了，婚姻也就保住了。可惜他一味地替小兰隐瞒。

赵点梅这么多年来没闲着,小兰的情况她知道得一清二楚,什么时候搬家,什么时候有了相好的,但没有结婚。小兰的几个孩子,谁考上了大学,谁出国了,谁顶替母亲到车站里找了一份事做。如果没有小兰的消息,她就心里闷得慌。她还打听到了一件事,小兰并不是为了当派出所所长抓捕孔觉民,她只是为了两条鲤鱼。是的,只是为了两条鱼,"清明"节后的一天,车站里搞来了一批鱼,一五一十地分,分到最后剩下两条鲤鱼,给谁呢?领导犯了难。小兰坐在她的座位上,用圆珠笔敲着她的笔记本说,唉,配合运动,这几个人是要抓一抓的……既然她准备抓人,那是辛苦的事,这两条鱼给她,是天经地义的。

孔觉民真的不如两条鲤鱼?

赵点梅指着孔觉民的鼻子说,你在她的眼里,只值两条鱼的钱。你倒为了她妻离子散。

孔觉民说,我愿意。

前几天她到孔觉民的公司去看女儿,看到一屋子年轻漂亮的女职员,便有意提到这件往事,不客气地调笑道,老孔啊,小兰家里你有没有去过?要我说,你好歹睡她一睡,要她看看,你到底是不是只值两条鱼的钱。

隔了一天,孔觉民让女儿孔妮带给赵点梅一张小纸条,上面写着:孔觉民二十多年来,凭着过人的胆识,经营幸福生活。现拥有市中心两幢三层写字楼,共一万平方米,按市价每平方米八千元算,值八千万元,两栋别墅,共一千五百万元,两辆凯迪拉克值三百多万元……

纸条最后写了一句话：我已经很多年没有关注价钱的习惯了，为了你的话，今天破例。

赵点梅看见这张简单的财产清单，笑得脸上的皱纹像膝盖，说，这老"畜生"，到底坐牢坐出毛病的，跟我汇报家产……

孔妮脸上掠过一丝对母亲的鄙视，母亲也好强，不过她的好强没有成功，现在只能在家里打打麻将，听听佛经，骂骂前夫，偶尔也听听费玉清的歌，什么往事不能留，浮萍各西东……孔妮说，这辈子，我只佩服三个人，一个是我爸，一个是我丈夫，还有邓小平。

这世上没有重复的感情，所有的感情都是不一样的。赵点梅要是知道这一点，当初就不离婚了。

桃花又开的季节，有一天晚上，孔觉民和阿四一帮老友正喝着酒，猛听得火车一声激动人心的吼叫，浑身的血朝脸上涌，受了它的召唤，仿佛要到什么地方去，一定要到什么地方去。于是叫了司机，推开众人，走了。

司机问他去什么地方。

他说了两个字，火车……

小兰不是住在那里吗？小兰住在火车站的后面，他路过几次，终究没有走进去。那儿原是一片杨树林和稻田，现在全成了住宅楼。小兰曾经把他的勇气消灭光了，他后来滋生出来的勇气，与小兰无关。……与赵点梅无关，与他的孩子们无关，与任何人无关……

那与什么有关呢？

到了火车站，他才想起要做一件事：逃票。

他并不想看见小兰，她早就与他无关了。

他下了车，换了司机身上的普通衣服，接过司机给他的钱，挥手叫了三轮车。一坐上去，时间就慢了下来，忽然又回到了三十年前琐碎的生活里，缓缓地令三轮车夫，把他带到检票大厅门口。

他许久没来火车站了，有手下人在外面办事，他几乎不需要出差。如果一定要去外地，近的让自己的司机开轿车过去，远的坐飞机。进了火车站，他的心"扑通扑通"直跳。

火车站重新翻修过了，人人都专注做自己的事，没有人多管闲事，你就是倒在地上，也没人多看你一眼。三十年前，他在这里碰到阿四，三十年前，他在这里还看到过一位要饭的女人，这女人现在还在，是个乞丐婆了。乞丐婆的脸以前是瘦削青黄的，现在不一样了，就是在灯光下也看得出她神清气爽。

孔觉民掏出所有的钱放在她的碗里。这碗还是破旧的，但现在不是用来盛饭而是用来盛钱的。老太婆瞄一眼孔觉民，说，人生其实很简单。各种辛苦，各种手段，剥了皮剔了骨，（看见的）就是"吃喝"二字。所以我要饭不觉得丢脸，城管老是来赶我，我也不走。

要了多年的饭，她好像成了先知先觉。

车站派出所挂着大牌子，孔觉民在窗外有滋有味地看了一阵，民警很忙，抓住了在厕所里吸毒的，在车站广场上卖淫的，还有聚众斗殴的。这些人在派出所里吵吵闹闹，喉咙比警察还响，一位中年民警拿出电警棍往桌子上一拍，吵声小了一点。

车站的检票口，往南去是五个，往北去也是五个。孔觉民站在往上海去的检票口，看那检票的一个女孩。这女孩长得像小兰，她与小兰一样，也是那么与众不同。小兰是时时刻刻拘谨做作，仿佛身边有个情人看着她，这个女孩恰恰相反，她满不在乎，嘴里吃着

逃票　127

蜜饯，目中无人，芸芸众生，没有一个能经过她的眼，更别说经过她的心了。

孔觉民想，就逃她的票了。

现在逃票，不会通告单位，不会通知居委会，更不会判刑。罚款而已。

孔觉民夹在人流里朝前走，经过女孩身边，女孩看了他一眼，他有气无力地指指前面，说，票在前面那个人身上。女孩没吭声，让他走了。孔觉民走到边上，站下来看这女孩，这女孩子二十几岁吧，她与以前的女性完全不同，她轻松，不负责任。孔觉民喜欢她这种不负责任的样子。

孔觉民又走回去了，站在她身边。检票已经结束，检票口空荡荡的。

女孩说，你怎么还不走？等火车要到月台上去，火车不会开进来把你拉走的。

孔觉民说，我逃票，你怎么不骂我？也不拉我出来？

女孩说，不就十几块钱吗？我懒得理你这种人。你就是上了车也得补票。

孔觉民说，我身上一分钱也没有，我没有钱补票。

女孩掏掏裤子口袋，又掏掏上衣口袋，大大小小的钱票，大约也有十几块钱，挺侠义地放到孔觉民手上。

她肯定唤醒了什么，因为孔觉民想碰碰运气了，他说，你像我的第一个女朋友。

女孩说，哦，你的第一个女朋友像我，那你是了不起的。

孔觉民想，运气不错，这女孩不讨厌我。他说，其实……我是大老板。我在市中心也有两幢大楼……我是单身。

女孩说，嗯，你对我说这种话，有胆量！你脸红不红？

女孩的同事们，这时候围过来，对她说，你上辈子积德，这辈子有个大老板来娶你了。

女孩笑着，对孔觉民说，你还不走？

孔觉民说，我等你一句话。

女孩说，好呀，你要是个亿万富翁，我就嫁你。

孔觉民说，你等着，你敢嫁，我就敢娶你。我下半辈子就靠你活了。

走出大门，他回头望着女孩补充一句，你是国家给我的补偿。

时代千变万化，却是万变不离其宗。孔觉民终于明白，他后来孤军创业的勇气，冥冥之中，应该和这女孩有关。

2013年4月13日至7月2日

亲人

某天，何湘在一条小巷子里见一群人，中间站着一位七八岁小女孩，眼泪鼻涕一齐下，哭着嘟囔，要妈妈，要妈妈。何湘停车，摇下窗子，问一看客，她妈妈哪里去了？看客们摇头，说她妈妈早就没了，去年在这条路上被大卡车蹍死，她经常跑过来哭，要妈妈，要妈妈，不停嘴，像念经一样。

何湘到了家，把车子停到车库，熄火，关门，背了包进门。脱鞋时一低头，脸上掉下一滴水珠，沉甸甸的，里面像是包含着什么惊人的元素。一摸，竟是一手的眼泪。何湘想，哦，我是有妈妈的，只是八年不曾相见了。她十六岁那年为避免与妈妈相见，来到现在这个城市独自谋生，平日里只计较如何打拼，混忘了还有个妈。靠着一些亲友通消息，母女俩也都知道彼此近况。对何湘而言，仅止于知道，她从不往心里去。

今天不同，一夜时睡时醒。

早晨天未亮就起身来到后院，石榴五月花开，到九月里红熟。后院的这棵石榴，即使在夏天，也只有下午两点过后才晒得着一些太阳，难为它，也结了这么多的果子，这果子也红熟，只是到了国庆过后才渐渐地晕红。何湘记得妈体魄寒虚，年年立秋过后就会喉痒咳嗽，吃什么药都不见好，一直要咳到冬至前后。她今年春上偶然听了一个偏方，说是石榴籽煎汁可治咽炎，不知为什么记在心里了——想来就是为了今天的想念了。当下采了几个，取出籽，煎出一小砂锅的汁水，提着上了城北火车站。

坐了一个多小时的火车，何湘就到了吴郭市，她妈妈居住的城市，也是她的家乡。这城多山，满眼葱绿，妈妈长住在群山中的一座古佛寺里，与尼姑和尚一起参禅打坐，缝纫农耕。

上了出租车，何湘把砂锅紧紧抱在怀里。司机浑身的香烟味道，一开口，更是让人不愉快："你紧抱着那东西干什么？怕我开车摔了你的好东西？我看你还是把东西放到地上吧。"她没回答。司机遂粗鲁地问："什么东西啊？骨灰？"

到了目的地，从车窗里一眼望见那座高高的山峰和寺院，何湘心里涌起不祥的慌乱。一路上她对司机的话没有表示动静，这时候把一张二十块钱甩到司机脸上，司机一脸反应不过来的样子。

山下有几家简陋的饭店，她选了一家清静少人的坐下，要了一瓶黄酒，自饮自酌的味道一向喜欢，今天却滋味不佳，心中忐忑，不住眼地瞧山顶上隐现的寺院。不一会儿就喝了半瓶。这时走过来一个和尚，口袋里的手机响，他就坐到饭店门口的长条凳子上与对方说话，啰里巴嗦地说了半天才放下。也许是说累了吧，他坐在凳子上不走了，抬头看天。

何湘问他，师父，你是山上寺院里的吗？

他回头看了她一眼，神情倨傲。

何湘说，我找一位居士，法名叫兰坚。长住在寺院里的。

和尚说，兰坚死了。

他与何湘说话倒是言简意赅的。但他的话何湘无论如何不相信。和尚看何湘脸现愠色，便站起来要走，回头与她说，我是听说

亲人　131

兰坚孤身一人，只有一个女儿。既然你是她亲人，就坐在这里等着，我上山去叫一个人和你说话。

过了有半个小时，一个五十多岁的女人找过来，也不问就坐到了何湘的身边，两只眼睛盯着她，而后眼光落到砂锅上，解开塑料袋，开了盖子一闻，称赞说，好香好香。她的声音轻柔急促，显得有些做作，她的眼神何湘也不喜欢。仅出于礼貌，何湘回答她，这是石榴汁，我煎了给我妈喝的，她咳嗽。

女人叹了一口气，说，哎哟，你还记得你妈咳嗽？……你和你妈长得真像。可惜她喝不到了。三个月前她在寺院里圆寂……她真的有福啊，不声不响地就去了。按了她的心思，没通知别人，当天火化了放到山后的灵塔里。她一身的毛病，又没钱，又没亲人来看她，死后的事全是寺院里给她办的，还做了道场。……你要不要上山去谢谢住持？

听了这女人的一番话，何湘冷笑了一声，不去，她毫不犹豫地说。

女人声音硬了一些，那，那你还不谢谢我？你妈后来都是我照顾她，她死了，我给她念了一个月的往生咒呢。

何湘不吭声，只喝酒。

女人无奈，复又恢复轻柔急促的声音，说，你和你妈一样，爱喝酒。你妈后来断了荤腥，就是断不了杯中酒。这样吧，我也不要你谢了，你好歹跟我到后山的灵塔里去看看你妈的骨灰。

何湘脸色青灰。

女人叫喊起来，哎呀呀呀，真是没见过你这样的女儿，今天开了眼了。阿弥陀佛。罪过罪过。

她如坐针毡，片刻就站起来走了。她离开的那个地方，何湘看了一眼,好像还能看出空气里含着她的不满和伤心。

秋天自然是天高云淡的,阳光赤黄可爱,满山青翠欲滴。何湘扔了酒杯,放眼看去,全是凄惶。

何湘在小饭店里坐了一个下午,不知不觉天黑了。天黑了,她倒觉得自己有点醒过来了,小饭店后面开着栈房,六十块一晚,她要了一个房间和一瓶标识可疑的白酒,开了瓶盖,倒在床上,一口一口地喝。她是从不喝白酒的,她不喜欢白酒的泼辣劲头,喝它的时候,她总是想起妈妈和她之间水火不容的关系。但是今夜这白酒竟然如此美味,她敢肯定,没有它,无法过掉今夜。

忽然有人敲门,虽然轻微,间隔也长,但是不屈不挠,门廊里有旁人到处走动的杂声,她就大胆地去开了门。门边站着一位三十岁左右的男子,那种让人无法记住的人,相貌和穿着都普通,看上去老实,还有些拘谨。他看到何湘醉醺醺的样子,不由得朝后大大退了一步。何湘便来气,大声问,怎么?怕我吃了你?

他小心地看着何湘的神色,赔笑,说,你来了?!

何湘没听懂他的话,但她马上流下了眼泪。今天来的路上,她总是想着这三个字——你来了?妈妈问。——然后她回答,我来了。

何湘回答他,我来了。

他又问,你什么时候来的啊?

何湘没好气地说,我早就来了啊。

男人上来搀扶,把她扶到床上躺下。他没有关门,把门虚掩着。何湘在床上说,醉生梦死啊。……我喜欢醉生梦死。你是什么人?你是不是想占我便宜?

亲人　133

他一边给她泡茶一边体贴地说道,你不要多心,没有占便宜这种说法,你情我愿,是互相的。你为什么喝了白酒?哦,你这样哭,是心里有伤心事吧?你想哭就放开来哭一场吧,我在你身边呢。

他泡的茶水温度恰好,喝到胃里比温暖略多一些,正好可以醒醒她麻木迟钝的胃肠。

何湘喝了一口,啐他,你怎么知道我想哭?指指门对他说,你走吧。

他说,好吧,那我出去了,我就住在你隔壁,左手那间。你要是有什么事拍拍左边的墙就行。

他关上门走了,他走进隔壁的屋子,响起电视的声音,声音很轻,这墙不太隔音,也许他是怕打扰到别人。何湘到处摸索,白酒不见了。她想,没它我怎么过掉今夜呢?前面的饭店已经打烊,这山前山后不是一个热闹的地方,一到夜里就四下无人了,不会再有卖酒的地方。

她毫不犹豫地敲击左墙,墙那边电视没了声音,是在确定声音的来源。何湘又敲,他听到了,回敲几下,但没有过来。何湘感到他在犹豫,过了好长时间他才来到何湘的房门口,何湘打开门后,他更是让开一段礼貌的距离,拘谨地问,有事吗?

何湘不想问他为什么这样拘谨起来,一伸手,酒。

哦,哦。对不起。他忙不迭地从隔壁拿来她喝剩下的半瓶白酒,放在地上就回自己的房里了。他匆忙回避的态度令何湘不解,但她不计较,她的心里只有酒。躺回床上,喝一口,呛了出来。前后不超过半小时,这酒味变得无比凶猛,就像藏了一把刀子。何湘觉得这酒被妈妈的灵魂下了咒语。

酒是不能再喝了，石榴汁还在，她捧起砂锅，一气喝下半锅，这东西刚到肚子里又从喉咙口回了出来。去年的八月十五，何湘独自去了海宁老盐仓看大潮，潮水果然汹涌，看的时候不知道，心潮澎湃的时候，一样凶猛。

有敲门声。开门，是他。

何湘问，你来了？

他说，来了。

他给她倒酒，白酒倒在茶杯里的声音沉闷凝重，和白水完全不同。这种微妙的感受让何湘莫名心酸，一刹那她涌起询问他名字的欲望，旋即又打消了这个念头。萍水相逢，要知道名字何用？他不问她的名字，应该是想到一块儿去了。何湘喜欢这样，互不相欠，比牵牵挂挂的真实多了。

何湘喝了一大口，把杯子放到他嘴边，让他也喝了一大口，他呛了，他看来不会喝酒。对不善于喝酒的人来说，最好的方法是再给他喝一大口，这样他就会爱上酒。何湘把杯子强塞到他嘴里，逼着他再喝了一大口。他像傻瓜一样愣在那里，何湘摸摸他的脸，滚烫，他眼睛里涌动潮水。呵呵，他笑了一声，笑声不太正常，但颇为放松，他问何湘，你到底来干什么的？他语气挑衅，完全没有了刚才的拘束。这样说话多好？把一个平庸得有些卑微的男人衬托得富有光彩了。

何湘指着他，你先说，你到这里来干什么的？

大约过了一个多小时，他才有空回答何湘说，他在网络上结交了一批朋友，加上他一共是三男三女，大家结成了三对恋人，相约

亲人 135

今晚在这里见面。刚开始他以为何湘就是他结成对子的那位,后来见了另外两对,才知道他的那位因为临时有事没来。

你来了?!

我来了!

问的和答的都欣喜,只是搞错了对象。错了又何妨?世上所谓正确的事,不过是海市蜃楼。

何湘沉吟,问他为什么把如此私人的事告诉她。他说,应该告诉你的呀,我们,我们……一日夫妻百日恩,我们现在是亲人了呀。

何湘不禁冷笑说,难道我们刚才搞了一下就成了亲人了?

他惊诧莫名地看着她,你说得好粗俗哦,难道不是吗?

何湘说,有这么大的意义吗?不过是搞了一下,弄了一阵,日了一会儿,操了片刻……

他倒慢慢平静了,说,我猜你受过伤。告诉我,谁让你受这么大的伤害?

何湘对着他说,受屁个伤。滚!

他就去摸裤子,慌慌张张地穿衣服。何湘朝他扔过去一样什么东西,他头一偏躲过了。她看到盛酒的玻璃杯碎在地上,哦,原来碎的是杯子,他完好无损。碎片激起了心中更大的怒火,她拍床怒叫,我最讨厌一夜情,我最讨厌网络上搞那些男女关系,别以为睡了一觉就可以占有我,想也不要想。

他穿好衣服,显得有点底气了,捋捋头发轻声说,不想理我?那就随你的便。

他走到门口时,何湘又叫起来,你敢走?

他停下脚步说,我知道你不会让我走的。你不让我走,我一定就不走。请放心。

何湘愣了半天才无奈地问,你到底是什么样的人?

你到底是什么样的人?

何湘被自己这句问话震惊了。想,这么说,我还是关心他的。可是我凭什么关心他,就凭刚才和他睡了一觉?这一觉睡得意义不大,只是把她紧绷的情绪放松了一点。折腾的时候,大家都无比拘束,何湘的脑子里还想着酒,就像睡在丈夫身边,想着另一个环境里的情人。十六岁那年,何湘离家出走,十七岁她开始过成年女人的生活,男人们在她的生活里来来往往,数一数,双手数不过来,加上双脚,也还数不过来,可是她若数一数真心快乐的次数,一次也没有。因为从来没有,所以不甘心,更勤快地换人。男人们拿她毫无办法。她靠着他们有了一切,只有她自己知道一切皆无。

他听了何湘的问话,站在门边朝她傻笑。

她看他傻笑,不知为何心里轻松起来,同他一起傻笑。

她拍拍床,对他说,过来,别怕,我们说说话。

他听话地坐在床边,两手垂在身边,像个店小二。何湘对他说,我现在就叫你小二吧,好不?

他说,随便你。

你叫我小三吧,好不?

他还是说,随你便。

小二爱小三吗?

秘密。他回答。

那你觉得小三爱小二吗?

亲人　137

秘密。他不假思索地说。何湘心里一动，这才发现他的镇定自若大有来头，他不是寻常之辈，他是个有内涵的男人。

你到底是什么样的人？

他笑笑，说，这是秘密。

你有老婆吗？

这是秘密。

你做什么工作？

秘密。

究竟为了什么出来……

秘密……

他最后说，我是什么样的人无关紧要。你想和我好，我就和你好。你不想与我好，我也遵命。我一见到你，就知道你是个特别有故事的人，你还是说说你自己吧，我洗耳恭听。

何湘便沉默不语，从十六岁起，她就不再向任何人倾诉，所以她没有朋友。到现在再让她倾诉，比登天还难。

小二，她说，不说了吧。

后来还是说了。

小二问她，小三，你现在最想干什么？

何湘想了想，心里觉得没意思，双手一个劲地摆，不说了，不说了……

小二拉住她的手，说嘛，不要这么紧张。你想干什么，我都满足你。

何湘说，小二，你真好。……我刚才突然闪了一个念头，希望你驮着我走来走去。

男人二话不说，一蹲身，就把何湘拽到他背上了。屋子窄小，他只能迈着小小的步子绕床走，他的步子很奇特，小小的步子，慢慢地左右晃动，就像一只小船一样。何湘伏在他背上，蜷成一团，眼睛合起，恍若成了妈妈怀中的小婴孩。她迷迷糊糊地感叹，哎哟，从来没有过这么……快乐。有那么一刹那，她听见自己的心跳了，窒息、紧张，但是愉悦，虽然稍纵即逝，她还是敏锐地捕捉到了准确的信息，她便想，是想说了。既想说，就说吧，过了这一村就没这个店了。

她开始说自己的故事。她说完以后，发现他停下步子了。摸摸他的眼睛，他是哭了，真的是哭了。她看到了泪水，内心前所未有地安静，身心安泰。她就安心地在男人的背上睡着了。

第二天中午她才醒过来，身边没有人，敲左手的墙壁，也没有人应声。她洗净了头脸和身体，背了包走出门，感觉就如新生，这些年的怨怼和仇恨，好像从来没有发生过，她看看走廊里四下无人，就对着小二住的屋子跪下，磕了一个头，说，小二，谢谢你啊！

……她从此没有再见过这人，也不知他的姓名。

她在小店里吃了一碗粥，除了一碟腌黄瓜和麻油拌木耳，她什么也没要。吃完这些，她径直去了后山，找到了妈妈的骨灰盒，办了一些简单的手续，把它带回家了。放在自己的床下，睡觉的时候，两个人无语相伴。回想往事的时候，总不忘了对床下的妈妈说一声，对不起。这是小二教会她的，所以她念及小二的时候，总说，小二谢谢你啊！

她变得容光焕发，精神气十足。即便她穿着普通随意的衣服走

亲人　139

在大街上，还是会引来不少注意的目光，她微笑的眼睛和嘴角就像鲜花一样绽放在灰蒙蒙的天空下。她不无炫耀地想，我就是一个引人注意的女人，我要好好地生活，我的未来是广阔天地。

可不是，世界就是一张纸，轻轻一捅就破了。在破裂的地方她看到了真相，这真相就是爱。

这样过了一个半月，何湘发现小腹部隆起了，用手摸、按、揉、拍打……预感不对头啊。急忙去药店里买了早早孕试纸，连试了两次，都是阳性。

她扔下试纸，开了电脑，以小三的网名给自己开了一个微博，发出第一条寻人启事，这是一个公事公办的寻人声明：找一亲人，我叫他小二。小二，你在哪里？速与我联系。

第一天没有任何回应。她紧接着在第二天又发出寻人启事：小二，小三找你。你是小三在这世上最亲的人，她找你有十万火急的事。

有一些无聊的网民回应：十万火急，要么借钱，要么讨债。

一位网名叫小陆曼的感同身受：小三，你是怀孕了吧？找个正规的医院打掉了事，我就是这么干的。

过了一个星期，网上留言还是乱七八糟来凑热闹的，没有一丝一毫小二出现的迹象。

她忍不住就给那位"小陆曼"留言：我一直在治疗月经不调。我是干枯，有时候半年也不来一次。来了，也是敷衍了事，打个马虎眼，两天不到就结束。医生说我很难怀孕。我想找到他，希望他说，留下这个孩子吧。

写下这句话以后，她浑身打了一个寒战，太像了，她和妈妈怎么走到一条路上去了？

这不是晦气吗？她又想起以前对妈妈的种种恨，妈二十三岁结婚，结婚七年没有孩子，后来怀上了她。这是一个私生子，按妈的说法，是老陈强奸了她，但人家老陈说，胡说八道，你是主动送上门的。大不了算通奸，况且只有过一次。

老陈和他的女人生了三个孩子，加上私生子何湘，是四个。何湘和妈妈家在街头，老陈他们家住在街的后头，三个孩子吃得好，神情都像小狼一样，没人敢惹。爸妈在何湘没出生时就离了婚，因为妈一定要生下孩子，得胎不易。

街头街尾住着，老陈和何湘妈妈彼此都摸清对方的来往路径和时间，从来没有打过照面，井水不犯河水。何湘七岁时，她亲爹娘才碰着了，且有她在场。这次见面彻底改变了两家人的生活。

这次见面何等丑陋，妈妈拉着何湘的小手，迎面见着老陈。她没想到老陈今日肚子疼，提早下班，没从巷底的小路回家，从巷子口进来了。老陈当然也没想到这天下午何湘在学校拉肚子，弄得裤子污秽了，老师打电话给她，她就提早把孩子接回家了。

老陈看到母女俩，一愣，情不自禁地瞄了何湘一眼，赶快收回目光。何湘妈妈看他要逃，忽然鼓起勇气喊道，老陈，你看这孩子长得像不像你？

老陈说，我，我肚子疼，我要回去了。

何湘妈妈上前拉住他说，你肚子疼，来，来，我给你揉揉。她说着就低下头，一手揪住老陈的裤带往下捋，一手使劲地朝肚皮处钻进去。她摸索到了老陈粗糙的肚皮，这地方是温热的，熟悉的手

亲人　　141

感和温度,一下子引出了她的眼泪。老陈不提防她现在如此泼辣,不断地后退,退着退着到了家,何湘妈妈跟着进了屋,说,你肚子疼,你女儿也肚子疼,你们是一家人。她把何湘放在一只高木凳子上,说,你今晚就在这里吃,吃好了再回家。她指着何湘说,你不要回来,家里没东西吃。你要是不吃就回家,我揍死你!

这凳子很高,何湘坐在上面,双脚悬空。陈家的三个孩子,两男一女,沉默地在她周围走来走去,像看一个犯人似的。不一会儿,陈家的女孩捂住鼻子,唔,臭死了。一个男孩找了一根棍子,挑起何湘的衣服问,你拉屎拉在身上了吧?另一个男孩就用脚踢何湘坐的凳子,幸好老陈的老婆走了进来,喝道,不要踢。男孩说,她身上臭。老陈的老婆盯了何湘一眼说,让她臭好了,不关我们的事……这凳子可是我们家的,踢坏了还要修的。

这顿晚饭何湘是在老陈家吃的,老陈的女人把她赶到天井里一个人吃。何湘吃了晚饭回到家,妈妈问了她许多话,吃的什么粥,什么菜,家里人怎么说话,最要紧的是老陈说了哪些话,他是高兴还是不高兴。何湘说,老陈对她说,你一来,我们家做什么都快了一拍。说话快了,吃饭快了,连拉屎也快了。妈妈说,好,好,就是要让他们不自在。

妈妈这天十分高兴,给她洗澡,上床前还给她梳了头发,并且亲了她一下,然后对她说,明天你还去老陈家里吃晚饭,放心,他家不会赶你走,他家怕我告他哩。我要是告他,他就当不成干部了。

何湘从此天天晚上到老陈家里去,坐到天井里,一边做功课,一边等晚饭吃。上了初中后,老陈就让她上桌子吃。妈妈还是每天晚上必定问她老陈家的情况,事无巨细,她必定听得津津有味,或感慨点评，或粗言怒骂。初一刚上完，有一天晚上，她按例去老陈家吃晚饭，老陈家门开着，进去一看，家里空无一人，家具搬得一干二净，到哪里去了？街上有一个人知道的，说，人家调到别的地方工作去了，一家子全走了。难道你们也要跟着去？

老陈家走得干净果断，妈妈只好说，我没防他来这一手。

不管见到谁，妈妈总是拍着手喊：我没防到他来这一手。

街上的孩子跳牛皮筋，唱的是：你，你，你真逗，我，我，我没防，他，他，这一手。……

这一年的大年夜，妈妈做了几个菜，解下围裙，坐下来叹口气，焦虑地皱着眉，老陈，到底到哪里去了？她问何湘。

她刚说完，何湘就砸了一只菜碗。然后她走了出去，街道空无一人，空气里弥漫烟花爆竹的火药味。独自站在大年夜的街上显得分外孤单，她深吸一口气，想，自由真好，无牵无挂。

要不是看到那个哭喊着要妈妈的女孩，她真的对"妈妈"这个词恍惚了。

那天，小二说，你妈妈做的事没有错，老陈是她的亲人，她当然要让孩子去吃晚饭。孩子回来了，当然要问老陈说了什么，做了什么。你承受着屈辱，可是你也每天承担爱的使命。你朝另一处想，世界就会豁然开朗。

前些天，确实豁然开朗，但今天回想往事，何湘心里的那份恨又返回来。她从床底下拖出妈妈的骨灰盒子，上了汽车，就朝吴郭市开去。高速路上，汽车开得风驰电掣一般。她从没开过这么远的路，夜里开长途，更是前所未有。但是这没关系，她情绪激荡，一

亲人　143

心想把这倒霉的东西重新放回原处。她不想看见它,它承载了她以往所有的怨恨,为了这怨恨,她很少感到快乐。

路上下着雨。秋天干燥,许久不下雨,这一下雨,路上就粘滑。后面一辆开得飞快的大货撞了何湘的车,何湘双手脱离方向盘,眼看着自己的车子撞上护栏,一声巨响,她被轻飘飘地从车子里弹出来,手里抱着妈妈的骨灰盒。落地以后,她才明白,从车里飘出来的是自己的魂。

这魂也不多想,看看不远处就是妈妈生前待过的那山,于是就抱了盒子飞跑,片刻就到山后灵塔。看守灵塔的就是那个五十多岁的声音柔和的女人,女人对她说,你怎么又来了?她说,骨灰盒子还是放你这里吧,我先交十年的保管费……女人说,那你就放在这里吧,你这种人,还是孤身一人好。

她问,你这话是什么意思?

女人说,兰坚和我说过的,你就是为了在老陈家里吃了六年晚饭,才记恨她。你不想想,老陈一家子,让你吃了六年晚饭啊,你是多大的福气啊?

她忽然惊诧,可以这么想的?

原来小二的思维与这女人是一样的,世上确有两种截然不同的思维,一种思维不断地得到,一种思维不停地失去。

沉思中的一瞬间,她猛然在黑暗里打开眼睛,眼前是警灯闪烁,人来人往。她感到了身上无处不在的疼,她呻吟,脑子也清晰起来。她被人抱出车子。她一只手护在微微鼓胀的小肚子上,另一只手紧紧抓住骨灰盒。

八个月后,她被推入产房,什么都好,护士对她柔声慢语,医生对她抚慰有加，同病房的产妇们给她送了鲜花，她的同事们在产房门外等待她，他们都像她的亲人一样。而她呢，这个单身母亲的嘴角和眼睛里堆满笑容。医生刚才问她，孩子出来以后，对他（或她）说上什么样的第一句话。

她说，谢谢孩子呗，谢谢孩子来投胎。

写于2012年10月5日—11日

有一种人生叫与世隔绝

十七岁那年,我父亲出走的纪念日,我在大学的宿舍里开始创造一种两个人的语言。当我恋爱时,我与我的那一位,要用这种语言交流。除了我们,任何人听不懂。

与英文相比,汉字在演变过程里,因为吸纳和简化的双重挤压,失去了一些字和词的本义。我花了五年的时间,创造出一套基本汇话语系。掺杂了希腊文、英文、古汉语和吴地方言。这些字、词都有确切来源,它们的含义就像化学周期表里的惰元素一样稳定。我没有办法对你解释我的这套语言,也许你认识其中的一些字词,但是它们的读音,被我篡改了。在篡改读音时,我是十分率性的,毫无规律,一丝理性也没有,参照了自然界的风声雨声虫声鸟声,还有女人经期前后不同的尿声……我乐观地认为,这象征着我未来爱情中的狂热。

我在创造这套语言的过程里,失去了所有的朋友。当然,我也没有谈上恋爱,我常常一个人自言自语,用着我自己创造的那套语言。别人都说我是疯子,他们知道什么?疯子才会真诚。有一年我在火车站候车室里,看见一位从精神病院里逃出来的女疯子,她非要说她边上的男青年是她的恋人,男青年和他的家人只是笑,周围的人也是笑。她也不急,只是十分肯定地说,他就是我的爱人,不信,我俩抽血化验。

我大学毕业后就改了名字，跟我妈妈的姓。我剪去了长发，染了红发，艳丽的口红和深色的眼影，让我看起来像另外一个人，前卫、张扬，彰显外表，封闭内心，让平庸的男人望而却步。我夜不归宿，吃喝无度，身边永远拥着一群比我大五岁或者小五岁的男人。几乎每一个乌黑的或者有些透光的夜里，我被命运的无名之风驱动，怀着无边的希望，在城里城外到处飘荡。

我的变化是我要的，我是所有人的陌生人，我也是我的陌生人。

一切都要从今年秋天的一个夜晚说起。这一天，太阳五点三十二分升起，六点十分落下，然后就是秋虫啾啾，晚饭花飘香。我今天是回来吃晚饭的，妈妈说，难得啊，晓得回来。家里没你吃的东西。我不和她拌嘴，去睡觉，她跟进来，把一张折叠成豆腐干大小的纸条放在我的床头。

这张纸条和我是老熟人，它隔三岔五就来到我枕边，一两天后又回到它主人那儿去。我也总威胁妈妈说，恼了就要打开看它，我一看过，就要离家出走，四海为家，过我喜欢过的生活，就像爸爸一样。说是这么说，从未打开看过。

她是写给我爸爸看的。

这次，我打开看了。上面什么字也没有。

我三岁那年，秋天的一个傍晚，也有晚饭花。我爸爸出去散步，再也没有回来。数不清的人在这儿在那儿见到他，我和妈妈再也没有见过他。我妈即从此落下一个病根，时不时地淌几滴眼泪，再自言自语地说，他到底是什么人？

有一种人生叫与世隔绝　　147

后来变成：我到底是什么人？

再后来变成：我到底是什么东西？

每当她说出"东西"这个词，我就浑身冰凉。

从小学一年级开始起，我觉得经常在上学的路上碰到我爸爸，他以异于常人的目光注视我，打量我，流露出惊叹、赞赏和深爱。我不认识他，但我认识这样的目光。我在这样的目光里一天一天长大，就像小苗沐浴阳光。

现在，我在妈妈的白纸上写下我的名字，象征我与她的分离。

我看到她的眼睛里露出胆怯和畏缩。我不容她求饶，拿上我的衣服和包就走。我打开门，她忽然说，忘恩负义的小畜生，你去找老畜生一道混日子吧。

她明明想说，孩子，你去把你爸爸找回来吧，两个人一起回家。可她偏要说得血淋淋，我也没办法。

出了门，我想起多少年被妈妈压抑的生活，不由得指着门骂，男人离家出走十九年，你到现在还搞不清他为什么要走。一个劲地怨，怨……怨个屁！

我们家住的是老街坊，我一骂，邻居那里就有了动静。谁隔了窗户鼓励我说，骂得好！

我去了"艺文斋"，这是一所三层楼的房子，一楼是玉石展厅，二楼是书店，可以喝咖啡。三楼应该算是文艺沙龙。卫大写平时就住在三楼的房间里，他看了我一眼，就把他的房间让给了我，接着叫来了他的弟弟卫小写。王健夫和连凯随后就来了，最后来的是毛度。他们五个都有绰号，我们平时都把大写和小写叫成大榔头和小榔头，毛度叫毛豆。毛豆带来了超市买来的卤蛋、鸡爪、水晶肴肉、牛肉干、豆腐干、茨菇片、可乐、冰淇淋、棒棒糖。小榔头打开了大榔头的酒柜，拿出六瓶……我们一人喝了一瓶。这个夜晚就变得豪气冲天了。清晨两点，我们分手时刻，王健夫和连凯搂着肩膀，喊着，罗北妮，我们要强奸你！两只拖鞋从对面的楼上空降到他们的头上。大榔头跟着小榔头打的回家。毛豆骑的是自行车，他小声地对我说，罗北妮，我们当中，你总归要选一个的，不然的话，我也想强奸你。我们都想强奸你。我刮了他一个耳光。到现在为止，我还没找到一个想要的男人，他们没有一个像我爸爸，既没我爸爸那样英俊干净，又没他那样爱我。毛豆说，你好好想一想。

大榔头小榔头不是一个妈养的，但他们有同一个爸，他们的爸是我们市的副市长。大榔头自学成才，是我市的玉雕专家，小榔头是哈佛的高才生。王健夫刚继承了父母的企业，连凯的爸爸还在部队里，中将。毛豆是一个画家兼作家，他显赫的家族可以追溯到西晋。

我不高兴想，我很累，和衣躺了。睡前，我的脑子里飘出一个可怕的念头：

我的未来，是否还有希望？

第二天上午七点多，有人敲门。我开门一看，是一个瘦小的笑眯眯的老太婆，手里抱了一只小而扁的枕头，嘴里叼了一支香烟，门一开，香烟掉落一大截子烟灰。

你谁啊？

我是你外婆。

我怎么不知道有你这个外婆啊？

有一种人生叫与世隔绝　　149

你不知道的事情多得很呢。

老太婆就这样进来了。

我没睡醒,重又钻进被窝。

她把枕头朝我的枕头边上一放,说,我头有些晕,上床靠靠。

我把她的枕头扔到床的另一头,她也不恼,脱了外衣裤,去另一头靠着了。嘴里说,唉,昨天打麻将打得太晚了,十二点才结束。

我说,一位老人家,打麻将打到十二点,纯粹是作死。……外公呢?

外婆说,早死了。

那你还有别的孩子吗?

没有,你妈是独女。她不同意我改嫁,就和我断了来往。

那我的后外公呢?

也死了。

……我妈叫你来干什么?

做你的思想工作。

啥思想工作?

让你好好做人。好好做人就可以好好嫁人。

我觉得我暂时没法好好做人,更别提好好嫁人。不是怕我将来的丈夫跑掉,而是怕我自己跑掉。近几年来,我越来越有四海为家的感觉,我在梦里经常梦到飞驶的火车,陌生的然而自由的地方。我想找一个能与我一起四海为家的人,或者退而求其次,找到一个能容得我经常失踪的人。我真像我爸啊,越来越像。怎么会这样?血液里的遗传?还是他始终在我心里的暗示?

我坐了起来。外婆递过来一支烟,说,你不要和你妈妈讲我给你烟抽哦。你妈的脾气，叉你娘啊，真的是乌龟撞石板，硬碰硬的。

她的眼睛到处瞄，一眼看定了酒柜，说，你给我去找找，有没有白酒拿来我们俩喝一口。

我说，凭什么拿酒给你喝？

外婆说，我有情报给你。

我觉得她很有意思，就去酒柜里找了一瓶"五粮液"，两个水晶小杯子，一人一个。

外婆说，讲一个故事，是我师父说的。我师父年轻时，碰到章太炎的弟子到寺里喝茶，两个人认识了，坐着谈论。章太炎的弟子说，章太炎定居苏州后，不久，犯了一样病，白天在家睡觉，不理人。晚上就出门溜达不见踪影。人变得精瘦蜡黄，轻得像一层纸，看着就像死人。这样过了一个多月才好，像个正常人一样夜里睡觉，白天溜达。人家问他为什么，他就说，这一个多月呢，他是到第九殿无间地狱当判官，原先的判官有事出差了，叫他临时负责一下。每到夜幕降临，就有两个人进房将他抬起，飘飘然御风而行。行至地下一处洞府，把他放到太师椅上。面前站着牛头马面、黑白无常，地上跪了黑压压一片，大头鬼、说谎鬼、吊死鬼、僵尸鬼、淹死鬼、冻死鬼、饿死鬼、冤死鬼……诸鬼轮流上前诉说前世，由他一一发落，或投胎，或嘉奖，或留地狱重罚。一夜下来，筋疲力尽，只等地狱门口的大公鸡一叫，就由先前把他抬来的那两个人，再抬他回家。

外婆说完，我递给她一支棒棒糖，她浅笑一声，没去接，说，我不喜欢你的眼神，你眼神里有不好的东西。

我说，你真的信这故事？

外婆说，听了这个故事，有人信的，有人不信的。信的人是聪明人，不信的人，是傻子。

我说，这就是你要给我的情报？

外婆说，你不要慌，我慢慢和你说。……你爸爸其实早就回来了，城西南的蓝湖边上，有一家茶馆，就是他开的，叫"藏蓝"。我讲了这么多的事给你听，这只水晶杯子就归我了。

我让她躺了一会儿，叫了出租车打发她走了。临走时我问她，你到底是什么人？

老太婆在车里神气活现地说，我是什么人，和你没多大关系。你把你自己搞搞清楚就好。

茶馆"藏蓝"。我看到这个"藏"字，不由得冷笑一声。

你藏得好啊！

茶馆坐落在桃花渡口，这是一个废弃的古老的渡口。现在到处开满洁白的野菊花。我去得早，出租车的司机说，茶馆肯定没开门，结果到那儿一看，门开了，门口的院子也已清扫过，花盆里都浇了水。临湖的那一边，一棵宽广得像一座大厦的玉兰树上，栖满鸟儿，这些鸟儿我都认识，麻雀、喜鹊、黄雀、八哥、乌鸦、白头翁、仙鹤、白鹭……湖岸的木围栏边，有一个人白衣白裤，舞着闪闪发光的长剑……这个人，我也认识，他是我的爸爸。他对我说，姑娘长得天仙一样，是我看见过的最漂亮的女孩。就是脸上有一丝丝冷笑，不好。

哦，原来冷笑有痕迹的？

……从小到大,我总以为我不认识我爸爸,其实我是认识的。遗憾的是,他不认识我。

柜台后面有一个妆容精致的女人,看不出年龄,也许是三十五岁,也许是五十三岁。她温情地看着我爸爸的样子,就像我真正的妈妈。衬得我真正的妈妈,反而像个不善的后娘。

我喝茶,与他聊天,用异常的目光看他。我说了我的一些情况,奇怪的是,我说的全是真实的情况,但听着不像是我。他也说了他的一些情况,我也不知道是真还是假,或者有可能像我一样,说的是真话,听着像假话。但有一点我听着是与现实吻合的。他说,他与太太没有朋友,茶馆里人来人往,但他们就是没有朋友。我转眼打量一下茶馆,是的,他们很安静,到处一尘不染,安静和干净,也许就是没有朋友的缘故。我们还互相交换了几个故事,我把今天早上外婆讲的故事也告诉他了,我问他信不信章太炎当地狱判官?他坦诚地说信,因为他的人生也与章大师一样的孤单,只是没见过鬼,或者说,他的地狱不那么传奇,没有鬼神。……总之,我们一见如故,很谈得来。遗憾的是,他还是想不起来。茶馆里也有家常饮食,我吃了一碗野鲫鱼汤,一盘不知名的野菜,鸡蛋炒野蒜。吃完我才想起今早被我的那个"外婆"混搅了一番,忘记了洗脸刷牙。我像他家里人一样,去房间里、柜台里到处找,找了一块新毛巾,一把一次性牙刷,蹲在湖边洗脸刷牙。我这样自来熟的举动,他还是没想到我或许是一个与他很亲近的人。

一滴牙膏掉落水里,转了两圈,便化掉了。但是,化掉的水面上有痕迹,当然是要仔细看的。我忽然明白,他是不想认识我,才无法认识我。他的心里没有我的痕迹,他只要仔细看,会发现我是

有一种人生叫与世隔绝 153

多么像他，我在认真说话前轻咳一声的习惯，也与他一个样。

水面上又滴了两滴东西，不是牙膏，是我的眼泪。从小到大，伴随我成长的父亲其实不存在。父亲在我三岁时出走，我现在，还是三岁。

那个坐在柜台后收账的女人突然变得刺心。

我出了茶馆，不远处有一个僻静的湖坡，外面被柳树挡着，我就在坡上呆呆地坐着，坐了五个小时，当我恢复神志时，西边的落霞正在进行疯狂大变幻，赤橙黄绿青蓝紫，谁持彩练当空舞？当云彩固定在淡墨色没有退路时，预示着天也快黑了。我站起来四处找我的手机，在不远处的芦苇丛里找到了它。手机上无数个找我的电话，我按了毛豆的号码，告诉他我在某处。他说，马上就来接人。

结果是他们五个人一起来了。大榔头、小榔头、毛豆、王健夫和连凯。五个人，五辆越野吉普车。

他们不肯就走，他们要寻欢。自然地，去了不远的"藏蓝"茶馆，那个妆容精致的女人给我们弄菜。我主意已定，我想看看他，这次对我有何评价。

我一手夹着香烟，一手端了酒杯，一时搂住毛豆，一时又靠住大榔头。后来我坐到了小榔头的腿上，连凯说，我也……没等他说出那个"要"字，我就滚到他怀里了。王健夫大喜过望，对我作了一个揖，跪在我面前不起来，一直到我亲他一下才作罢。然后，我就玩了一个游戏：我坐在大榔头腿上，脸冲着小榔头笑，眼珠子朝着王健夫做眼色，手让毛豆捏着，一条腿搁在连凯身上。我们欢声笑语，茶室里却空无一人，连端水递茶的小服务员都不露面了。半夜里，我看到他静悄悄地走进来，细心地点数地上的酒瓶子。他表情从容冷静，看不出他曾经为生活燃烧过，为自己毁灭了世俗的前途。他出走前，是市长信任的年轻秘书。

我大着舌头对他说，爸……爸爸，你是不是觉得我很堕落啊？

他数完瓶子，看我一眼说，姑娘，你堕落不堕落，和我有什么关系？

我一直想找一个天下最好的男人，就像我爸爸一样。可他说，你和我有什么关系？这日子再朝下过，我就和我妈妈一个样了，一样的怨怼，一样的情恨难消。

我反击他说，你也不过如此，有种不要回来。……没种！他听到了吗？我确信他是听到的，但他没有任何表情，只管在我们身后关门落窗。难道他彻底忘了从前？诡异啊。

我听到茶馆大门在我身后"嘭"地关上了，我三岁时，他对我和妈妈就是这样的，"嘭"，关上心房。也是这么震天响，响声引起的震颤，现在还在。

我在马路上飘飘然地走，五个男人亦步亦趋。他们唱起来了，唱的不是现下的流行歌曲，唱的是以前流行的一首俄语歌曲：深夜花园里四处静悄悄，只有风儿在轻轻唱，月色多么好，心儿多美妙……

他们唱得整齐划一，引起了我的警觉。他们的歌声里有着我从来不曾正视过的一种力量，这种力量代表着他们的身份和性别，我看着他们搂肩一字排开，缓缓地威慑地唱，月光把他们的影子投在地上，成了十个人，我感到害怕，我是孤单的，在这湖边，我落单

有一种人生叫与世隔绝　　155

了。算上我的影子，二对十。

这些人是谁？他们怎会如此陌生？

唱完了，他们忽然取笑我说，没爸的孩子找爸爸，一找找个癞蛤蟆。

他们渐渐逼上来，也许他们这时还没想好要对我做些什么，我趁早拔腿就跑，没想到喝多了腿软，才跑几步就跌了个狗吃屎。我听见小榔头说，哥，她睡地上了，要干什么啊？大榔头说，没爸的孩子啊，没温暖。她要和我睡觉觉。毛豆说，要睡一起睡嘛。连凯说，好啊好啊，我有避孕套。王健夫说，弟兄们一起上吧，省得伤了感情。

我大喊，救命。一辆车子开得像一只乌龟一样，听见我喊，突然加速，像一枚炮仗一样蹦走了。

我这五个哥儿们上前七手八脚地抬起我，把我安置到芦苇深处。他们你抢我夺，没等我落地，我已经赤条条了。我这才知道，我平时的嚣张，多么不值一提。我只有尖锐地叫。我叫道，你们到底是谁？

没想到毛豆恶狠狠地反问我说，你是谁？你到底是谁？

这时，湖水里出现了一只小木船，一个人站在船上划过来了，快到我们这边时，这个人狠狠地用木桨敲了一下船舷。我的五个哥儿们听到声音，像野狗一样惊散，四下逃开，王健夫临走时踢了我一脚。这一脚看上去与强奸毫无关联，但踢在我身上，我是明白这才是强奸的真正目的。他们何曾懂得过我？

木船上的这个人就是洪炼。他危难里救了我，算是英雄救美。

当时的情景很不堪，东边天色已白，路上的汽车多了起来，公交车站远在一公里以外。我的衣服裤子散落在一段野草丛生的四五百米的路途中，有的破了，有的污了。我只能够在邻近的地方捡了我的内裤穿起来。他脱下自己的外套递给我，我一边道谢，一边发抖，然后我执意跟着他上了小木船。

我一无所有，除了一条内裤，浑身上下只有他的衣服。这预示了什么？想到了预示，是否渴望新生？那也就是说，我否定了过去。人有什么呢？人只有过去，谁说他拥有未来，一定是吹牛皮的。

他住在蓝湖里的一个无名小岛上，不远，摇了十几分钟就到。我们上了岛，岛上杂草丛生，乱石四卧。东一摊西一摊地长着一些橘树和公孙树。沿着一条石子铺就的上山小路，走到伸入湖心的东南面，看到令人欣喜的整齐景象，方方正正的一块块梯田，树是树，菜是菜，花是花。尤为可喜的是，湖边一大片浅黄色的沙滩，干干净净，仿佛世外桃源。

一幢小小的两层别墅依山而建，面朝湖水，奇的是没有院子。我走进去才清楚没有院子的好处，一眼就见到山水和各色水鸟，松鼠们在树上玩耍。当真让人敞开心怀，不由得心也坦荡起来。

房间里也一律没有窗帘。

我睡得很放心。

醒过来时，发现天快黑了。就是说，我睡了一天了。

他在外面敲敲窗户说，快起来吧，现在送你回去。

我走到这窗户前，打开，直视他的眼睛，说，我还想留一晚上。

他微笑，说，不行。

有一种人生叫与世隔绝

我露出夸张的沮丧说，救救我吧！

说完，我的泪花真的出来了。我转过头去。

语音极低，但他听到了。

于是就吃晚饭，聊天。晚饭放在屋外吃，靠着湖水。吃的很丰盛，简直是对湖里水生动植物的一次知识普及。我就发出感叹，说以前对蓝湖真是太不了解了，譬如说，我们只知道湖里有白鱼和白虾，没想还有黑鱼和黑虾。这和人生有些像的，所以老祖宗发明的阴阳鱼图形，一半黑一半白。住在别墅里的还有一对老夫妻，我问他们名字了，知道他们是老曾夫妻，他们打理着这里的一切，种菜、打鱼、搞卫生、管理树木。

我也问他的名字了，他还是笑一声。既然他不愿意说，我就心里替他取了一个名字叫洪炼。我有一次在街上捡到一张身份证，一个年轻男子，无比清澈纯洁的目光，身份证上面的名字就叫洪炼。

洪炼长相清秀，肤色白皙，这种长相的男人缺少气势。他却不同，他有刀刻一样的嘴唇和稳定清澈的眼神。当他注视我的时候，清澈安详的目光透出他的慷慨，让我赞叹之余生出邪念，我要什么，他一定会给予。

我最想要的当然是一位恋人，与他共享我创造的语言。

一会儿，老曾拿来两个灯笼挂在边上的大树上。洪炼说，拿下去吧，今天有月亮上来。挂了灯笼反而不好。

老曾拿下两只灯笼，给他的老婆使了一个眼色，两人一起走了。

月亮的光渐渐地漫上来，好像露水也上来了。老曾夫妻一走，我就把章太炎做地狱判官的故事讲给他听了。

他听了笑笑。

我问他，你信不信吧？

他说，一个故事而已，不必太过计较。

那就是说你不信。

和我没关系的事，我不追究信还是不信。

如果和你有关系的事，你就会追究是否可信？

他说，我把自己搞清楚就行。

他也给我讲了一个故事。他说他的奶奶从年轻时就跟了师父信道教，在那些特殊的年代里，她冒着被批斗的危险坚持了这个信仰。但是到了八十年代，她发现自己更喜欢上帝，就改信了基督教。信了二十多年，有一天她说，和上帝气味不投，又改信了佛教。信了十几年后，开始用荷花茎里抽出的丝缝织衣服。她听寺里的和尚说，释迦牟尼也穿过荷丝编织的衣服。但她编织荷丝衣服，只是为了表示自己的幸福心情，她总是一边从荷花茎上抽取细丝，一边说，我多少幸运，一生信仰变化来变化去，太上老君也没怪罪我，上帝也不怪罪我，佛祖也不怪罪我，他们知道我是经不起怪罪的，所以不怪罪。

我想，这个老太太一生中可能没找到真正的朋友，所以，她把神当成朋友，幸运的是，她最终信了。

我笑了一声，笑声里有嘲讽的味道。洪炼说这个故事的目的，在于说人对天的感激。问题是，天存在吗？老太太信了，我能像她一样地信吗？

他说，你喜欢冷笑，可能你自己都不知道。

我说，我前天和我的妈断绝了母女关系，昨天，我的男性朋友们想强奸我。这两天我还碰到了两个人，一个是从没见过面的外

有一种人生叫与世隔绝　　159

婆,一个是从没见到过的亲爸爸,我也不知道这两个人到底是不是我的外婆和爸爸,但他们都和我说,我脸上有冷笑。

他说,既然想冷笑,你就好好地冷笑一场。也许你冷笑过后就哭了,哭了过后就真正地笑了。

他的话引得我笑起来。他起身去拿了一只陶罐子出来,说,喝酒喝酒。

他的酒不是高档酒,陶罐里装的是本地农家的土制米酒,我从不喝这种不入流的土酒,今天是第一次用心地品,品出土酒里酿造者的一份真诚。

说着闲话,我们把一大罐子的酒都喝完了,月亮正好在天顶上,有薄云挡着,不太亮,正好。他问,再喝一罐?

我从小造出来的爸爸就像他这样,干净、温暖、目光纯洁坚定,心地就如这湖水一般透明。等到第二罐酒喝完,我脱下鞋子,捡了一根树枝,光着脚把他拉到沙滩上,在沙上画了两张结婚证书,一张写着"爸爸"二字,一张写着"妈妈"二字。我对他说,这是两张结婚证书,爸爸这张你收着,妈妈这张我收着。今天我要和你结婚,你是爸爸。但是我不是我,我也不是我妈,我就是一个不具体的女人。

他说,一切都听你的,你想怎样就怎样。

我说,现在,你要放下对我的戒备,全身心地对我好。

他说,我没有戒备。

既然这样,我就说了,我来教你学一种语言,学会了它,我们就和这个世界拉开距离了。

我教了他一些入门技巧,他很快就评价说,你的这门新式语言缺少内在逻辑,但是充满情感。人类创造语言,就是为了表达情感的。问题是像你这样充满感情的人,为什么要与世隔绝?

过了片刻,他缓慢地说,其实,你已经与世隔绝了,为什么还要与世隔绝?

他的话让我大吃一惊。我开始怀疑我做的一切,为什么?难道我是表里不一的?难道是我错了,我的妈妈一直受着我的影响?是我让她变得言不由衷?

十二点整,对岸燃起了熊熊大火,仔细看,可以见到一排三辆车子在燃烧。有人在烧车,这几天的夜里,总有一些人为了爱国在烧日系车。我并非不感兴趣,而是觉得国家离我很远,别说国家了,就是亲朋好友也离我很远。人群围得水泄不通,一会儿警车闪着灯来了,一会儿消防车来了。隔着一片水面看他们,恍如看电影。

老曾夫妇看到了火光,也从屋里出来看热闹。老曾的老婆手持一串佛珠,一边念佛一边慢悠悠地说,这两天烧车的不少,有的人还把自己的日本车烧了。她说着说着,突然把我一拉,问我要不要上厕所。我稀里糊涂地跟着她去了屋里的某个卫生间,确实也花了几分钟如厕,出了卫生间就迎头撞上老曾的老婆,她一直在门外等我。

等我是为了告诉我一件事。

她的神情挺有意思,她定着眼神看我,两手拳抱着使在胸前,令我想到她可能是基督徒。她与本地的老农妇有所不同,本地的农家女人粗糙生硬,到老了就是一副强横冷漠的嘴脸,她不是,她的眼里分明汪着清泪。她说,好囡,我看你是个好小囡。所以告诉给你听……

有一种人生叫与世隔绝 161

出于礼貌，我还是回到洪炼身边，他看我不说话，也不来打搅我。我失魂落魄地坐到天快亮，岛上响起公鸡高亢的叫声，他突然挽留我说，想不想知道我姓什么叫什么？我的故事……想不想听一听？

我说，我得走了。

他说，你我好歹也结过一次婚，我还学了你的语言，我还想继续学下去……真的要走？

老曾摇了小船送我出岛，我上了岸，与老曾告别，老曾说，回头是岸。你现在回头了，上岸了。也好。

我再也没见过洪炼。那座小岛不是他的，他上岛，是为了养病。老曾的老婆告诉我，洪炼得的是肺病——是女人引出来的脏病。（这是老曾老婆的原话）我其实是有洁癖的，从肉体到精神。我只怀念他清澈无比的眼神，我也再没见过如此清澈的眼神。

我买了一张地图，在国内的版图上画出要去的地方，然后我离开了这个城市，四处漫游。我恢复了以前素面朝天的样子，我从洪炼那里知道了一件事：我只是一个普通的女孩。

飞驶的火车，陌生的然而自由的地方，每一天都是开始。漫游的日子里，我使用的是我的语言，没有人听得懂，任何一个地方的人都以为我用的是某种外地语言。

就这么在外面漫游了四年，有一天回到吴郭市，（我不在的日子里，我妈妈结了婚）我爬到高高的穹窿山上，如上帝一样，俯瞰脚下现今显得陌生的城市，忽然明白过来，老曾的老婆向我告密，是受了洪炼的指使。也许他得了肺炎，也许他没有得肺炎。他在接受我之前，要知道我是否能接受他。四年后的今天，我不会在乎他得任何病。

以后，每到一个地方，我都要贴出寻人启事，向世人描述那样一双眼睛，讲述无名岛上的故事，请有心人帮忙寻找我失踪的丈夫。

他是一个了不起的人，四年前，他居然给了我一个天大的机会。

写于2014年2月

修改于2014年3月8日

桃花渡

我从市中心搬到白菊湾的花码头镇，两个月后，一岁大的猫咪小玫瑰得了传染性胸膜炎死了。半年前，一个冬天的夜里，它在垃圾桶边奄奄一息，三个残忍的孩子正朝它身上浇冷水，我就把它带回家了。

近来天气已热，一天晒下来土地就会裂开大大小小许多口。所以我得尽快把它安葬。我抱它进屋，给它裹上它生病治疗时用的棉布，再盖上我的一件睡裙。带上铁铲，正准备到蓝湖边去埋葬它的时候，风来了，然后雨来了。我被堵在家中无法出门。这场风雨停留了两个多小时，下午五点半，我再次抱起小玫瑰出门的时候，外面的世界已改变不少。首先我的黄瓜架子散架了，支撑番茄的短竹棍全都歪向了一边。院子里，我苦心经营的"茄林"被狂风暴雨摧残得一地紫色茄花，一只又一只的小青蛙从"茄林"里蹦跶出来，湿漉漉的小身体闪烁着水光。

我抱着小玫瑰向西边走。很快到了湖边的桃花渡口。这是一座几乎被人废弃不用的老渡口，渡口边长着几棵古老的桃树。在它不远的地方，开发了一个供旅游用的新渡口，载着游客的游艇来来往往。

暴风雨过后的湖不再是淡蓝的，呈现出纯正的烟灰色。它波涛起伏，如滚滚浓烟连绵不尽，气势惊人，也美得惊人，不像是人间的东西。

我在一棵老桃树下挖了一个坑,把小玫瑰放了进去。小玫瑰是一只漂亮娇艳的小公猫,它友善而不阿谀,敏感但克制。它的坚强富有层次,在它身上我看到了比人更多的优秀品质。这个世界的人不能被真心爱恋,因为人的心太复杂。但是你尽管放心去迷恋动物或者植树。我爱动物和植物。

埋葬了小玫瑰,我退回大路,坐在高高的路沿上欣赏暴风雨后的蓝湖。刚坐下就走来一位船娘,一脸认真地走过来问我刚才埋的是什么,我告诉她,是一只死去的小猫。她抿着嘴,黑色多皱的脸生动地现出微笑,她说,只有城里人才会做这种奇怪的事,一只死猫,包着漂亮的布,埋在桃树底下。她一双埋在皱纹里的眼睛颇有见地地瞅我一眼,补充道,你一看就是一个城里人。

坦率得像孩子的船娘并没有给我带来不快,相反,她的真诚让我感到有趣。

波涛滚滚的蓝湖正在渐渐安静,它灰色的水面眼看着就要变成蓝色。这种变化让我想起种黄瓜,当第一只黄瓜从花蒂下面伸出来时,我坐在差不多手指头一样长的黄瓜边上,坐了三个小时。我看不到黄瓜生长时的动态,但是三个小时中它确实又长了有半根手指那么长。真是令人喜悦和惊奇。我的身后是整片的秧田,翠绿的整齐的秧田里,两只长腿大白鹭悠然地寻找食物,又像在水田里照自己和影子。须臾一飞冲天,也是令人惊奇和喜悦的。

在我不经意的时候,突然就黄昏了。湖边的黄昏与我习惯中的城里的黄昏大不一样。这是一个清亮的青黄色黄昏,天地之间聚集着浓重的黄光,这种不同寻常的黄光来自四面八方;来自土地,土地上生长的草和树木；来自天空中停留的云；还来自土地和云之间的空间。它们有着黄铜一样细致而温柔的质地，也像黄铜一样沉重和波澜不惊。

我刚经历了爱猫的死亡，现在又置身于这样美妙的天色中，心中又是喜欢又是悲伤。这时候湖中间的小岛上摇来一只小木船，我看见船头上影影绰绰地坐着一个人。

我就爱上了这个坐在船头的人。

我是一个享乐主义者。风，花，雪，月；雨声，读书声，诵经声；一杯喜欢的酒，一道精美的小菜，一瓶不俗的香水；一个暧昧的眼神，一个漂亮的手势，一句动人的话，一份笑容……都能让我享受到此中的快乐。而世上所有让我喜欢的事物中，最爱的是爱情。

但这是以前的事——很多年以前的事。我已有多少年感受不到爱情给我带来的愉悦了。我现在只喜欢动物和植物，只有它们才让我永久地感动。

我坐在路沿上，看着湖里的那只船摇近，我看见那个坐在船头的人是一个僧人，穿一件肩膀上打着深色补丁的旧僧衣。湖中间的岛是清云岛，岛上有一座清云寺，为明朝一位禅宗大师所建。这么晚了，这位僧人出岛是有原因的。也许是到岸上的寺院里参加诞生大会，也许是到刚有人逝去的人家念往生咒……也许以上的理由都是一个空相，真实的原因是佛指引着他，去拯救一个坐在路沿上的情感已经麻木的女人。

僧人跳下船。

我的目光随着他移动。这么热的天，他规规矩矩地垂着袖子。

我见过许多僧，天一热就把袖子挽上去露出胳膊。他看来是一个严谨律己的人。他走过我埋小玫瑰的树下，停下脚，非常专注地看着松动的泥土。我坐在他经过的路边，他没有发现我的目光。一辆公交车驶过来，他上了车。

我回家了，我的心中荡漾着淡淡的愉悦之感，因为我又会爱人了。每当心中产生爱情的时候，我会爱所有的一切。

我做了一个凉拌黄瓜和西红柿炒鸡蛋。吃完了晚饭，月色十分明亮，我想去看月光下的蓝湖，信步就走去了。刚走到一半的路，手机响了，原来是城里的女友唐莉来的电话，她问我现在有没有兴趣相看一位英俊的男士。我马上就答应了她。唐莉说，真没想到你这么快就答应了，我原来以为你会出家做尼姑的。这下好了，你又回到尘世里来了。可爱的尘世啊！唐莉还这么说，语气真诚。我好像看到了她聪明活泼的样子。

我开车进城。找到唐莉要我去的"好"茶馆，按照唐莉的描述，我很快找到那位与我见面的男士。这位男士四十岁不到的样子，剃着很精神的平头，天这么热，他端端正正地穿着一身白西装，一看就是个可靠的律己的人。我刚坐下不久，他就对我说姓崔，他五岁前姓刘，因为父母离婚就改姓了母亲的崔姓。他的母亲后来没有姓了，而是叫云惠——她出家了。人家都叫她云惠师父。

崔先生刚见面就这么详细地解说自己的姓名，可见他对我是感兴趣的。过了一会儿他出去了几分钟，回来时手放在背后，到我面前才把手放到面前来，原来他是出去买花了。三支向日葵花。他说他知道我喜欢乡村，他也向往这种田园生活。他说着这些话，脸孔上放着光辉，丝绸一样的光辉。光辉的底子是真诚的羞涩，淡红的

桃花渡 167

羞涩，我许久没见着了。

　　我今天真的兴趣很高。我希望与英俊有礼的崔先生好好地谈情说爱。于是我们就选了一个大家都喜欢的话题来说，关于乡村。我在乡下住了两个多月了，每天都有非常新鲜的感受。譬如：怎样垒山芋土，怎样搭黄瓜和丝瓜的架子，选番茄苗时要多长的"肉芽"才好？什么时候拔草，什么时候除虫。田里有许多小动物和小昆虫，尖嘴田鼠、黄鼠狼、青蛙和癞蛤蟆，各种颜色的蜘蛛中，数那种通体碧绿的透明蜘蛛最好看。各种颜色的蝴蝶里，还是大黄的引人注目。……田地的上空，回荡着各种鸟类的叫声，山鸟和水鸟，最让人喜欢的是白鹭。

　　……再说露珠。湖边的露珠与城里的露珠是不一样的，现在这时候，城里的露珠一出太阳很快就蒸发了，而湖边的露珠到了十一点钟还在。但是需要加以说明的是，早晨六点的露珠与十一点钟的露珠在大小和透明度上是不一样的。

　　……白菊湾、桃花渡。菊花是死亡或不朽，桃花是短暂和忧伤……

　　花码头镇里有一条从东到西的花码头河，河两岸的房屋鳞次栉比，屋前的大青石板油光锃亮，河里船来船往，穿行在俗世的烟火里。

　　我住在花码头镇子的后面，夜里听得见镇子里的喧嚷，也听得见蓝湖的波涛声。

　　以上这些，崔先生听得津津有味。

　　崔先生也回忆起他的童年，最后他说，他人生中美丽的片断竟然都在童年。然后他庄重地说，人生中这些美丽的片断与任何人都可以说的，只是有一种伤心事只能说与自己听。

我同意他的观点。

忽然就没有话了。

我打起精神还想对他说些什么。我感到他也想这样做。如果我们能成功地这样做的话，关系就不同寻常了。但是坐在那里，感觉到身体在一点一点地疏远，感觉到大家的心都在无奈地叹气。力不从心的，心还想留在这里，身体脱离了心的控制远离了对方。我明白了，我们只有过去而没有未来，我们只有过去可以互相分享。

我们互相看了一眼，笑了起来。崔先生说，这是他数以百计的约会中最好的一次。说真的，这也是我想说的话。

我们两个人是在三楼临窗而坐。高大的梧桐树叶一直遮蔽到我们眼前。从上面望下去，城市的光和影极尽奢华，到处是人类文明的痕迹。我出生在城市，在城里整整生活了二十八年，从来不知道城市到底意味着什么。就在今晚，我突然明白，城市里的文明和奢华，原来是为了消除人心的孤独。

但城市并没有消除我的孤独。而现在，崔先生，我刚找到了你，转眼之间又失去了你。

崔先生站起来去卫生间。内心的孤独使我一时冲动，我也站起来，尾随着他。当他出来时，我伸手拦住了他。崔先生当然懂我的意思，他轻轻拉住我的手，在我的额头上亲了一下。我本来想建议他去我的住所共度一宿，但是就在他轻挽我手的时候，我改变了主意，因为他手掌上正常的温度让我知道，他对我的感情是在衣服以外的。我对他说，谢谢他，他是我约会中见过的最好的男人。

出了茶馆，我们一个要朝西边去，一个要朝东边走。我们握手

桃花渡

告别，崔先生说，他见了我，他的生活才圆满了。我当然不信这句话，但我相信，我们以后相见，定是绝好的朋友。

我回到家时是十二点过后了。我把崔先生送我的三支向日葵插在长颈花瓶里，放在我的书桌上。手机显示我的电脑里来了三封信。我打开电脑，两封是我的学生发来的，一位是女学生，她很实际地解剖了自己下学期上大学二年级时将会产生一些物质上的"困惑"，而她的农民家庭无法给她解除这种"困惑"。因此，她现在就得找一个"赞助人"，店老板也行，包工头也行……另一位是男学生，他抱怨现在的女孩子外表单纯，内里复杂而物质。他说他心中的完美女性是我。第三封信是一件误发的信件。一位男性写给一位女性的，上面这样说，我在茫茫人海中寻觅到你，我以为人生从此有了着落，但我无法看透你的心思，你到底是个什么样的人。你只给我身体，而我要的是你的灵魂……

看了这些信，我心中空空，什么愉快的事都想不起来。于是睡了。我睡着的时候，我的心记起了白天愉快享受的事。我看见了黄得耀眼的黄昏里，一只手摇的小渡船，上面坐着一个人。我的心中又开始荡漾着爱情的愉悦。淡淡的愉悦，然而是纯正的。

醒来时我的心还在愉快着。

上午十点多钟，我又去了桃花渡。我在很远的地方就看见了小玫瑰的坟上亮着一个白点，走近了看见是一簇白色的太阳花，整整齐齐地树在泥土里，叶子上还闪烁着昨夜的露珠。不知道为什么，我断定这是昨天那个僧人所为，因为只有他才那么专注地看了小玫瑰的葬身之处。

我马上决定到清云岛去。为了节约时间,我没有在桃花渡口坐手摇的小船,而是到了另外的渡口坐了汽艇。坐汽艇价钱比手摇的小船贵了一倍多,速度也快了一倍多。但是它非常吵,而我的情绪又是这么激烈,我大声地问船主一些话,企图压过机器的轰鸣声。

　　这位船主显然不太愿意回答我的问话,他只是说,他也不是岛上人,因此不知道岛上的情况。

　　一刻钟后我到达清云岛。因为大声说话的缘故,我的喉咙有些疼痛。上岸不久,我的胃里一阵作呕,连忙跑到草丛里蹲下呕吐起来。几个僧人走过我的旁边,视而不见。我从眼角边瞥见他们的长衫毫不停留地飘然而过,我还听到他们中的一位用手机在打电话,说着孟浪的语言。我的心平静下来了:到处都是尘世啊!

　　我这是第一次踏上这座岛,岛上长满花木果树。清云寺就在岛后面的高山上。我站起来四下张望,看见岸边停着一只手摇船,招手让船老大过来,我坐着小船就返回去了。

　　只有浪花拍着船舷的声音,我得以用正常的声音与船老大说话。也许是生活节奏缓慢的原因,船老大说话的声音也是慢吞吞的,黑红的脸上挂着微笑,很乐意与人拉家常。当然先从汽艇说起,他摇着头说,开汽艇的那些人经常与游客吵架,他们整天匆匆忙忙,脸上没有轻松的笑容,很多人的心脏、耳朵和胃还生了病,哪里像他这样过得悠闲?这一带的渡口,只有他一个人坚持摇着小船来来往往。因为他乐意这么做。这是一种享受。你知道吧?许多外国人就喜欢坐他这种小船,但是他们出手并不大方。

　　风平浪静,中午的湖水涌出一股青草的味道,闭上眼睛,整个蓝湖可以被想象成一个草原。

如果不着急回去吃午饭，船老大说，他会为我吹一首笛子。

我已知道他姓曾——船老大老曾。

老曾说着就拿出一支笛子来，我不禁笑了，问他，是不是经常这样为游客吹笛子赚点额外的小费。他说，才不是呢，这把笛子是清定师父送给他的，清定师父说，如果客人很烦闷的话，就为他吹一首曲子。

我心里一动，突然问出一句令我自己也惊奇的话，清定师父昨天傍晚不是上岸了吗？

老曾说，是啊，他夜里坐着他的船回寺了，今天又上岸去了。

我现在已经断定昨天傍晚我爱上的那位僧人法名叫"清定"，小玫瑰坟上的那束白色太阳花肯定是他所为。为了确定这一点，我让船老大又把我摇回了清云岛。在清云寺的居士楼下，我看到一棵松下长着一片太阳花。白色居多，杂着别的颜色。我是爱植物的人，凭我的感觉，我知道小玫瑰坟上的太阳花来自这块泥地。

我问一位走过我身边的老僧，清定师父什么时候回来？

那老僧云山雾罩地快乐地说，我不懂什么叫"回来"，也不懂什么叫"不回来"……

今天夜里，我还是想看月光下的湖水。搬到白菊湾的花码头镇上两个月，忙于琐碎的事，还没有认真地欣赏过月光下的湖水。今天是农历十四，月亮在十点钟时就升到天顶上了。我在这时候拖了一双草拖鞋出门去，全身心洋溢着快乐，连脚趾头都感到甜蜜的。

花码头镇子外，住的大多数都是农民，少数打鱼人。有些农家有船，除了种田，还不时下湖去打鱼，是半渔半农的。像老曾这样的人，家里也是种着水田和旱地，因为本地气候益农，收成不愁。所以老曾把田地让老婆打理，自己抽了身出来专做摆渡人。

月夜，神秘的单纯的月夜，既负担承诺，又隐藏变化。

我信步走到了桃花渡，公路的这一边有人家的灯还亮着，公路的那一边是空空的一个湖，湖上空一个黄黄的小而结实的月亮。它极亮。与我想象中的不一样，湖里没有月亮的倒影，只有长长一抹被风打碎的月色。但是在月光下面，我能分辨出芦苇的绿色和我衣裳的红色。我坐下来，叹了一口气。到了这里，才知道我为什么牵挂这里，原来心里想着一个人。

这个人就如被我呼唤似的，出现了。他穿着长长的僧衣，规规矩矩地放下袖子，我好像还看到他肩膀上打着补丁。他的僧衣很旧，这么旧的僧衣现在是不多见了。现在的僧吃得好穿得好，还用着手机和电脑。

我想知道下面会出现什么样的故事，说实话，爱上一个僧，我并没有犯罪感。这个爱不是我要的，是天和水，草和木，总之是大自然让我重新感受到了爱情。我现在好奇，温情，平静，与大自然融为一体，我从未经历过这样的感受，我内心贪求这种感受。

我坐到一棵树下，看着僧人清定和船老大老曾从公路那边的村子里过来了，他们越过公路朝湖边去了，那里停着老曾的船。他们上了船，慢吞吞地朝湖里的清云岛划去。水声渐去渐远，我的心里涌起了淡淡的惆怅，这惆怅告诉我：我想要未来。这也是我不曾经历过的感受。

我又从月光下踱回家了，月亮变白，月色如昼。我为我的爱情而感动，我还对未来抱有幻想。总之我变成了一个傻女人，但我喜欢这样。

回到家，我没有开灯，而是点上了一支蓝色的大蜡烛，放在桌子上，再打开一瓶红酒，倒了小半杯，坐在烛光下面自饮自酌。我还无比赞叹地说，生活真好！让我品尝忧愁和爱恋。

上午，我是被我手机的振动声闹醒的。拿起来一听，是唐莉打来的。她问我为什么不给她打电话，我努力让自己清醒过来，努力地想她这句话的意思。她没等我回答，哈哈大笑，说，你最近走桃花运了，有一位英俊的男士等着见你的面。他是一位钻石王老五，因为看了你写的诗歌，一定要见见你的面。你说吧，什么时候有空？我好不容易才定下神，问她，前天晚上那个崔先生，你怎么不问问我和他的情况。唐莉说，我不想问！这件事我烦躁。你知道对方的介绍人是谁吗？一个我不喜欢的女人——我的顶头上司。我昨天想讨好她，低声下气地去她办公室问问情况，刚问了她半句，她就回答我，不必问了，忘了这件事吧。他妈的，这女人从来不肯与别人多说一句话，她忘了是她求我替什么崔先生做媒的。……也许她只肯与她的顶头上司说许多话吧？

我看看床头挂的日历，今天是星期六。为了安慰唐莉，我约她中午到那家叫"好"的茶馆去吃点心。关于那位等着见我面的男士，过几天再说吧。唐莉高兴地答应了。于是我赶紧起身洗漱。当我进城赶到那家茶馆的三楼时，唐莉已在那儿不客气地先吃上了，她看到我，眼神突然惊呆了。然后说，这家茶馆我从没来过，看上去并不好。你为什么还要到这里来？

她这么一问，我也有些奇怪。但我不吭声，听她怎么说。

我坐下来先点了一杯龙井，要了一碗阳春面。

唐莉说，你和崔先生坐在什么地方？

我看看四周和环境，发现我和唐莉坐的位置就是我和崔先生坐过的。但我没吭声。

唐莉终于忍不住地换上不愉快的嘴脸，语气沉重地说，哼，我成天想着给你介绍对象，怕你寂寞。我看我是瞎忙。

我就说，有话你就快快说。刚才为啥看到我时眼睛瞪得像铜铃？

我从城里搬到乡下老镇的时候，把家里所有的东西一股脑儿搬去了，碎布烂纸，瓶瓶罐罐，唯独没把镜子带去。我的新家一面镜子也没有，连卫生间里也没有镜子。我觉得镜子是一样不祥的东西，能削弱人的意志，让人产生不正当的愿望。多看了它，它会让人模糊掉现实和幻想的边界。唐莉知道我没有镜子，就从包里掏出小镜子递给我。我照了一下就知道了。其实镜子有时候还是极有用途的，我乡下的家里要是有镜子，我马上就会知道我现在正处在一个女人的特殊阶段，我容光焕发，仿佛阳光下的花。这种样子证明了一点：爱情确实是存在的。

唐莉见我有点窘，便原谅了我，说，你十八岁我就认识了你，从来没见过你这种样子。怎么会这样？说实话，我太了解你了，你和我一样，不知道睡了多少男人。难道你又回到纯真的处女时代去了？笑话！我想这是一个笑话。

唐莉说话一向直率，有时候显得粗鲁，我从来不会追究她这一点，我也一向对她是实话实说的。我对她说爱上了一位不知名的僧人，我们到现在还没有互相认识。这件事有些莫名其妙，但我相信

桃花渡

是天促成这段感情的。我对天充满感激之情,我又能感受到爱了,这一次是有生以来最好的一次,就连初恋也没有这么好。

唐莉大呼过瘾。然而她评价我的初恋说,你那个初恋真是天晓得,碰到那样的人……

不,我对她说,我现在觉得,我爱所有的一切,我觉得那段初恋也是美好的。一切都是美好的。

正说的时候,我看见了崔先生,他独自坐在靠近卫生间的一个角落里,一定是来晚了。又一次碰见他是不奇怪的,这家茶馆原本是他定来与我见面的,想必他很熟悉这里。他显得有些孤独,慢慢地喝茶,看着窗下面的一棵梧桐树。他没看到我,我也没有与他打招呼。

我便把崔先生指给唐莉看,对唐莉说,这个人正派、善良、细心、严谨,可惜与他无法把恋爱进行下去。你不要问我为什么,不能就是不能。如果能的话,我会跟他结婚的。我感觉到他会是一个特别好的丈夫——也许是天底下最好的丈夫。可惜不能。

唐莉转头去观察崔先生。然后说,你真的变了,连思维方式都变了。这么多年来,你在感情上多少想得开,真的是拿得起放得下,从来没见过你想要未来。

我说,我是变了。我想要未来。

说起未来,我告诉你:未来是一个辛酸的词,因为是不可知的,却又感到它那么亲切可知。

我是傍晚才回家的。崔先生早就走了,他始终没有看到我,只是一心一意地看着窗下面那棵梧桐。我回家前,先到桃花渡去看了一下。老曾的船不在。刚才下了一场阵雨，小玫瑰的坟上，那束太阳花已经活了，越发显得整齐精神，白色的花中，开了几朵黄的红的花，宣告一个小小的苦心得不到圆满的结果，也正是这样，越发显出苦心的可爱。

我站在湖边想了一想，决定再去清云岛。于是我又到了汽艇的渡口，停好车子，坐上汽艇进湖了。这是我三天中第三次踏上清云岛。每一次的感受都是那么有趣，但这一次我的感受是有趣中带着略微的恐惧。我看到岛上所有的路都通向清云寺，这些路像太阳的光芒一样呈放射状围绕这座寺庙。我也喜欢这种微小的恐惧，恐惧也是令人无比享受的。它混杂着好奇和盲目，既不是快乐的，也不是忧愁的，唯一让我能确定的是：我无知而单纯。我觉得我的心很小，十分敏感。难道真的像唐莉所说的那样，回到了初恋前的少女时代？我以前不喜欢我的少女时代，我出生于八十年代初，我一向认为我的少女时代深深地打上了九十年代的烙印，混乱、无序，甚至比外部的环境更失控。但是现在，我不再这么认为了，如果让我静下心来仔细回忆，我会回忆出一大堆可爱的东西。

从寺里出来了一个人，是老曾。他手里提了一个黄布大包，精神十足地哼着歌快步下坡。一看见是我，他不好意思地伸手捂住嘴，停下脚步，一脸愉快地问我，你是来，还是去？

我说，无所谓。我一个人闲着没事，上岛看看。

老曾说，那就跟我回去吧。我刚才送走清定，又上岛拿他的衣服，他把不用的衣服都送给我了。

上了老曾的船，我看着脚下那个鼓鼓的大黄布包，就说，老曾啊，你说清定这个人是不是很忙？

桃花渡   177

老曾放下桨,两只手在上衣口袋里乱摸,说点根烟抽抽。我看他摸索出一根烟,就对他说,你把香烟抽完了再走,我又不着急。老曾真心诚意地说,我第一眼看见你就知道你是个好人。他把船摇到一大片荷叶边上停下来,点上了香烟说,我就是一个慢性子的人,清定天生的性子是急的。但他并不喜欢急,而是喜欢慢,所以我俩有缘。我是半年前认识他的,他带了好些书和衣服住到清云寺的居士楼,他不喜欢汽艇,就喜欢我这个慢悠悠的小船……时间过得真快啊,不知不觉都半年了,好像才几天。清定这个人和你一样是个好人。

我说,你总是把清定挂在嘴上,你肯定知道清定很多事。

老曾说,清云岛上的人都知道他的事。清定不是和尚,他是个居士。半年前住到清云岛,对住持说,一直想出家,又一直没出家。因为他的梦里的菩萨总是告诉他说,有一个女人是天下最好的女人,这个女人是他前生注定的配偶。然后菩萨还放出那个女人的幻象让他看,让他一定要找到。他找啊找啊,全世界都知道他在找梦里那个女人,找了她多少年,后来就到岛上住了,想再找她半年。半年里碰到梦里的女人就不出家,碰不到的话就正式剃度了。

老曾说,他住在清云岛,穿着别的和尚不要的破衣服,早经晚课,与和尚一样吃素。前几天他果然碰到了那个女人,与梦里长得一模一样。那女人看来也喜欢他。两个人说着话,不知道为什么说着说着就把话说没了。清定说,好像这辈子就等着这个人,就等着与她说上这些莫名其妙的话,才能把心里七大箩八大筐的东西全都放下。你说神奇不神奇?

我问,这是前天的事吧?

老曾说，对对，是前天的事。清定今天下午才走的，到浙江的一个寺里去出家了。是我送他走的，他看上去神清气爽，说他见到了这个女人，人生就圆满了。

2008年8月12日完成

你的世界之外

花码头镇上,大道观的老邬,不过是个看门人,但是他近来使用的权力越来越大,脾气也大了起来。有时候,他索性一整天关了大门,不让任何人进入道观。善男信女们在门缝里朝里张望,只看见他和大黄狗土根在里面其乐融融。

年轻人用砖块去砸门,说:"老邬,国家又没拨款给你们,没有我们供养,你饿死吧,老鬼。"

大道观的道士都是信正一教的,家中有房有地,有老婆,除了逢年过节,祭神拜祖,平时就是老邬一个人和他的大黄狗土根日夜看守着道观。老邬孤身一人,大家不太知道他的来历,只知道他爱在院子里种花种菜。镇上的野狗和野猫都亲近他,因为他常去镇上的饭店把剩饭剩菜拿回来,放在家门口让野狗和野猫吃。

老邬听见外面的人这样叫嚣,摸摸土根的脑袋,自言自语:"我们饿不死的,我们俩,每天有一斤半米、一把青菜和几根萝卜干就够了。你说是不是?"

守在门外想烧香许愿的婆娘们嘀咕着:"搞不明白,为啥不让我们进去上香供神。现在是宗教自由,莫非你比'四人帮'还狠?"

老邬听得清清楚楚,他还是不答话,由这些婆娘嘀嘀咕咕,怨声载道。他对土根说:"宗教自由?给了他们自由,他们当补药吃。大道观一开门我就在这里,这么多年,我看见上香的都是为自己求东西的。不是求财就是求官,还有求寿命求考试分数……三清、四御、太上老君、玉皇大帝、王母娘娘……天天被他们烦。这样信神,比不信还叫人讨厌。"

土根的喉咙里发出一声"噢"。

门外有个绰号叫泥鳅的女人喊:"老邬,我在上海城隍庙买了大方糕和粽子糖,特地过来孝敬神仙。你把门开一下,我放下这些东西就走。"

有人喊了一嗓子:"老邬,泥鳅的叔叔是镇上派出所长,你是不是不知道?好歹给个面子。"

老邬还是对土根说:"'泥鳅'做水产发了大财,却把她的婆婆赶到养老院。上回她求雷公在她婆婆头顶上炸一个大雷,劈死老太太。这回不知道又有什么促狭念头。我们还是不让他们进来为好。"

观主邢大舅也来劝过老邬。老邬反锁了门,没让邢大舅进门。邢大舅隔着门说:"老邬,我知道你心里为什么不开心。但是老话说得好,给人方便,就是给自己方便。我想你懂得我的意思。"老邬就是不搭腔。邢大舅劝了几句,没听到老邬反应,也不生气,手抄在袖子里,哼着歌走了。他说他要去镇长家里吃晚饭。镇长是他的外甥,对他这个大舅好得没法说。叫他去吃晚饭,下午就把"大红灯笼"酒店的厨师叫到家里去了。那厨师后面跟了一个伙计,伙计手里提着一个大篮子,篮子里装着山珍海味。

"泥鳅"在邢大舅身后哼了一声说:"不得了,反了天了。连大舅都不放在眼里。"

邢大舅头都不回地说:"你们知道什么。我有一回做梦见到王母娘娘,她叫我好生看待老邬。哈……吃饭去喽!"

你的世界之外

老邬和土根的晚饭很简单：米饭，一个青菜萝卜汤，里面打了一个鸡蛋。大家一小碗米饭，用汤泡着吃。老邬吃饭与别人不一样，他在饭前有一个祭饮食神的仪式：端着饭碗朝东南西北四个方向转一圈，然后把饭碗放在桌子中间，筷子头朝东放在碗上，洒一点汤水在地上。然后才端起饭碗吃饭。

他刚祭完，有人在窗外面奚落他："老家伙，你神神秘秘的干啥？吃得这样差还作模作样。来吧，让我带你到'大红灯笼'酒店，吃红烧野鸡，喝野鸭汤。还有炖鱼翅，虾子海参。剩半桌子鱼和肉，说一声，这些太粗糙，不要了，倒掉。嘴一抹，手一甩就走。"

这些话引起"嗡嗡"的笑声。老邬朝窗外一看，暮色已近，街面上洒了水，家家户户门口摆开了小饭桌，有几个好事的端着饭碗，一边吃一边在老邬的窗前看热闹。刚才说话的是"泥鳅"的丈夫"鸡精"。

老邬听了，有些愤愤地对土根说："这个'鸡精'，天下的小便宜都被他占尽了，就连红绿灯的一秒钟便宜他也要占的。他就是说破了嘴我也不开门的。"

土根见到老邬脸色阴沉，朝后退了一步，嘴里咕哝一声。

"鸡精"嘴巴里嚼着什么东西，呜里呜啰地还在说："时代在发展，人类在前进。你这么不识时务，注定要被时代抛弃的。"

老邬生气了，开了大门，赌气朝外面喊："我不想发展，我不想前进。谁想抛弃我，尽管抛弃。"

土根跟在老邬后面跳出去，原本想亮开嗓门叫几声，一看都是熟人，便拉不开脸面，只好摇着尾巴，嘴里"呜呜"地表达出一些不满。

今天是个月圆之夜,夜里九点不到,大道观的门关得紧紧的,老邬在灯下缝袜子,土根伏在他脚下玩一片桑树叶子。突然老邬听见门上有敲击声,轻柔、犹豫,带着内心的思考和顾虑,很是动人。老邬放下袜子,偏过头去仔细倾听,他许久许久没有听到这样有节制的声音了,这样真实而不夸张,不放纵,带着个性的温情和谦卑。世界已经充满着喧哗和谎言,这样的声音,恍如隔世,恍如梦中。老邬听了一阵,淌下眼泪了。于是他去开门。门口站着一位年轻女子,微张着小嘴,眼神迷茫,皱着双眉。老邬一愣,他认识她,她就住在后街上,是个外来工,叫潘冬梅,在赵大胆的物流公司做饭,和她家乡人小艾同居着。小艾在文身馆工作,给人的身上文上各种图案,最多的是电影明星和歌星,其次是金元宝和汉字"财"。

她看了老邬一眼,低下头去说,她那条小街上,停了电。但是她答应她的小姐妹吴宝宝织一个小孩的毛线衣。吴宝宝在医院里,她快要生了,也许是今夜,也许是明天吧。她的毛衣打好一半了,想在今夜全部完工。她看见老邬这里亮着灯,老邬是一个人,想来借两个小时的灯光不会太打扰吧。

老邬没说话,把门开大了一点,示意她走进来。

她直接走进老邬的房里去了,坐在小桌子边上,从衣袋里掏出一件奶黄色的小毛衣编织起来。

老邬坐在她对面缝袜子,问她:"近来外面有什么新闻?"

她说:"香炉山下造别墅,山上的狐仙嫌吵,搬家了。"

你的世界之外 183

老邬看了她一眼。

她又说:"去年冬天死在蓝湖里的张水痴,成了水神,现在在蓝湖最西边的大孤岛上修行。"

老邬笑笑。

她说:"我什么消息都知道。鸟有鸟的言,风有风的语,水也有水的话。我都听得懂的。"

老邬叹着气说:"我孤身一人,道观里的这些神,我是来投靠他们的。我知道他们背着我在夜里也会说话,可惜我守着他们二十几年,就是听不懂他们的话。土根听得懂我说的,但是它说不了话。"

她说:"你怎知它不会说话?只是你听不懂它的话罢了。"

她低了头去打毛线衣,皱起眉,好像心中在斟酌着什么。土根走到她身边,抬起头,嘴里向她呜呜地说着什么,想亲近又不敢的样子。她朝土根笑笑,土根马上就不吭声,回过去趴到老邬的脚下,头伏在地上,不时抬起温顺纯净的眼睛,看一眼她,看一眼老邬,心中有所要求的样子。她对它笑着说:"你心里想着什么,瞒不过我的。你是想亲亲我的手吧?过来。"她把手放到桌子底下,土根用力地摇着尾巴,后腿半蹲,上半身挪过去,在她的手背上大大地亲了一口。

这件事做完,她转脸对老邬说:"老邬,我到花码头镇上做工,三年了。眼睛里来来往往的人中,你是最高贵的。不说别的,就说你吃饭时候祭神,只有《礼记》里提过吃饭时要祭饮食神。"

老邬说:"那是我自己编出来的仪式,我不知道什么《礼记》。我不识多少字的。"

冬梅说:"我知道的也不多。我以前住在一座山里,山里有个老鹤仙,是唐朝时候出生的,他教了我不少。"

老邬说:"姑娘,你还是说点我听得懂的事吧。"

冬梅说:"好啊,我就说说我们身边的事。赵大梅刚死了丈夫,邻居就来欺负她,占了她家的过道,还封了她家的后窗户,因为她邻居要在后窗户那里晒衣服。"

老邬点了点头,表示这种事情会发生的。

冬梅说:"今年过年,大年初一,有个叫'冬瓜'的胖女人,大清早上朝孤老太阿菊兰家门口扔了一大包用过的草纸和卫生巾,咒她早死早好。说老太太身上有晦气,带坏了这边的风水。阿菊兰年初一晚上就上吊死了。她一死,不知从哪里出来一帮亲戚,把老太的尸体放到'冬瓜'家门口,叫她拿钱出来大家分。不拿出来的话,大家就拆掉她的新房。"

老邬点点头,表示自己在听着。

"镇上的菜场里,有人用漂白粉浸茭白,用工业腐蚀剂洗鲜藕,螃蟹加了洗蟹粉。冬枣上喷了糖精,炒栗子里加上蜡。瓜果上全喷了催熟剂。菜场边上的大饼店里,油条里加了洗衣粉,蒸馒头里加了漂白剂。烤鸭和烤鸡,用的都是地沟油⋯⋯"

忽然一只淡褐色黄豆大的蜘蛛从梁上挂下来,吊在冬梅的眼前。冬梅被它吓了一跳,停住埋怨,用竹签子指着它,不高兴地问它:"你想干吗?"那蜘蛛返身向上,飞快地攀着蛛丝回到梁上去了。

冬梅回头狠巴巴地瞅着老邬,说:"反正你不吃这些,你只吃你自己种的菜。"

于是老邬站起来,去后殿上王母娘娘跟前上了一炷香。回来坐下,说:"你从一进门就不开心,你看,眉头越皱越紧。快些把毛衣打完,回去时到神面前敬一炷香。"

冬梅朝老邬跪下来,说:"我才不给西王母烧香哩。我不求她,我只求你。你就是我的神。"

老邬不接她的话,继续缝补他的袜子。冬梅瞧瞧老邬的脸色,不像有机可乘的样子,只得站起来,坐回去继续打她那件宝宝衫,眼泪出来了,汪到了眼眶里,晃啊晃的,那件宝宝衫模糊了形状,也在晃啊晃的,像泪水一样。

冬梅平静下来后问老邬:"老邬,你为什么刚才去后殿烧香?"老邬说:"听你刚才说的那句话,我想起我一日三餐,吃得饱吃得好。有衣服穿,有地方睡觉,心里不害怕。所以要谢谢神赐给我这么幸福的生活。……后殿离你这么远,你怎么知道我在烧香?"冬梅头也不抬地说:"我听见香火燃起来的声音,就像刮了一阵风。我心静,听得见许多人家听不到的声音。不信你看,土根在打哈欠。"老邬朝桌子底下一瞄,土根真的在张嘴打哈欠。

这时,老邬的袜子缝好了,他去床上拿了一杆烟袋吸着。他不抽纸烟抽烟袋,保持着年轻时的习惯。他说:"我小时候人家叫我呆瓜,可是我娘说我不是呆,是心静。心静的人,听不见没用的大声,反而听得到小的声音。"冬梅问他:"大的声音是不是没用?"老邬说:"绝对是没用的。我那死去的老太婆,年轻时是村里的一朵花。求婚的人挤破了门,天天有媒婆在她耳边说东道西,年轻小伙子在她走过的地方等着她,唱山歌,说怪话,互相打闹引她注意。我呢,从不上前与她说一句话。有一次我俩在桥上打个照面,两个人头一抬,两双眼睛吸住了。啥话都没说,她也'听见'了我说的,我也'听见'了她说的。后来就结了婚。可惜她死得早。"

冬梅听着听着，忽然看着老邬，对他说："老邬，我听不到你说话的声音。我聋了。"

老邬忧虑地放下烟杆。

小毛衣快打好了，冬梅把两只袖子拼上去，说："老邬，我有一个病，如果心里着急慌乱，不出一个小时，耳朵就会聋掉。不过不要紧，过几天就会好，又会听到人家听不到的声音。"她看到老邬的嘴巴动了动，就说："你是问我为啥突然心急慌忙？我想到今天上午看到的东西，心里马上乱了，不静了。其实你也看到的，我进门时心里就在乱。心里一直在压着，到底压不住的。"她抽出毛衣上的竹签子指一指老邬："老邬，我对你说，我刚才给你跪过了，求过了。现在不给你客气了。我讲一件事，你愿帮忙的话就帮我，不帮的话，我也要走了，毛衣也打好了，坐在这里干什么？赖着你好没意思，我只是听人说你能帮我，并不真的指望你有那么好。"

老邬说她："我就是不那么好，你也不能拿竹签子指我的脸。你听哪个人说我高贵？说我能帮你？只怕给我戴顶高帽子是害我的。"

冬梅说："香炉山上的狐仙阿月，搬家的时候来看我。对我说，要是碰到十万火急，天大的灾难，你就去求老邬，老邬是个高贵的人，一百年才出一个。他五十岁生日那天，王母在梦里赐给他一个奇缘，在他七十五岁生日那天，给他一个实现任何愿望的权利，不管这个愿望是什么。老邬，我知道的，今天是你的生日。"

老邬想了一想，说："真是，今天是我的生日。我自己都忘记了。"

你的世界之外

冬梅看着毛衣说:"王母娘娘把这件事还在梦里告诉了另外三个人。狐仙阿月就是三个人中的一个。"

老邬便说:"这狐仙真是多事……"

老邬在那里说着,冬梅猜测老邬不愿意帮忙,哭了起来,眼泪在脸上川流不息。她一边哭,一边数说着。原来她今天早上走过蓝湖边上废弃的旧渡口桃花渡,看到她的老板赵大胆拉着他的儿子赵小胆的手,笑得乐不可支,四周围站了一圈看热闹的人。她就躲到边上的芦苇丛里看着,一会儿推土机过来了,运着建筑垃圾的大卡车也过来了。混在人群里看热闹的"鸡精"大声说:"不得了,赵大胆又要发一笔横财。这么好的地方建一个饭店,那还用说什么?"渔民老曾惋惜地说:"这个地方的好,只有我是最知道的——我就住边上嘛。夏天萤火虫成团成团地在这里飞,成千上万,像一张发亮的大网,别的地方没有。这里建了饭店,菊花湾只怕找不到萤火虫了。菊花湾没有了萤火虫,整个中国就没了萤火虫——我敢这么和你说。"

赵小胆突然哭起来。赵大胆转身对大家拱手道:"各位父老乡亲,请回吧。我儿子胆子小,你们说三道四,吓唬了他,晚上他妈又得给他去喊魂了。你们想发财,我很理解。但是你们没本事,怪谁去?请回吧请回吧。"

他俯身给赵小胆擦眼泪。赵小胆哽哽咽咽地说:"我,我要萤火虫。"

围观的人群里蹦出一阵哄笑。赵大胆愣着眼睛看着儿子,慢慢举起手,突然发力,狠狠地打了赵小胆一个耳光。赵小胆打个寒战,同时倒咽了一口气,脸色苍白,紧紧地闭上了嘴巴。赵大胆一生气，围观者全跑光。

赵小胆病恹恹地自言自语："王母娘娘在梦里告诉我说，大道观的老邬有一项绝世神功……"一阵风吹来，他的话被风吹散了。

冬梅站在原地没动，那些卡车来来往往地运着建筑垃圾，把桃花渡垫高了不少。萤火虫惊惶地四处乱飞，如灯下的蚊子。天黑下来，远处的灯亮了，苟延残喘的萤火虫也亮了，像打了雨一样，沾在土上和叶片上，亮得无力又无奈。赵大胆要连夜施工，明天这里就要被土填平。渔民老曾说过，这里的萤火虫成千上万，就像一张发光的大网，以后恐怕再也见不到了。

老邬说："我有什么办法呢？我自己还在跟人吵嘴呢……我说这些你也听不到。"

冬梅站起来就走了。她打好的毛衣留在桌子上，老邬招呼她，想起她是听不见的，拿起毛衣追了出去。出了房门，冬梅就不见了。她消失的地方，有一只蚕豆一样大的萤火虫飞起来，飞到空中，飞过屋顶不见了。老邬指着萤火虫对土根说："你看，这个就是刚才的姑娘。她不是冬梅，她一说话我就知道她不是冬梅。去年冬天，小艾捉了一条流浪狗，脖子上套了绳子挂在树上，要打杀了吃。那狗嘴里叫着'求、求'又像是'救、救'。真的冬梅在边上看着，还笑着与别人说话，声音响得不得了，牙根都露了出来……"

土根吓得四条腿一蹦，朝后退了一大步。它想起来了，小艾他们吃了那条狗，还把那狗的一只爪子扔给土根玩。

老邬说："所以我知道她不是真的冬梅。她面善语顺，心慈

你的世界之外　189

手软,是个萤神呢。她想让我救救桃花渡的萤火虫。你说说,我救不救?"

土根的嘴里发出"qiu、qiu"的音调,像是说"救、救",又像是说"求、求"。

老邬说:"好吧。我听你的。你说救,我就救。王母娘娘当初在梦里说了,给我这辈子一个奖赏,许一个心愿,想要什么就是什么。但是想要救谁的命,自己也要把命放进去。我就少活几年吧,我死了以后,你去找住在镇子北面的艾我素老师,她独身一个人,住着那么大的房子和院子,收几只猫狗不在话下。她去年收的大黑狗六儿,你是认识的,你们两个不要打架,吃东西你要让六儿先吃。你要懂规矩,它比你先去,又比你大。"

土根直着喉咙说:"噢、噢——"

老邬说:"我这就要去王母娘娘跟前了,求现那个愿。过了十二点这个愿就没了。要是这个愿作数的话,桃花渡口死掉的萤火虫全都会醒过来,再有一阵风把它们一齐移到大孤岛上去,那岛又叫小地狱,夜里鬼魂乱走,没人敢上那个岛。既然张水痴在岛上修行,他会好好看顾它们。……土根,你在这里,不要跟我过去。"

老邬去了后殿,一个多小时后,十二点钟敲过,他才出来。他在里面做了些什么?他如何与神通话?这个愿是否能实现?我们不得而知,那个世界不属于我们。

老邬丝毫没有睡意,他把大木桶拖出来放在院子里,放了半桶自来水,又烧了一大锅热水兑进去。深更半夜的,他开始洗澡了。洗好澡,换了一身干净衣服。揭掉床上的被褥,露出硬板床。拿出两只碗,碗里放了米,放在枕边,跪下,对着西边叩了头,躺下,用一张白纸蒙了脸，自言自语地说："从来没死过，这样祭勾魂使者也不知对不对。……罢了，不管对不对，反正是我的一片心意罢了。"

大道观今天开门，抬出老邬的尸体。邢大舅指挥着"鸡精"们抬出他。"鸡精"颇有些兴奋地说："说他昨天刚到七十五岁呢。王铁嘴不是说他要活到八十整吗？"中年女人"冬瓜"说："这种人活着碍事，不如早点上天堂享福去。"王铁嘴混在人堆里，顺应民心地说："不是我算得不准，他自己找死，怪得我吗？他要是早点把门开了让大家进去，说不定还不会死的。"

到晚上，邢大舅关大门时，老邬的被子不见了，大衣不见了，木桶不见了，电饭煲不见了，烟杆不见了……那件宝宝毛线衣，更是不见了。

……桃花渡的萤火虫们，死的和活的，也不见了，一夜之间消失无踪。

2010年3月6日
2011年1月10—1月22日续完及修改
写于浦庄"解华居"
纪念2010年12月23日失踪的小狗"芦花"

现在

一个六十多岁的女人，步态从容地从长途车上跨到地上。她的脸是黝黑而狭长的，眼睛略微长得有点上——这样的脸看上去有些局促，有些紧张感。但是手指间夹着香烟，腋窝里夹着人造革皮包，显出一副见多识广的松弛。她的衣着打扮显见得是个外来人，但是她满不在乎，仿佛是刚到县医院去了一趟的本地农妇：查查头晕的毛病，看看颈后的扁担瘤。右胳膊上的骨质增生是不是又大了？脊椎骨特别是靠近下面的那一段，因为秋忙的缘故痛得夜不成寐。另外，皮肤瘙痒，绝对不是虱子和跳蚤的问题。医生告诉她这是老年性皮肤瘙痒。人老了，各种不适一齐袭来，为的是减轻你对人生的留恋。

地是坑洼不平的水泥公路，两边长着参差不齐粗细不一的泡桐树。女人带着科学的、实事求是的态度审视公路两边的泥坡，泥坡上的草拔得一毛不剩，如果下雨的话将会被雨水冲走大量的泥土，这也是公路为什么越变越窄的原因之一。但眼下是秋季，下雨的可能性不太大。泥坡下面是快要干涸的河沟，肮脏的水草里不时有鱼的嘴唇"喋喋"作响。河沟那边，收割过的稻田里留下烧过的焦黑的痕迹，令空气里充满似苦似香的味道。傍晚的阳光无边无际地涣散开来。

这个女人走下公路，寻找到一条通向海边的路。她嘴里嘀咕道:"哎哟哟,我回来了。"她是一个离乡人。

熟悉这条路的人都知道,她一定是去全庄的,因为这条路上只有一个村庄,那就是全庄。全庄的男人都姓全。全庄的女人,过去,都叫全×氏,现在,都叫大妈、大嫂、二婶、三奶,等等,像仓库里堆放的外观差异不大而品种不同的谷子。有姓有名的女人不属于这里,这些被称为全梅、全秀兰、全淑英的村里小芳,没等到把姓名捂热就出嫁到外村去了。全庄还有个特殊的地方——这是个老游击区。虽然现在已是九十年代,县城里放的《红高粱》被什么人改为《高粱地里结私情》,小饭馆里妖冶而粗俗的服务员轻车熟路地招徕皮肉生意,颠得厉害的县城大道上行驶着本县长官乘坐的高级轿车,搞房地产、搞电器生意、搞猪饲料发家的大爷,手指上套着硕大的金戒指,穿一身名牌西装。但本地人,从县长到刚上初中的孩子,全都乐意回想过去,谈谈他们对抗日战争时期活跃在海边的张怀玉的游击队的认识。他们说起游击队的传奇就像说本地的土特产,口气丝毫不像在回忆漫长而遥远的一件往事。听他们回忆,你会恍惚,觉得时间还停留在某个光荣而让人激动的日子里,现在所有的一切不过是往事之上的海市蜃楼。这一点是奇怪的,我们可以把这归结为本地人不切实际的荣誉感,抑或是虚荣。游击区中心的全庄,全庄的男人有一半或明或暗地参加过游击队,而与游击队有瓜葛的人就更多了。奇怪的是,全庄人从来不谈过去。谈光荣革命史的,是全庄以外的老百姓。

现在,这个年龄在六十至七十岁的女人就朝那个神秘的全庄去了。她在路上遇到一队抬着担架的人马,担架上躺着一个面色蜡黄的老年男人,这使她感到意外。这个女人做出了一个离乡人

现在 193

的正确反应：她急步迎上前去，巴住担架，哭起来。她的态度自然而贴切，显露出一个农村女人的基本功底，那就是不加控制的宣泄的本能。

"这是哪一位？"她问。

在她看来，不管是哪一位躺在担架上，只要是全庄的男女，都值得她恸哭一场。

"全丰。五保户全丰。他不行了。我们把他抬到县医院去让医生看看，要是死透了就顺手抬他到火葬场去。"

女人扔掉手指间的香烟，两只手一齐用力把担架上的人拽了起来。这一折腾，她腋窝里夹着的人造革包就戳到了背后，"啪"地掉落在地。抬担架的年轻人弯腰替她拾起。这个女人仔细端详担架上半死不活的人，由礼节性的哭泣变为掏心掏肺的伤心："全丰噢。我不认识你了。想当初你在张怀玉手下，多高的身条？你怎么变得这么小了？我是全金，四十年前没有死得成，又回来了。你把眼睛睁开看看我，能吓你一跳。"

担架后面的人说："你老，他能吓一跳倒省事了，我们也不用朝县医院抬了。"

女人抬眼打量抬担架的一行人，企图在某张脸上找出她熟悉的特征。"我是全金。"她说。人造革包回到她手上，担架又开始移动。这个自称为全金的女人疑惑地又冲着担架说了一遍："我是全金。"这一次有人回答说："什么全金全银，我们一概不知。"女人的脸上掠过恐慌，这是她没有预料到的结果——居然没有人知道全金了，难道四十年中全金真能从全庄的时空里消失？消散在某个漫长的，然而注定要被遗忘的日子里？女人捡起扔在干燥土灰中的香烟。在下车时她还是倨傲的，满不在乎的。现在她除了疑惑外，还有着进退不能的愤怒。此去此从，到底会受到什么样的待遇，将要应付什么样的情形，她心中没有着落。她抽着烟，很理智地开始盘算，她很努力，任何努力都是令人敬畏的。

一个归乡的老妇，连姓名都被家乡人遗忘了。说来这也不是太奇怪的事，毕竟她已销声匿迹了四十多年，何况她还是个女人。上面我们已说过，女人在全庄是不被重视的。她盘算着，伤心欲绝地想：全庄人是故意忘记她的。这也是她走下长途汽车后遇到的第一个问题：全庄人不知道全金是谁。

那么，全金到底是谁？

不管她是否接受眼下的事实，如果她继续沿着这条土灰路向前走去的话，她就必须正视这样的现实：她的出现，仅仅对于她本人具有不寻常的积极意义，对于全庄来说，未必。四十年前，一个风雨交加的夜里她自溺未成，从此销声匿迹了。当她再次出现在这里的时候，逝去的四十年，因为生活内容无法吻合，她与这块土地显出了疏离：她一看就是个外来人。她抽烟的样子，她拎的廉价人造革包，她打量环境的目光，都说明了这一点。眼下，她走到了村口，香烟从手指间再次滑落在地，她恐惧。这也证明了一个道理：为什么会见老朋友总比结交新朋友难？她咳嗽、扯衣角、捋头发。她越是做得一丝不苟，在黄昏的村口中就越发显得孤零零的无可依靠。她现在还不能称为全金，只能称她为女人或老女人。她瘦削，高大，在她这个年龄是少有的。她走路飘飘忽忽的样子，使她显出与年龄不太相称的风姿。全庄的女人不是这个样子的。她的腰板挺得很直，脸上带着随机应变的机警，这种机警在松懈状态下是狡黠，但在现在，无论怎么看，她都像一只受惊的母兔子。眼下她完全明白自己该怎么做：一切从头开始。这项工作很困难，犹如把一根掉下的树枝重新接回母树一样。

她在村口第一家农舍停住，谨慎地向这家的小媳妇要水喝。"你是哪家的？"她问，这是当地女人惯常的问话方式。"全来。"小媳妇忙着把场上的稻谷收拢成一堆。老女人摇摇头，她不熟悉这个名字，因而也无法回忆名字的主人是何等模样。她指着第二家再问小媳妇："这是谁家？""全忠。""那么，这家呢？""全强。"老女人再次摇脑袋，这些马马虎虎敷衍了事的名字给她构成一道道进入往昔的障碍。于是，她明智地打听村主任的住址，得到明确而详细的回答后，她就来到了村主任那称得上气派的屋宅。她遇到了另一个媳妇，这媳妇比刚才的媳妇要大些。正直着腰有一下没一下地用竹扫帚扫屋场，看上去仿佛跟谁赌气。她斜睨了来人一下，作为对来客的招呼，并低声吆喝狗不得咬人。"你找谁？"她问。老女人告诉她找村主任。大媳妇考虑了一会，慢吞吞地问："你是谁啊？我怎么没见过？"长途汽车上下来的女人被问住了，心里泛起酸楚同时伴有脑眩晕胃恶心，五脏六腑仿佛一齐出了毛病。她双膝绵软直想朝地上瘫坐下来，这个念头使她迷醉了。一瞬间她又挺直了腰板。我是全金。她肯定地想。这个庄子里总会有人认识我的。

村主任回来了，是个不到四十岁的汉子。他先望了大媳妇一眼，嘿然而笑，道歉而怜爱的样子，一望而知就是那种乐意把女人宠娇的男人。大媳妇扫帚一摔进屋去了。村主任这才问长途汽车上下来的女人："你找谁？""我找村主任。""我就是。"长途车上下来的女人不慌不忙地点上一根香烟，用夹着香烟的手指戳戳村主任说："那我就找你了。"村主任简单而有耐心地说："有什么事，到屋里说。"

长途汽车上下来的女人坐在屋里了。她从汽车上下来以后几乎一直处在紧张之中，处在一个未卜生死的悬念之中，现在她有些烦躁，还有些伤心。如果她不是用抽烟来强作镇定的话，她一定会失控，或许会号哭，连哭带数落。但她认为她已不是一个地道的农村人了，四十年前就不是了。所以尽管在很多时候她会流露出泥土地赋予她无法控制的宣泄的本能，但在关键时刻她会以老谋深算取胜。

屋里比外面暗多了，雾气把田野里的干草和青草的香味一阵阵驱赶进屋来，仿佛赶着一群羊。家具被黑暗模糊了线条，像发泡胀大的一团团黑影。村主任窝在厨房她女人身边，他并不急于了解这个女人的底细。这样，直到村主任和他的女人从厨房里出来，电灯"刷"地一亮，家具受惊似地缩回它本来的线条中去，老女人和村主任的交流才开始。

村主任说："用晚饭罢。"

晚饭简单得几乎是一种仪式：一碗粥，一碗用酱油泡的炒黄豆。村里人传说村主任一天吃一只鸡，村主任喜欢吃鸡是真的，但他女人的节俭也是毫不含糊的。吃鸡只是在一个星期中的某一天，这一天，半个村子都会知道村主任吃鸡，传来传去，鸡还是那只鸡，但因为日期有所变动，村主任就变成了天天吃鸡。这也是村主任女人的失误，她为了显示慷慨而不惜让村主任背上贪吃的名声。刚才，她经过村主任一番柔言软语，面色温和了。她的心情好转的时候，就会对外界产生强烈的好奇。被男人娇宠的女人总是带着消失不掉的天真。她是个黝黑的美人,胳膊、面孔、脖颈全都是一种乌沉沉的黝黑,黝黑在灯光下那么均匀而沉着地深入肌肤。她的尖削俊俏的下巴引人注目地突现于黝黑之上,使黝黑成为凸现物体的一整块黑丝绒。晚饭很快结束,长途汽车上下来的女人却久久沉浸在晚饭引起的回忆中。

"你看上去像南边人。"村主任试探地问。他的女人倚靠着坐在他旁边。一个稳重一个佻达,天作之合。

"我不是南边人也不是北边人。"女人微微一笑,无限沧桑的样子,"我就是全庄人。"

长途汽车上下来的女人遇到第二个难以解决的问题。她必须首先让村主任知道她是全金。她小心地引导着村主任的思路,回忆。她的家本来住在村子的最东头,靠防汛堤那边,有两棵大柳树的后面。村主任说那边早就不住人了,一九五八年搞人民公社,零散的住户就搬到一起了。至于大柳树后面的房子,小的时候是有印象的。那家人早就死光了。

"还有一个没死。"长途汽车上下来的女人不动声色地揭开惊人一幕。"就是我。我爹全宝善,我娘全张氏,弟全银。我叫全金。"

村主任沉吟。显而易见地,他对这个名字陌生。他抬眼一瞥这个陌生女人的时候,眼光里射出一星半点的严厉。

全金。我叫全金。

长途汽车上下来的女人适时地用了"我叫全金"而不是"我是全金"。在她闭着眼睛随着长途汽车颠簸时,"我是全金",或者更感性的"我就是全金",这种表达方式一遍又一遍地出现在她预想的一些会面场合中。但现在她用了陌生的表达方式：我叫全金，并等待一村之长对她的名字确认进而对她本人确认。她连气都不敢喘，紧紧地盯着村主任的表情，在她富有经验的目光下，任何伪装都逃脱不过。她看见村主任的身躯突然晃动了一下，从他脸上一闪而逝的焦急和恐慌来看，他的晃动可以看成是惊讶或者是退缩。他仅仅是那么失态了一下，接着又不动声色了。万事预防在先，有时候，被动是最好的武器。

"让我想想。"村主任皱起眉头做回忆状。也许他皱眉头的时间太漫长了，村主任的女人在桌子下面揪了他一把，又用肩膀拱了他一下，最后狠狠地踩了村主任一脚。村主任向他的女人侧过身去，嘴巴在耳朵边一阵蠕动过后，村主任的女人突然一跃而起，拍掌惊呼："原来你就是那个全金？我的娘呀，好戏来了。"她雀跃着跑出门去了，她奔跑而引发的震荡在屋里久久徘徊。她的冒失和莽撞使得全金这个名字重新回到家乡的土地上，也使得这个长途汽车上下来的女人有了全金这个名字。事情突然转机了，这个我们可以称之为全金的女人和村主任之间出现了一段沉默。看门的狗悄悄地踅进来在桌子底下蹲着。后来，村主任又说了一遍："让我想想。"紧接着说道："是有这个人，但是怎么就能肯定你就是她呢？都说她死了。"

女人打开黑包，在一堆凌乱的物件里找出身份证、户口簿。户口簿的家庭地址上写着黑龙江×××市×××街××号。但村主任随手就撂开了，他不相信这些东西。回忆往事是没有用的，村主任本人不在往事之中，即使村主任熟悉往事里的一些枝节也没有用处。村主任现在承认了全金这个名字而不承认全金就是面前这个女

现在　199

人,他需要见证人,他不认识全金这个人就不能承认她是全金。这不过是公事公办,是他的责任所在。

长途汽车上下来的女人(瞬间她又失去了被称为全金的权利)报了几个熟人的名字,如她所了解的那样,熟人们死的死,走的走了,走的无处寻找,死的更是人面不知。她不敢冒险找不太熟悉的人辨认,有村主任的态度放着,加之四十年的沧桑过后,连她自己也认为面目全非了,一个不太熟悉的故人,说不定会使事情变得不可收拾。

"我不是全金。那我是谁?"长途汽车上下来的女人对村主任嚷嚷,她几乎忍不住地笑了。村主任顺便也露齿而笑。他安慰她不要着急,留在这里睡一夜。村里六十岁往上的老人有好几个,明天他去找两个认认。"你们那时候的事情我不太清楚。"村主任隐含了抱歉的意思,"你要做好思想准备,六十岁往上的人不一定认得你。我父亲就绝对认不得你。你想,你家那时候住在村的最东头,又是张怀玉游击队的落脚点,所以别人不大见得着你的面。你从鬼子那边逃出来以后把自己关在屋里一直到遇难。"村主任不自在地在"遇难"两个字后面停顿了。他上过高中,语文也不错,但这个女人的一些事情让他无法用某个词来表述。譬如她的死而复生,你不能说她死,也不能说她没死,说"遇难"更是不适当。

长途汽车上下来的女人放声号哭起来,她的哭声着实把村主任吓了一跳。她的哭声尖利、倔强,嘹亮的长号里夹杂着"嘶嘶"的喉音,仿佛锋利的刀斧在丛林里一路砍下去带出的茅草的杂音。这样村主任就不得不干涉了,他的干涉其实也是一种让步:"请你不要再哭了。我并没有说过你不是全金。现在,我正式通知你,我承认你就是全金,你来全庄有何贵干?"

女人马上刹住哭号,连一点过渡都没有,显示出训练有素。她的脸因为被泪水浸润的缘故,浮肿上带着红润。她遇到的第二个问题基本上解决了。村主任已认为她就是全金,那她就是全金了。实则上,按照全庄人一贯的为人处事,当她自报家门的时候,村主任就应该马上承认她就是全金。全金不想追究。还有谁比她更透彻人情世故呢?

我们要说说村主任的女人了,连带着我们可以看见全金的一部分经历。我们讲述的只是她回乡后遇到的一些困难,就是我们所说的两个问题,还不包括别的不适。全金这个名字已被村主任确认,她作为全金这个名字的唯一拥有者也被全庄暂时确认。但我要强调的是:一个四十年返乡的人,她要进入的时空不是现在,而是过去。她只是通过现在进入到过去。

村主任的女人激动万分地冲出屋去是有道理的。她的娘家,离全庄十多公里的地方,那个闭塞的乡村,差点竖起一座抗日女英雄的塑像,那块未成人形的石头现今还在小学校的厕所边,撑住向着一边倒倾的厕所。这块石头要塑的人就是全金。

村主任的女人从小的性情就很出众,拿当地的话形容就是"抓尖呈强"。这样的女孩自然享受到与父辈的语言交流权。她的四叔叔当年就负责这块石像的雕刻工作,他异想天开地把石像的脸设想成胖乎乎的菩萨模样。他去过江南的一些名刹,里面富有动感的菩萨像令他赞叹不已。壮志未酬,几杯土酒下肚,他就用筷子敲着小侄女的头告诉她这件牢骚事。他还告诉侄女,这个抗日女英雄是海边的全庄人,游击队的交通员。她给游击队送弹药的时候被日本鬼

现在

子捉住。敌人威逼利诱,她就是不肯吐露游击队的行踪,几番死去活来,在一个月黑风高之夜,她趁鬼子疏忽之际冲进黑暗逃回家中。他说这件事他是亲耳听女英雄的弟弟在大会上讲的。女英雄的弟弟把姐姐的事迹编成通俗易懂的故事来讲述,他的讲述被政府称为做报告,张着嘴巴听得有滋有味的群众就在报告中受到了教育,满足了听故事的欲望。女英雄的弟弟做报告有功,后来也提拔到外省一个什么局当干部去了,他当了干部就不再讲述女英雄姐姐的事,在外面不讲,在家里也不讲,姐姐是他废弃不用的梯子。

四叔叔意犹未尽,唾沫乱飞地继续讲给侄女听。他认为做长辈的有必要在后辈面前说点历史,说点掌故,这比光摆前辈的架子的做法要高明。他还说,日本鬼子要枪毙女英雄。在集市上,一共三个游击队。一阵乱枪过后,光剩下女英雄一个,日本人举枪再打,铛、铛、铛,像打在石头上似的,女英雄毫发无损。日本鬼子当场就有几个跪下来,嘴里"叽里咕噜"的,就是说她是神仙的意思。小侄女展开黄黄的尖脸笑了。叔叔喝多了酒,脑子也不清醒了。

有一个传说可能是真的。叔叔说:女英雄在日本鬼子那边受到礼遇,日本人也崇拜讲义气的人。日本人客客气气地放了她。有好几个人看见女英雄回家时站在门口东张西望,身上穿得整整齐齐干干净净。这个传说与女英雄弟弟的说法完全不同,照她弟弟的说法,她与日本人之间是水火不相容的。

那么,我到底该相信哪一种说法?侄女问叔叔。四叔叔沉默不语,眼光越过低矮的草屋栖到梧桐树梢,又从树梢飞到天空的云中。你什么都不要相信。四叔叔最后这样说。他的侄女心想,四叔叔真的醉了。

村主任的女人，再大一点的时候，又零零碎碎地从嫂子婶子们的嘴里听见关于女英雄的几句议论，说女英雄与游击队长张怀玉相好。与叔叔的长篇宏论相比，这些零碎的话语不过是雪泥鸿爪。但偏偏是这些私底下的悄语打动了村主任女人。她虽然像众多农村女孩儿一样，有些营养不良，但不缺乏想象力。她一回回地振起稚弱的想象的翅膀，精心构筑女英雄与游击队长的私情。到最后她已完全把自己融入故事中的女英雄，就像哪吒借荷花还魂一样，女英雄在她身上复活了。这种编故事的癖好悄然伴她度过了危机重重的少女时代，当她嫁到全庄靠到村主任厚实肩上时，她就把这段心理历程忘得干干净净了。她遗忘的因素之一是不需要。因素之二就是全庄人谁都不谈过去的事。她理解全庄人的沉默，这是骄傲的表现，就像财主从不愿意谈自己收藏着多少金银财宝一样。来到全庄，她知道了有关女英雄的两件事：一件事是女英雄叫全金。刚才她对全金这个名字木然不应，是因为长途汽车上下来的老妇与想象中的女英雄完全对不上号。另一件事让她的脑筋颇受了一番折磨：当她四叔叔接手雕刻塑像的时刻，女英雄还活着。后来她听说女英雄不知什么原因死了。亡故的时间与四叔放弃雕刻工作的时间吻合。这倒是个惊人的发现，因为不管是她还是四叔，对女英雄的死亡都深信不疑。在农村，不管是什么话，只要从牙齿缝里落到风里，就立刻被传扬开去，再离谱的事也会被人传得有鼻子有眼。那么，关于女英雄死亡的传说，是不是以讹传讹的结果？或者是另有原因。人死后才能竖像，县城的义侠、烈妇烈女都是死后才雕像或立祠的。她死了之后，叔叔为什么又停止了雕刻呢？

村主任的女人在村里转了一圈，很快，一群媳妇围着她向家里走来了。今晚是农历九月十五日,她出去的时候月亮刚升出来,红金色。她回来的时候,月亮升到半空中了,很明朗。月光照着这群嘻嘻哈哈的媳妇。她们心地善良纯洁,身体健康结实。她们没有天天洗漱的习惯,但她们已经懂得很多了。譬如把内裤翻开来晾晒,羊毛衫洗后摊平在大柳条篮里慢慢阴干,要用"海飞丝"洗头,白粉不能经常往脸上擦……即使她们不懂这些,又有何妨?她们还是些地地道道的女人,有着女人的好奇和幻想。她们与村主任女人一样兴奋,希望即刻知道全金和游击队长张怀玉的浪漫史。

屋里再次出现沉默。沉默所引起的不适在这个自称为全金的女人身上体现出来了,她眯缝起眼睛,好像要把自己藏起来。村主任问话,你有何贵干?直截了当地把事情引向实质所在。女人的脸上猝不及防似地一怔,而后便是羞惭,确实是羞惭。这种羞惭正如醉酒的感觉一样,使她的舌头进而是思维最后是四肢滞重难当,并伴着四处游走的麻木。羞惭使她坐在凳子上一动不动垂首弯腰。她看上去那么温顺绵柔,比实际的人要胖些;她看上去像极了农村里的那些信奉天主教的老太太,不管生活有多糟,吃饱晚饭之后,总忘不了慢慢地回顾一天,感谢天主给她的种种照顾;她看上去在重新酝酿情绪,与村主任作另一番交锋。实际上这一刻,即使是那些麻木的触须完全从体内消失时,她也不能打起精神重新开口说话。

有何贵干?

全庄隶属于上阳县,上阳县的县志距今最近的是"民国"二十一年本。在卷十人物"列女"一栏中可以查寻到节妇贞孝女们可歌可泣又可怕的事迹。耐人寻味的是卷十八是艺文志,卷十九是金石志,卷末二十是艺术志。这种排列顺序充分说明了当时的价值观念,即使在毛泽东成功地建立新的政权后,在邓小平把整个中国引向市场经济的今天,中国农民也没有改变与从前一脉相承的价值观。伤风败俗的事屡见不鲜,偷鸡摸狗是寂寞生活里的娱乐节目。但这是行为,行为是可以更改的——放下屠刀立地成佛。重要的是语言,语言才是被大众认可的可以算数的参照物,有"一言九鼎"为证。

看县志是有趣的,摘录如下:

①嘉庆中瓜生并蒂麦秀双歧同治中麦秀五歧。

②总兵张去龙易代后绝意仕进其心至苦有诗为吊半世功名梦已非凄凉烟树只斜晖逢人只说伤心事二十年前挂战衣。

长沙恶妓沈翠枝广通声气每赌博宴会门外肩舆常满以活埋雏婢事发。

滨海之民获大鸟长四尺许黑羽曲喙眼赤色大如杯昂首过人顶日啖肉二斤犹有饥色。

王家沟王氏祖茔有冬青一株其丫处生野蔷薇每岁初夏着花甚繁。

③民国初年坝水多鱼。

④民国十八年民妇生髭。

⑤民国二十年菜子结荚如兵刃状十月杏华常氏园中牡丹花放。

关于列女的摘录:

旌表:张仲妻王氏早寡茹苦奉姑苦节三十年。

现在　205

旌表：夏广业妻刘氏年十九夫故无嗣苦节六十四年而殁。

旌表：郭某妻邹氏淮阳守旌以冰雪贞操。

郑某妻郭氏海防同知候悸旌以冰心柏节。

郭长生妻陈氏山阴县钺旌以冰操励族。

①徐锦妻扬氏夫故后不与男子交言。
②孙元德妻夫故后从夫自缢。
③旌表：王氏女以罗春方调戏自尽。
顾氏女因母早逝事父不字以贞者孝终。
王日义女许字张九思九思死不改字生平未尝见笑容。

既然语言是被大众认可的可以作数的东西，那么白纸上的黑字更具有铁证的权威性。村主任女人的四叔叔在酒精的作用下告诫侄女不要相信任何说法，当他清醒时就会否认自己说过这句话。中国有句老话叫作醉后吐真言，这是可怜的。更可怜的是每个醉后吐真言的人过后都会否认或者遗忘了。语言在酒后失去了神圣性，这是酒精的好处。

有何贵干？

老妇挺直了身体。我要打个强奸证明。这个暂且被承认为全金的人这样说。村主任说，你老人家被谁强奸了？要打证明上医院妇产科去。

老妇坚决地说，实事求是嘛。当初我十六岁，被日本鬼强奸了。我要你打个证明说明这件事。

村主任说，干吗？他不知为什么笑了一笑，接着就哑口无言了。

全金坐在灯光下一支又一支地吸烟，屋子里很快有了一股浓重的劣质烟味。她额头上细碎的皱纹像一把乱糟糟的稻草，她深陷的眼眶阴影浓重，嘴的轮廓被灯光突出了。她吸着烟，在往事里不露痕迹地沉浮。她没结过婚，但她至少有过四至五个伴侣，有的仅仅伴着她度过流浪的几个月。这不能怪谁，甚至不能怪张怀玉。张怀玉离开她时绝对不是怯懦，恰恰相反，他是经过深思熟虑的，果断、坚决，义无反顾。他的选择过程是漫长的，而且早就显露出种种迹象。当他一旦把决定告诉她时，事情已不可挽回。她哭着滚在张怀玉身上请求他重新考虑。她把她被日本人掠走的理由叙述得冠冕堂皇。她说她对游击队有功。她是送弹药给游击队才让日本人发现的。而且，日本人对她很客气，不，可能被强奸了，只是一次，而后她就逃回家了。这一次的强奸，张怀玉应该原谅她，她是为了送弹药才遭到不测的。张怀玉及游击队要负责任。大家都知道，她是英雄，她完好无损。但是她知道自己不是英雄，也有一点损伤。她不想当英雄，只求男人原谅她的损伤，让她回到他身边，做他的女人。

张怀玉静静地听完她的哭诉，然后，他推开怀里女人，走出门，再也不回了。他对所有的一切都怀有厌恶。谎言的始作俑者是全金的父母亲，他也是全力支持者。他当初不过是想保护这个被日本人百般蹂躏的女子声誉，现在他看见了这个谎言里自己举步维艰的身影，他觉得他和这个年轻女人的关系有如沼泽，唯一的解决方法是赶快脱离。全金在关键时刻重新叙述的谎言加速了他逃离的步伐，他越走越远，心中丝毫没有留恋和内疚。后来他被调到外省去了,没人知道他后来的消息,因为那个外省离这里太远了,但他肯定会娶妻生子,日子过得满满当当,他也会在某个不经意的日子里远远地念及全金这个女人,没有感情色彩地,只是记忆在反刍。而对于全金来说,离她遥远的不仅是张怀玉这个人。离她最远的是梦,比梦还远的是爱。

张怀玉走后,她的弟弟全银,一个看报纸倒着看的年轻人,被一个念头突然启动了,他开始把张怀玉和他父母共同编制的谎言拿出来在大会小会上做报告。当然,英雄事迹报告团宣传的英雄有很多,但哪一个也没有全金的事迹这么动人,因为她是个年轻的漂亮女人。以至于有一个村庄弄了一块大石头要给全金塑像。全银的报告是成功的,他每次流涕总会引来会场上一片唏嘘。他的流涕总是选择在日本人对他姐姐施加酷刑的时候,他被想象中的刑具感动了,教育了。英雄事迹报告团结束后,他就被调到外省当干部去了。他去的外省恰恰是张怀玉所在地,是他本人要求这样的。他的做法是聪明的。临走时他对父母阴沉沉地说了一句:"张怀玉欠我家的人情。"这句话说是说,张怀玉欠了全金,就是欠了全金一家。欠了全金一家,等于是欠了全银的。是的,在将来的日子里,张怀玉肯定会对他万般照顾。照顾也是有条件的,那就是全银与家中的联系越少越好。这样全银在越来越少的联系中也如张怀玉一样消失了。全金溺水自杀后他也没有回来看望过。在那个遥远的城市里,有一个靠着谎言发家的男人,结婚了,生子了,日子也过得满满当当。

谎言下的真实故事其实最简单不过了:全金是个十六岁的姑

娘，因为家住得偏僻，就被游击队选作临时落脚之处。悲剧的开始出于她对弟弟全银的怜悯。在某个寒冷的不能成眠的夜晚，她的脑子被全银总是饥饿难当的大口吞食的猴急相占满了。全银的食量是惊人的，他一天到晚总是在吃，而总是吃不饱，他几乎是逢到什么吃什么：山芋、萝卜、槐树花、生蚕豆、玉米、刚灌浆的大麦，连茅草根都吃得有滋有味。作为姐姐的全金，每当把自己的半碗粥汤倒给弟弟时，一边看着他埋头朝胃里猛灌，一边恐惧地想，老天！弟弟会连桌子腿都吃掉的。他是因为饥饿才跟了张怀玉的，但他现在肯定饿着肚子，在冷风里瑟缩着，眼睛里挂着饥饿而引起的泪水。全金被这个想象打搅得夜不成寐。下半夜时，她在母亲的帮助下怀揣一张薄饼去找游击队了。她很快找到了宿营地，把薄饼交给弟弟并与张怀玉缠绵了一会儿。天亮时，她踏上回家的路程，就在快要到家的时候，她遇上了前来袭击村庄的日本人。这一次，张怀玉的情报员没有及时报告日本人的动向。几个日本人沿着冬季干涸的沟渠一边追一边笑着朝天打枪。最后，全金精疲力竭地瘫倒在地，日本人在她的棉裤里找出全银给她玩的两颗空弹壳，就把她押回县城。日本人开始客气地向她讯问弹壳的来历。她不傻，虽然怕得一个劲地颤抖但还是一口咬定是在割草时捡的。日本人最后相信了她的话。村里有个汉奸，这个汉奸被日本人叫来指认全金时，不知为什么他为全金作出了清白无辜的证明。日本人相信全金与游击队毫无瓜葛后就对她不客气了。夜里她光着身体被扔在大街上。她捡得一条命完全靠着那个汉奸的怜悯。汉奸用一条棉被裹着她送到她家门口，她像死了一样瘫在门口，直到父母亲发现她。汉奸在解放初期被枪毙了，他的死亡使全金的那段历史少了一个关键的旁

现在

证。也使全金的家人大大地松了一口气。

　　一个战争年代受害的女人,全金的真实经历毫不出奇。全部的荒诞在于她的父母发现她之后,张怀玉很快赶到。他是在夜深人静时来的。他是很痛心的,剔除全金与他的关系,广义地看,全金是他的姐妹,他负有保护这块土地上任何一个姐妹的职责。面对伤痕遍体呻吟不已的全金,他觉得他犯了双重的错误。他这时候已把全金看作一个阶级姐妹,作为恋人的意义已退到次要地位。为了挽回他的错误,经过与全金父母亲晦涩难懂又心知肚明的交流,快到早晨时,他认同了全金父母的谎话。过后,张怀玉趁着夜色还没有完全褪尽时走了。清晨,全金在母亲的帮助下穿得整整齐齐的,再次出现在家门口。她敲门,用力地敲门。究竟敲了多长时间的门,她不知道。仿佛半生的时间都用来敲门了。终于,远远地有一个人看见了,大声喊:"全金她爹,全金他妈,全金回来了,你们睡死过去了?孩子敲半天门也不开。"

　　她就这样白璧无暇地勇敢地从日本人那里逃回来了。她回来后一直把自己关在一间小屋里,窗上挂着一块红花布窗帘。没人多问什么,因为谎言的枝枝蔓蔓已渐渐生长。

　　战争的意义是双重的:毁灭和新生。你看,全银得到了新生,他从战争中得到了好处,虽然与另一些人相比,他得到的好处是微不足道的。与此同时,全金的父母也得到了好处,这种好处更是微不足道了,有时只是一句话、一支烟、一个眼神,就是这些,也能让她的父母有滋有味咀嚼半天。

　　全金固执地把自己幽闭在小屋里。她的脑子里出现种种纷扰,神灵鬼怪们不分白天黑夜向她展示恐怖的脸孔。她的脸在花布窗帘后面日渐浮肿黯淡，两鬓出现了白发。有一天，她在极度衰弱中拿起镜子照照自己，突然惊叫一声疯了。她在镜子里看见了什么？没人知道。

疯状是暂时的，像伤风一样，过几天就好了。第一次疯过以后，有意思的是，全金骚动不安的生活突然出现了转机，就像密密实实的乌云绽开了一线，透出明光。明光驱除了她脑中的纷扰，也驱除了鬼怪们。她变得十分宁静，虔诚地仰望明光。鬓边出现的白发使她悟出了生命的短暂和不可挽回，她隐约地感到自己所剩的日子不多了。她真正像一个初恋中死去的女人一样，安静刻骨地回想与张怀玉相处的每一个日子。可以这么说，她从来没有像现在这样依恋张怀玉，过去她是被动的，还没有从少女的蒙昧中醒来的。现在她的某种意识从苦难中醒来了，贫瘠而荒凉的土地里开出了一朵小花，凄凉的美丽，酸涩的蓬勃。是的，她是用余下的生命全力绽放了这朵花。

回忆从最初的调情开始。张怀玉在桌子底下准确地夹住她的脚。她那时十六岁，这样年龄的女孩在农村已被人看作成熟了。她坐在惶恐的父亲旁边。父亲没有把她嫁走是因为她是家里的主要劳动力。父亲对三十多岁的张怀玉毫不提防。而她，坐在桌子边的唯一目的是听这个健壮敦实的男人说话。张怀玉两颊有着浓重的胡须，在油灯从下往上的映照下，张怀玉黝黑的脸更显得清癯。张怀玉一边紧紧夹住她的脚，一边和别人谈笑风生。这一刻回想起来是多么甜蜜！它简直是时间长河里的一枚石化的标本。但当时她却害怕得差点晕过去，施了定身法似的，张着嘴死死盯着张怀玉。直到父亲感觉了异常而猛推她一把时，她才惶然地从张怀玉的咒语中回过神来,同时她的脚也脱离了张怀玉的控制。她冲进厨房对母亲喘着气嚷道:"张队长不老实。"也就是这次,全银怀着吃饱肚子的想法跟着张怀玉走了。

她的小屋子在回忆往事中变成神圣的宫殿和极乐场所。回忆也引起了她身体的不适。一边是宁静如水的回忆往事,一边是身体不可遏制的欲望。她的世界被两个虚幻的世界劈成两半。她的头发还在继续白下去,她的身体却在一次又一次的发酵中年轻了。每一次的发酵过后,她会有吃饱的感觉,不得不伸直了脖子连连打嗝。这种情形使她想起全银,再想起张怀玉,而后又联想到怀孕的女人,她看见过怀孕的女人总是打嗝。她在半是清醒半是混沌中,做白日梦似的,又像被梦魇住了似的,摸着肚子,想到也许怀上张怀玉的孩子了。

她毫不掩饰对张怀玉的思念。有一阵子,她的母亲隔上那么几天就会来敲门,说,金哪,有人提亲了。她就冲着门喊道:"张怀玉。"再不说第二句话。她不会为了性欲而把自己嫁掉,那样的话,她在精神上建立起来的宫殿立刻就会倒塌,她是靠着这个活下去的。她现在开始为张怀玉守节了,这是从古至今真正的守节。从精神到她的肉体,守节让她有着无限的快乐,犹如被清水一遍遍地洗濯。也就在守节的自虐式的快乐中,她忘却了日本人强加给她的耻辱。疼痛早已从记忆中褪去,犹如纸上的颜色经过时间的摩擦剥落了。疼痛又如树上的蝉蜕,实质的东西早已遁去而只留下了外壳。她的身体对疼痛的回忆毫无反应,回忆疼痛也只能达到一种限制:"在床上滚了三天三夜。"这是她后来对别人说的,好像疼痛已不是事情的实质,只是事情的外形。

在守节的快乐中,在祥和的爱的光环笼罩下,全金几乎觉得自己又是一个健康的正常的人了。最不可能的事是时光倒流,最无可奈何的事是覆水难收,但现在全金在恍惚中觉得回到了过去。她的脑子还是不太清醒的,时常陷入半疯癫的黑暗中,但她的精神以超乎寻常的能力挣脱了大脑的羁绊升入那个祥和的境界。爱使她心地纯洁宁静,她试着从屋里走出来,回到父母身边。这个恢复正常生活的行为却导致她从此消失了。

现在,我们到了描绘全金父亲的时候了。

他们在结婚时是很般配的一对,即使是现在看上去还是十分和谐的。他们知道这一点,因此格外看重日子,虽穷,却把日子过得整整齐齐的。全金的父亲沉默而又有心计,全金的母亲同样沉默而善于盘算,在农村,这是被人非常看重的品格。他们婚前的背景是一样的,子女众多的家庭、忍饥挨冻的日子,不被父母所宠爱,对生活也没有奢求。婚后,他们一无所有地迁居到靠海的偏僻地方,开始赤手空拳地求生存。但这个原因并不是造成他们日后虚荣起来的唯一原因,在贫穷的地方,虚荣会随着族亲的疏远、邻居的一次吵架、遗产分配的不公而悄然滋长,何况全金的父母是那样看重日子整齐的一对夫妻。在艰难的日子里,这个家实则上已难以维持了,但它至少在外观上还是与众不同的:砌得干干净净的猪圈、四周被柳条围得紧紧的茅厕,锅台上一尘不染,不下雨的日子,屋前总是被一遍遍地扫过。这样的日子即使在非常贫困的时候也显得结结实实的,像是日子马上就会好起来的样子。全金的父亲对张怀玉的游击队是害怕的,但他怀着侥幸,一来家里住得偏僻可以遮人耳目,二来张怀玉毕竟手里有枪啊。枪使他害怕,又使他不由自主地拿来在心里去吓唬别人。共产党是匪,通共即是通匪,通匪是要杀头的，但通匪的人是强悍的，在乡民的心中有着震慑力，这是不容置疑的事实。全金的父亲就是这样怀着复杂的打算给张怀玉打开了门闩。这一把他赌赢了，虽然他吃了不少苦头受了不少惊吓，靠着智慧，"整齐"被小心地有惊无险地保卫下来了。想想是值得骄傲的，他从一无所有到现在的出人头地，并不是每个人都有着他那样的运气。虽然全金是他的一块心病，但全金一旦肯嫁人的话，他的生活就会灿烂无比，就等着晒太阳吃糖丸吧。全金曾经是张怀玉的女人，别人会在背后风言风语，但不会看不起他，为了这一点他在人前人后都把脖子挺得直直的。

有一天，他被通知到村委会去，没有别的事，村里的干部们通知他有一个地方要竖全金的雕像，就像竖刘胡兰的一样。干部们说这是我们地方上的光荣。回去的路上，全金的父亲又遇到了族长。族长说，难道人活着就能竖像吗？你不要让全金出来，以防万一。人家一定以为全金早就死了。你家全银也是古怪，做报告的时候眼泪一把鼻涕一把的。还有，那个地方也古怪，石头多得不值钱吧？又过了几天，本家的一位奶奶叫住全金的父亲，活作孽呀，我家小六子在窗户外面看你家全金，你家全金告诉她被日本人奸的惨了。全金的父亲心惊肉跳了，他发现他的"整齐"正在受到威胁，如果他的"整齐"没有了，那他还有什么呢？全银走了，家里一个病老婆，一个疯女儿。他几乎颤抖着问本家奶奶，什么时候的事？早哩，本家奶奶告诉他，本不想对你说三道四，但我听说别的村要竖像了，世上没有不透风的墙呀。这种疯话要是传扬到别处去，那不是天大的笑话吗？你要想好了，不要连累了我们整个地方。全金的父亲狼狈不堪地回到家，全金的娘从床上欠起身子说，粥盛好了，在碗里。左等右等的，叫人心焦，快吃罢。看冷了。全金的父亲站在屋子中间发呆，他想这个问题大了，不仅关系自家的整齐问题还关系全村的荣誉。他一脚踹倒桌子气呼呼地吼道，吃粥吃粥，吃你祖宗十八代的魂哟。全金的母亲哭起来。就在这时，全金从她的小屋里出来了，这是她把自己幽闭后第一次真正出来。她出来了，就是说，她想正常生活。她行动不灵便地上前护住了母亲，幽闭并未使她失去了泼辣的性格，她口齿不清地反击父亲：十八代的魂吃下去，那不撑死你？你吃啊！

全金的父亲猛地看见全金的外貌，突然地心酸了。他是个讲究现实的农民，心酸之后，他现实地想到，要是这个人早就死了多好！全金的父亲毕竟只是一个农民，一个从未离开过土地的农民，虽然工于心计，但他无法处理眼前复杂的问题，他只能想到最后的解决方法：死。他有些走神了。他坐好，全金也在桌子边坐好，她好久没有坐在这里吃饭了，桌子上擦不去的陈年灰尘唤起她对往昔的记忆。这是熟悉的气味，又恍若隔世。全金的娘撑着起来给全金盛了一碗粥。父女两个喝粥的声音都很响，在寂静的晚上就如两条挥舞着的软绳子。全金的父亲想，这个女儿的生命力是旺盛的。她一时是不会死的。是的，他的一子一女都有着惊人的生命力，如野草一样。虽然他们的生存方式是如此不同。全金的父亲更赏识儿子的做法，当地有句做人的箴言叫作"宁愿让人讨厌，不要被人可怜"。这个女儿落伍了，被人怜悯了。

喝完粥后（粥是稀粥，菜是一碗酱油泡炒黄豆）全金的父亲

现在　215

开始发牢骚。他把这些天别人对他说的话都告诉女人,并夹杂了自己的感受,他的这些感受传染了全金的娘,全金的娘开始用眼角里的余光觑着呆坐的女儿,在现实问题上,她和男人是一致的。他们的谈话如入无人之境,就是说,根本没有考虑到全金的存在。他们的眼里没有全金这个人。但全金不是死人,她呆滞、迟钝,但她的心还是敏感的,一个独自制造了爱情世界的女人比一般女人更为敏感,她的敏感会使她的心随时随地破裂。她听着父亲沉痛无奈的语调,看见母亲眼中闪闪发亮的狡黠,她明白他们厌烦了有她存在的生活。她把碗一推,小小的抗议,有点生气了。全金一向是喜怒于色的。她会拿了铁锹和父亲的门闩对抗,在父亲打她脊背的时候骂一些农村女孩的粗口。所以,全金的父母并不在意全金这个小小的抗议。他们忽略了一点:全金把自己幽闭多年,已不能强烈地表现愤怒的情绪了。她仅仅是把碗一推,碗向前滑了一下,没有倾倒,她便坐着发呆了。内心翻江倒海。是的,梦离她已经很远了,爱落在梦的后面,离她更远。她莫名其妙地说了一声:"早死。"可能是后悔自己没有早一点死。说完,她就站起来蹒跚地走了。

是夜,风雨大作,响声掩盖了全金离家时笨拙的脚步声。从湿泥中留下的均匀而紧凑脚印来看,她是毫不犹豫的。她走着,想必是累了,堤上有她坐过的痕迹。当她坐下时,她把鞋子脱下了,鞋头朝着村里方向。那就是告诉父母:她死了,变成鬼魂也要回家的。

全金的娘不久因病故去了。全金的父亲,独自羁留在家里,没几年也追随妻子到那边去了。至此,一个人世间致力于"整齐"的故事结束。没人知道他们的早逝是不是全金的冤魂经常来拜访他们的缘故。如果是，一定在梦中，他们和女儿相会了。这一家人消失了，全金的悲剧曾经使得一些人在深夜里辗转不安。因为村庄里存在着不安的情绪，所以有了全金鬼魂出现的传说。说是每到半夜就有一个光着脚穿白衣的瘦长女人在村里游荡，村里的每个人都一致认定这就是全金的鬼魂。在那个恐怖的时期，天一落黑，家家户户就紧闭了大门。有些人在门口或窗台上放着一双女人鞋，祈求全金的鬼魂穿上鞋子别进门来。村里确实存在着不安的情绪，但每个村庄总隐藏着一些秘密的不为人知的痛苦，它们在私底下被复述，在复述的过程中才渐渐消失掉。就像筛子淘沙子，一遍遍地淘，最后，沙子没了。

让我们再回到四十年后。死而复生的全金坐在年轻的村主任面前。她发现村主任很难对付，虽然他的脸上常常浮现温和的笑容。村主任在笑了一笑之后就站起来，他听见门外不远处有妇女嘈杂的笑语声了。打证明干什么呢？他在心里冷笑了一声，他现在已经把这个女人看作一个挑衅者，他做村主任至今，每年都会碰到一些挑衅者。他这声冷笑没有逃过全金的眼睛，全金胸有成竹地从皮包里拿出一张报纸，村主任匆匆一览大标题：韩国慰安妇向日本政府集体索赔。他收起报纸对女人说：我懂了。你老人家是想做买卖，这是笔好买卖。村主任抿紧嘴向着屋顶看了一眼，狠狠地问：你到底是谁？全金再一次回答这个问题：我是全金。村主任说：我说了这句话你别生气，全金不会这么干的。她要是想把我们村子搞糟，干脆放一把火得了。全金说：我就是全金，我这么做是有道理的。你犯不着生气，我打了证明就走。以后也不再麻烦你。于是村主任说：好吧。我想起一个人，全文标，以前的村小学教师。你老人家应该认识他。全金说：怎么不认识。他和张怀玉有交情。村主任朝屋外走去，他听见女人们已经到屋场前了，他要到东屋去躲避。狗哼哼着朝女人们迎过去。村主任在慌忙之中回过头对全金说：明天我去问问他认不认识你。如果认识，请他明天中午过来聚聚。别的事莫慌着办。村委会虽小，但是有原则的。你也不要对别人多说什么。这时，女人们看见村主任回避，就在屋场上站住了，煞有介事地议论头顶的月亮怎么好看，门口的青菜长得多壮。然后，不是一窝蜂涌进，而是三三两两地进屋，最后塞满了屋子。她们自顾说笑着，偶尔才和全金搭讪一两句，这是在陌生人面前表示害羞和矜持。她们抽着烟，把一些话说得尖刻而俏皮。她们与全金的交流是从吃"烟煤"开始的，女人们在吃"烟煤"的时候，看见全金也把香烟灰咬进嘴里去。她们好奇地问：你老也吃烟煤？全金说，吃。趁热吃，滋溜溜地冒着烟吃下去才香。于是女人们议论哪种牌子的"烟煤"好吃，哪种牌子的"烟煤"最不好吃，议论了好长时间才发现牌子越好的"烟煤"越好吃，牌子越差的"烟煤"越不好吃。于是女人们一阵哄笑，同时也结束了和全金关于"烟煤"的交流。

村主任的女人说话了："我四叔，当年跟你老有点缘分哩。"

全金的脸上现出木讷的表情，有关雕像的回忆与眼前的一切太不协调，使她一时难以越过千山万水去感受疼痛。她拿不准用什么样的语调，什么样的心情，去叙述过去的事。谎言或者真话，其实对这些年轻的女人们都没有太大的差别，她们要听故事，她和张怀玉的浪漫故事。她们的好奇是健康的。全金像这种情况下的男人一样，点燃了香烟，她喜欢讲，那么多年沉默是很难受的。她不仅要讲，还要讲得精彩，让这帮甜水里泡大的女人们感到心惊肉跳。她抽烟，烟到了喉咙口就难以吞下去，同时，她感觉到胸膛里有气泡"噗噗"地朝上冒。她斜睨了女人们一眼，发现她们幸福、轻松，如一群飘浮在空中的羽毛。

全金从与张怀玉相识开始说起，说到他们的交往、种种情事。说到桌子底下夹脚、暗处捏一把手、偷偷地做布鞋，每一个细节都属于那个过去已久的时代，老式、温馨、动人心肺，洋溢着清新而活泼的情欲。全金最后说到她与张怀玉的首次肉体关系，她描绘了当时天色、风景，一切就如早已做好准备似的，四周的芦苇又高又密，没有人看得见他们在里面做些什么。全金突然话锋一转，说道："哪里会没有人看？张怀玉的警卫员就在旁边。"这句话说得十分不堪，女人们遂声一哄笑，告别回去了。紧接着村主任从东边小屋过来，挽留全金就在小屋过夜。全金拿了她的人造革包，关了门，坐在东屋的床上无法入睡，因为东屋没有窗帘，月光又是那么明亮，洒了一屋子，冰冷厚重如铁。她在想着刚才讲故事的时候，为什么几次三番地觉得不堪重负？要知道，那些都是实实在在的真事，除了拿不出凭据，但天地良心呵，真事是不要凭据的。况且，女人们深信不疑，她们对真实的男女关系有着天生的判断力。全金想来想去，终于想明白了，沉重是因为缺少那个分离的结尾，她开始就没打算讲述她与张怀玉的分离，所以她的充满激情的回忆就成了对于悲惨结局的掩饰，一掩饰，就沉重了。

她还是想掩饰的。谁说她光想撒泼。

全金是坐着睡觉的，从进了日本人的军营里面后，她就再也不能躺着睡，她只能醒来后在床上躺着。从她的这种习惯中你可以知道战争从来就没有结束。

第二天早晨，村主任出去找昔日的小学教员全文标。大清早，太阳还没出来，老人就拿个凳子坐着等晒太阳了。村主任说你老最近身体不大好吗？昔日的小学教员说赋闲在家，一日比一日闷。身体倒结实，死又死不了，心里怪着急的。村主任说看你这样子起码再活个二十年。昔日的小学教员张开嘴让村主任看牙齿，说他的牙还啃得动玉米棒。而后他闭上嘴指了脑子，说这里也好用，一家子老小，谁的生日他记得清清楚楚。村主任就问他，你记得以前村里有个全金吗？他闭着眼想了一阵，说不是和张怀玉好的那个女人？村主任说就是她，我听说她是投海自杀的。其实没死成，又活过来了。老人说，这是有的，死而复生也有的。我老是关照家里人，一旦我死了以后千万停七天七夜，以防假死。村主任说，现在她来了，要我给她打个被日本人强奸的证明。你说这不是开玩笑嘛？老人点着头说，被日本人强奸，这事是有的。救她到家的全……全什么，就是那个汉奸……这事是有的，被政府枪毙的时候把这事说了出来，说他救过抗日女英雄该赦免……被这女人的弟弟打了一个嘴巴拖出去了……说她干干净净地从日本人那里出来，也罢了。说她是抗日女英雄也罢了，这事原本就是靠着她父母弟弟和村里人吹出来的，后来政府也跟着吹，最后把她吹到海里去了。她自杀也说得通的——后来事情闹大了，眼看着要露。她要面子，所以一死了之。这些事都说得通的，大家都要面子呀。

昔日的小学教员闭上眼睛喘气。

那么，你老人家说，什么是说不通的。

昔日的小学教员睁开眼睛。孔圣人，他说，孔圣人也撒谎，我看过《论语》，上面说，颜回死了，他的父亲请求孔子把马车卖了给颜回做椁。孔子不愿意，因为他是宫廷里的士大夫，没有马车就不像样的。但他不说这个理由，而是说他的儿子孔鲤死了都没有卖掉马车做椁，如果这次卖掉了，那么，他就是没有把颜回当作儿子一样看待。你看，这不是撒谎吗？他为啥不把颜回看得比儿子还亲？

村主任说你老是越老越精了，吃饱了饭没事干光琢磨这些事。

昔日的小学教员呵呵笑起来，他指了东边刚出的太阳，说圣人也撒谎，不要说普通老百姓了。撒谎不是好事，但说得通，那个全金，她来干什么？打强奸证明？这就说不通了。你说是不是？

村主任说，她说她要用证明去要赔偿呢。我看不像。我说她七老八十的，除了吃饱穿暖以外声名是最重要的。

昔日的小学教员补充说，还有一样是重要的，上好红木的骨灰匣——以前是棺材。五保户全丰在县医院怎样了，看上去捱不过今明两天了。

村主任说，所以呢，我来找你去认认这个老太太是不是真的全金，我真不相信一个人老了脸皮就那么厚。你老不要多心。不知道你认识不认识她？如果真是她，请你把她好好打发走。我们村里不能有这么个人闹着。

全文标说，这话对。

昔日的小学教员全文标从来没见过全金，也许见过的，但早就遗忘了。他现在无事可干，不管什么样的差遣都愿意去做。再者，他好奇。另外，也想开开玩笑。他认定这事是全金在开玩笑，吃饱

现在　221

了撑得慌，活得累，拿村里人开玩笑。那么凭他一张老而不死的三寸不烂之舌，将那个厚脸皮的，又败坏村里人名声的女人，开一篇玩笑供大家饭后消食。

全金的动机到底何在呢？漂泊的生涯确实使她无所顾忌，有了面对真实的勇气，但这远不是事情的核心所在。她漂泊多年以后在一个小镇的边缘地带落脚。她对生活要求不高，对男人的要求尤其不高。对于生活，只要吃得饱穿得暖就行了，她对自己活下来的生命感到厌恶，对她卑贱的然而生机旺盛的生命感到厌倦，但她不敢再次向死神冲击，生命既然无法结束，那么就让它遭罪吧。在定居之前她有过四至五个男人，她要求的只有一个条件，那就是这个男人必须有强旺的性欲。她在男人的强力地冲击之下，精神和肉体便一分为二，精神不再为肉体痛苦，肉体也不再供精神支配。这时候，她的精神（不是肉体）便快乐得无以复加。她想，这就是男人，男人就是这样的。日本人是这样，张怀玉也是这样。何必费神从一群人中区分出这个人和那个人呢。于是她不停地离开一个又一个男人，直至最后定居。其时她快五十岁了。她要求媒人给她做成了媒，男人倒是很有力气，但过了五年，两人就分手了，是男人走掉的，男人对外宣称受不了她坐着睡觉，可全金理直气壮地嚷嚷她干事情是躺着的，你还想怎么样？说着她突然泪如泉涌。此后她再没有结过婚，小镇里流传着有关她的恬不知耻的性欲之事，还有她身上的残缺，计有：少掉一只乳头，两只脚各少一只小指，屁股上少掉一块肉，她夏天穿薄裤被风从背后一吹就能看出来。镇上的人刻薄地说，这个女人真古怪，前面一个积水塘，后面一个积水塘。

全金就这样慢慢地活，等待属于她的自然的死亡，直到她在垃圾堆里捡到那张报纸。她是认得几个字的。起初她把索赔作为回乡的动机。她觉得她有理由索赔。她是闯荡过江湖的人，早已把体面看得一钱不值。当她踏上家乡的土地时，索赔的愿望不再那么强烈了，她不过是借着索赔的理由在家乡说一说，撒撒泼。这说一说，撒撒泼也许就是她真实的动机。动机有了，而动机源于什么呢。

这天清晨，村主任去找昔日的小学教员全文标后，全金也从村主任家里出发了。她走在村子里，所到之处没有熟悉的东西，但她觉得既熟悉又亲切。嗅觉产生了认同。她的心灵知道这就是家乡，她的嗅觉嗅到村子里源源不断释放的气息相同。她以农民的目光估量稻谷的收成、猪的品种优劣、哪只鸡刚下蛋、青菜地里有没有出虫。也以女人的目光悄悄地从屋外进入屋内，逡巡室内的装潢布置。她看见一切都是安静的，脚踏实地、心满意足的安静，处处透露出时光在这里甜甜地缓缓地流动。太阳出来了，铺天盖地的露珠一瞬间变成了水晶，到处都有水晶在闪烁，看上去就像晶亮的虫子蠕动不休。到处都有水晶从它的栖身之处跌落尘埃，无声无息的，带着快乐的眩晕，使尘埃也染上了馥郁的香气。全金在人们惊异的目光下不停地走来走去，她走得飞快。她的心情极度紊乱，这里太安静了，没有疼痛，没有诡谋，与她的努力简直是天壤之别。她烦恼并委屈。谁让她冒冒失失地来了，注定要带来不安和混乱，她现在感到了走投无路，感到了格格不入，人人都在家里睡觉，只有她一个人在外面梦游。她想，在这个世界上，什么地方才是她真正的家乡。她站在渐渐被太阳烘干的大道上，孤苦无助，万般酸楚一齐袭来，她膝盖一软跌坐在地上号哭起来。她的哭声很快引来一群表情温顺的乡人,两个昨夜听她讲故事的女人一边一个搀扶着她,把她送回村主任家里去了。

村主任的女人也不在家,估计下地去了。全金含着眼泪,忍着悲恸。到厨房里盛了一碗粥,站在屋檐下咕噜咕噜地喝。她眼睛酸涩,四肢麻木,她想,就像在咸菜缸里泡过似的,又酸又咸又重。这一想,她紧张的心情马上得到缓和,对什么也都像以前那样明白无误。她睁开眼睛冷冷地扫视着虚空。这还有什么好说的呢?她是来索债的。

全金和全文标的会面极像一出戏剧,仿佛两个人早就排练好似的。他们心照不宣地,用夸张了的热情传递较量的欲望,这种欲望彼此一望而知。

你是全金吗?多少年不见怎么越长越精神了?你是怎么回事呢?水里洗洗澡又上来了?全文标这么揶揄地说。

全文标,你怎么还不死呢?阎王爷吃了你的迷魂汤是不是?告诉你,我全金当年投水以后又飘到岸上了。全金回答。

可喜可贺啊!全金你今年多大了?有四十岁了吧?

我六十多岁了。人老了脸皮就厚,顾不上体面。

全金哪,我八十岁了。村主任不好意思跟你讲,我反正是快化灰的人,你要骂我,我也听不了几年。你要钱好说,莫大声嚷了,弄得大家难堪,悄悄的,大伙儿集体给你捐一点钱。你莫嫌少,拿了就走,也不要不好意思。

全文标,你个老王八。

全金扭头朝村主任的屋里走。全文标跌跌撞撞地跟着她。全金，全金。他喊着，不要不好意思嘛，又不是大姑娘。来嘛，摸摸我的口袋，我有五块钱不知道装在哪个口袋里了。我不晓得你要来。五块钱就这么胡揣乱塞的找不到了。全金在凳子上坐定，像十分悲怆地说，我的好人，亲爷祖宗，你们给我打个证明，我马上就走。不在这里赖吃赖喝。全文标说，证明，什么证明？莫开玩笑呵！实话跟你说，我根本就不认识这个人。但我考虑，谁会来冒充一个老太婆呢？我们承认你就是全金，但是打证明是万万办不到的。摆不到桌面上的理由我就不讲了，我就讲一句话，当年你被日本人糟蹋时谁看见的？谁见了谁就给你证明。全金说，当年这事你没听说吗？全文标果决地说，当年我们都听说你是个女英雄。全金笑着说，你们当年传得沸沸扬扬的，眼珠子一转就忘了。全文标说，私底下的话算不得数。全金说私底下的话不算数，那什么话算数。全文标说，譬如，圣人说，食色，性也。这个色是男女两个人私底下的事，掩掩盖盖，关了门闭上窗不能对人讲授传说的。过一阵子，有了小孩。其实这个小孩也就是色出来的，但小孩可以抱出来晒太阳玩耍。就是这个道理。全金跳起来啐了全文标一口，老头子抹了脸"噢噢"地笑着，如鸭子那样摇摇晃晃地走了。他的任务已经完成，他已履行了一个村民的责任。你说你就是全金，我承认你是，但我否认你真实的往事。因为这份真实不是你我共同经历的，我所知道的真实是一种普遍流传。流传，在某种情况下你可以否认它的真实性。当时的流传根据我汇合的种种情况判断确实是真实的，但现在我得从另一个方面去考虑问题：你看见了吗？你没看见是吧？那么这份所谓的真实是不是值得怀疑？

全金陷入了更深的泥潭。这是她回乡以后遇到的第三个棘手的问题。往事如烟,这烟是定格在心上的。异国的入侵者对她的伤害乃是她一生的症结。否认它的真实几乎等于否认了她这个人。被否认的全金仍旧是一个云遮雾罩的虚假的全金,她无法从现实的迷潭中脱身,无法进入真实的过去。她再一次被人驱赶、放逐了。四十年前她怀着怨恨去结束生命,今天她怀着希望踏进故乡,她的委屈,她的挑衅、撒泼都是在不知不觉中产生的,打证明也许只是一个借口,这个借口是说得过去的。金钱的社会,她认为这个理由对人对己都能交待了。但昔日的小学教员一眼就指出她是在开玩笑,她现在后悔没有考虑周全就急急忙忙地赶来。全文标说她开玩笑,她现在也有点相信自己是在开玩笑,胡闹。她坐在凳子上叹着气,想自己快七十岁了,还有什么事想不开的?还有什么意思与村人过不去?与村人过不去的同时她给自己制造了诸多问题。她恍恍惚惚灵魂随着烟雾出窍了,她的灵魂凝视着田地房舍,深情款款,俨然与村庄溶为了一体,然后她的灵魂瞥过她坐在屋里的真身不禁诧异不已。这是谁?这是个从何处来要到何处去的女人?她为什么跑回阔别的故乡胡闹一气?

中午时分,全丰的骨灰匣从火化场拿回。下午,骨灰匣举行掩埋仪式。除了全金,全村的人都去了。全金听着风中隐约传来的欢快的唢呐声,庆幸全丰终于死了。她相信,全丰要是活着的话会使全金更为难堪。唢呐声越来越响,是回村里来了,欢快的曲调拼命击打着人的耳膜。你看,人死应该吹哀乐,但这里的乡俗从来都是吹欢乐的曲子,因为痛苦是卑下的,是要掩饰的。这里的人听故事看电影永远只喜欢中国式的大团圆结局,千难万苦,只在欢乐的结局中得到消解。此时的唢呐声预告着全丰的结局是欢乐的，它让活人得到精神上的安慰并以此作为遗忘死人一生痛苦的由头。唢呐声总结了全丰这个人，响彻了他的人生，唢呐声会永远响在他的骨灰匣上面，让他的灵魂永不回思痛苦。全金听着唢呐声，抽着烟，冷笑了。她死后不会有唢呐声陪伴，也没有亲人守候在侧。她是个莫名其妙的女人，自她回到故乡后，人人都这么认为，所以，连她自己在恍惚中都怀疑有些事是不是真的事。

晚上，女人们再次聚会在村主任的家里。全金不在，但东屋的床上她的包还在。女人们就拿出针线活做起来，村主任的家里立刻变成了针线加工场。

全金在傍晚的时候走出村主任的家，这个时候是一天里安静的时刻，唢呐声没有了，说明全丰已在泥土里睡觉了。她走在路上遇见了村主任。她告诉村主任她要去海边的地方。村主任劝说她不要去了，她的家早就没有了，她父母的坟也在"文革"移风易俗行动中被刨挖得干干净净然后平掉，在上面种上柳树。全金说你们好歹要通知全银。村主任不客气地说，找不到他，不知躲到什么地方去了。他好像做了多大的官似的。我们村里出的大官多的是，就像全丰，要不是文盲，要不是他自己不肯进京，早就是部长什么的。

全金撇开这个话题，通知村主任她明天走。她看见村主任的眼神在暮色里跳了一下，她知道村主任是如释重负了。同样，她也觉得如释重负，这件事总算结束了。两个人说完话就各自发了呆。后来村主任往南走，她就无目的地向北走。走不多远她就踅进一家小卖部,在落满灰尘的货架上取下两块面包,一瓶劣质白酒。她一口酒一口面包地吃喝起来。小卖部的老板娘自言自语地道,老太太是喝酒就面包呢?还是吃面包就酒?全金说都一样。她现在没有什么事情好做的了,无欲无求,不用掩饰,不必计算。她不慌不忙地坐在老板娘的竹铺上把自己喝醉了。喝醉以后她的眼泪开始活动。眼泪源源不断地从眼睛里淌下,弯弯曲曲地滑过脸颊掉在脖子里,她的锁骨以下的地方很快湿了一大片,冰凉的很舒心。她一边舒服地叹着气,一边打开第二瓶酒,从她上了年纪以后,再也没有这样痛快地淌过眼泪,仿佛一上了年纪各种排泄机关就生锈了。

她拎着半瓶酒,喷着浓重呛人的酒气雄赳赳地在路上走。要是有人看见一定会感到十分奇怪。男人喝醉是司空见惯,一个女人并且是一个上了年纪的女人喝醉酒,那一定有着很微妙的内容。她跌了一跤,敏捷地爬起来摸摸地皮,绊她的不过是几棵粗壮的茅草。酒瓶不见了,她刚才听见河里响起"嘭"的一声,水花四溅。小时候她经常听见河水里会响起"嘭"的一声,人家说,那是鬼从岸上跳到河里去找鱼。她懊恼不已地捶捶地,就势朝地上躺下了。月光下刚扬花的芦苇在白天看是紫色的,在夜里一律变作暗沉沉的灰白。她恍惚觉得自己躺在芦苇丛中了,心情若轻若重地等待什么人,"张怀玉。"她突然地喊了一声,又焦急万分地爬了起来。她不能仰面躺着,从她进了日本人的军营以后就不能了,这个姿势意味着屈辱地接受,被伤害,被支配,她的一生都是被动的,被迫地进入种种角色,包括作为张怀玉恋人。她的一生只有两件事是主动进行的,一件是在自我幽闭中单独的苦恋,另一件是她从长途公共汽车上下来以后所要进行的事。

全金摇摇晃晃地站起来，一个劲地猛跑。夜里，又是醉酒，她已无法分辨出道路的走向。但是她听见村里有一个地方回荡着妇女的笑声，她朝笑声处跑去，她知道笑声处就是村主任的家，一定有一群女人边说边笑边等着她。她有话和她们说。

她跑进屋里的时候，村主任的女人第一个笑起来，然后所有的女人都看着她笑。村主任的女人说，你看她跑得像老疯子似的。全金得意地朝凳子上一坐，头颈朝后一仰，差点把自己从凳子上摔下来，她说，你们看看我，像不像快要七十岁的人？女人们七嘴八舌地说不像不像。全金说，我在你们这个年纪的时候……比你们还大一点的时候……要多年轻有多年轻。女人们咪咪笑着，问，你像我们这个年纪的时候，在什么地方呢？全金说，当婊子。一会儿跟这个男人过，一会儿跟那个男人过。其实就是当婊子。女人们恼怒了，说，哪能这样说话，怪吓人的。全金被女人们的愠怒而激恼，大声说，吓人的多着呢。十七八个鬼子轮奸我，怕不怕人？张怀玉那狗娘养的眼睛一睁就不见了，怕不怕人？女人们一齐站起来说怪不得全文标老头说她是来胡闹的，原来有几分道理。全金喊道，不要走，我给你们看看更吓人的东西。她站起来想脱衣服，头一低，酒气汹涌而上，把衣服吐得一塌糊涂。她失神地站在那儿，肚里的东西不停地从嘴角向外流出来。她说，不行，我要去找全文标，这老东西如此对待我。她跑出去站在一家门口骂起来："全文标你有种站出来，你昧了良心捂了实话的老东西。我是全金哪，我的事情你不会不清楚，你就这样睁着眼睛说瞎话。农舍里出来一个中年男人对全金说，全文标这老狗头是该骂，他不住这里，他住那里。他

现在　229

的手朝外面虚虚一指,进去就把门关上了。全金被随后赶来的几个女人拉住胳膊强行朝村主任家里拖。村主任的女人说,我看把她放到河里洗洗。有女人劝阻道,使不得,偌大的年纪洗了要病倒的,你愿意给她送终是吧?村主任的女人吐吐舌头,不吭声了。全金被几个女人拖着,一路上她不住地踢着地上的稻草和灰土,企图以此阻挡她们拖她的行动。我要见全文标。她喊,我要和他说说心里的苦楚,这些年我是怎么过的。全文标,你是我的亲人。你们都是我的亲人。她被按在村主任的屋场前,村主任的女人用一桶热水浇上去,洗干净她衣服上的污垢。然后,她被按在一桶放满温水的木盆里。她恐怖地尖叫起来,挣扎着说,我不要朝天躺着。你们放我起来。但是女人们已经在给她脱衣服了,衣服脱下来了,所有的女人全都呆住了。全金这时候一阵虚脱,晕了过去。女人们七手八脚的给她掐人中,抚背心。给她擦干净,抬到床上用被子盖好。而后,女人们平静下来,说说收成,论论各家的娃子,说到今天的月亮有一圈风晕的时候,就各自回家了。狗在村中一声两声地懒懒地呼应着吠,白天的狗护守自家,夜晚的狗守护整个村子,都是这样的。

全金裹在白被单里,双手紧贴在臂部,双腿伸得笔直,看上去像一具没有呼吸的木乃伊。但是不久她就发出了轻微的鼾声,于是,她的醉酒就有了欢欢喜喜的意思,也就像中国式的戏剧,在人对于痛苦的经历后,结局总是千篇一律的大团圆。这样的痛苦就失去了它的本质。全金现在就是一出中国式的悲剧。她轻轻地打着鼾,在黑沉沉的睡眠里消解她带来的悲惨气氛。她显得无可奈何又全身心地放松,你也可以从中看到她就是这样一次一次的,借着这种方式让心灵和身体一起轻松的。十点钟的时候,村主任的女人走进屋来看了她一眼,"扑哧"笑了一声又走了出去。十一点钟的时候,村主任的女人把洗净烘干的衣服拿进来。她"全金全金"地叫着,全金不应。她用手去推,一边推一边对着窗户笑骂道,死人,光站在窗户口,还不进来帮我弄醒她。村主任在窗外咳了一声,也对女人笑着说,你用点劲推。平时是怎么打我的?你今晚陪她睡的时候惊醒点,明天一早就打发她走路,省得在这里出事情。我们担当不起。十二点钟的时候,全金被桌子上的小闹钟惊醒了,她赶紧爬起来坐着,闹钟的声音太刺耳,她拿起闹钟朝地上一摔。这时她看见和衣睡在脚边的村主任女人。不好意思。她抱歉地说了一声。村主任的女人叹了一口气,唉,这只闹钟有毛病,不知道什么时候就会响一阵子。

现在很安静了,两个女人如浮在止水上的两片叶子,一片是枯黄的,一片是翠绿的。枯黄的女人是个冤魂,四十年后来索债了。她的草率和粗俗毁坏了整个村子的和谐和女人们的浪漫。她倚坐在床的栏杆上一动不动地注视着翠绿的女人,她的心态是复杂的,她对于人生的考虑总是挣脱不了个人经验的羁绊,她的喜怒哀乐随着外界的风吹草动而变化,就像草木随着季节而变化。她的情绪不可控制却是真实的。此刻,屋子外头的月亮被乌云掩盖了,没有窗帘的窗子忽然黑暗了,而屋子里头的昏暗的灯仿佛明亮起来。全金摸摸村主任女人的脚,村主任女人微微动了一下。全金的手掌顺着村主任女人的腿一路捋过去,她说,我这个老太婆啊!她一直摸到村主任女人的脖子,手就在脖子那里停住了,她混浊不堪的眼睛冷漠地看着村主任女人说,你想不想知道,日本人是怎样害我的?没等村主任女人回答,她的手在脖子那里一用劲。村主任女人听见脖子那里轻轻的咕噜一声，像鸽子的鸣叫声。但她没动。距离很近，她把全金眼里的绝望看得清清楚楚，她也完全明白全金只是想抚摸一下一具未受任何伤害的身体，所以她一动不动。全金是老了，她不仅是老了，她的肉体被风吹雨打过，被霜雪侵蚀过，被虫蛀过，更为悲哀的是她的心永远停留在一个地方了，这就使她有时候对自己的肉体视而不见，有时候又十分计较。她在自哀自怜的心情下抚摸村主任的女人，她感觉到的不是肉体的弹性而是它的完整，未被伤害过的完整，就像她的父亲所看重的"整齐"一样。她现在收回手掌，收回目光，垂着头似乎打盹了。村主任的女人若无其事地打个哈欠，说躺下睡吧。全金听了村主任女人的话，顺从地躺在了床上，依在村主任女人的身边，一会儿就进入了梦乡。我们无从描述她的心情，想必她的四肢百骸都感到了实实在在的依恋。想必她郁结的苦痛在刹那间粉碎了，在一个年轻的而且陌生的女人身边，她似乎找到了归宿，这是可以解释清楚的。

　　看来，全金终其一生也无法寻找到摆脱痛苦的出口处。为此她有些慌不择路。她要进入过去，她要打一个被日本人强奸的书面证明。她在家乡遭到了客气的抵挡和不客气的嘲笑，所以她最终还是回到谎言之中。现在，重新回到谎言之中的全金蜷缩在村主任女人身边睡着了。村主任的女人在想，这样作为女人有什么意义呢？活该是让人鄙夷嘲笑的。她不喜欢看见绝望的女人，也不喜欢听到某个女人被男人遗弃了，在她看来，被男人遗弃是不可思议的，怎么可能呢？被男人遗弃？女人干什么了？村主任的女人想到这儿，就下床了。她穿着衬衫和长裤，下床很方便的。临去时把全金身上的床单掖紧。走出东屋，她快步如飞地跑到正房前，敲敲窗户，村主任很快拉亮电灯，出来开门，然后把她搂在怀里。因为外面刮风了。

做女人真不错。村主任的女人想。

村主任女人临去的掖床单动作把全金惊醒了，在她敲窗户的时候，全金站在没有窗帘的窗户前朝外窥视。她看见灯亮了，看见村主任把他的女人搂在怀里。她拉开门闩鬼鬼祟祟地潜到正房的窗户前，窗户里面悬挂着粉红色的窗帘，被屋子里的灯光映照得喜洋洋。全金听见屋子里两个人唧唧哝哝地说话，后来，灯熄了，屋子里的两个人仍旧在唧唧哝哝的，连说带笑，两个人的音调低沉而协调，仿佛是掺和在一起的蜜和水。它们在黑暗里时断时续，撞来撞去，带着使人着恼的含糊不清的鼻音。全金在越来越大的风里瑟缩着，屏住气息，像一只偷偷摸摸地缩在墙根的老猫。她兴致勃勃地满足地听着，就如看阳光下两个孩童的游戏。她既不是好奇也不是个习惯上的窥淫者，屋里两个人的幸福状态无疑丰足了她对于男女恩爱的臆想。当她与张怀玉作为情人交往时，她是被动的，她懵懵懂懂地只是随着被占有而被动地体验。当她深切地渴望更多内容时，她已孑然一身了——一直到现在，她都是孤单的一个人。这时，黑漆漆的天上飘起了小雨，她的身上沾满飞絮似的雨丝，雨丝很快冲破衣服表面的膜层渗入里面，她的肌肤感觉到了彻骨凉意，但她舍不得马上就走，她把屋里的一切有机地与她幽闭时的幻境联成一体，她似乎在听、在看着自身的表演，她一直没能把幻境做到眼前这样好。全金是这样收场的：一阵豆大的雨点劈脸朝她砸下，她禁不住全身剧烈地哆嗦。她站起身，幻境消失了，代以酸楚和恼恨，她朝天上喊道："我的老天爷！"

现在

苍蝇怕冷，全都钻到屋里了。屋里也是冷的，那盏被风吹得摇摇晃晃的昏暗的灯泡是热的，门大开着，这个落拓的容易自暴自弃的女人连门也懒得关，苍蝇就从门外急急地飞进来，在灯泡边上飞来飞去，于是天花板上出现重重叠叠的硕大幻影，宛如争先恐后攒动着的人头，这幅恐怖的景象立刻又使全金产生时光倒错的幻觉，她叫了一声亲娘，哆嗦着，一步一步摸出门，外面秋雨唰唰有声，她站在一条河边时，两只脚上已经没有了鞋子，双腿颤抖，目光惶乱地盯着在风雨中显得湍急的河流，她再一次想到自杀，自杀太容易了，只要朝河里一倒就再也不会爬起来了。这个不被人承认历史的女人呜呜咽咽地哭起来，她的哭声里夹杂着一些絮絮叨叨，听着如在哼唱一首悲哀的小调，她的哭声低沉而委婉，似乎出自一只嘴角下挂的，唇形下弯的瘪着的嘴，这样的哭法不是属于孩子，就是属于女人。

村主任和他的女人撑着伞，打着手电筒，一步一步地认着脚印喊着过来了。

全金受了雨淋，在村主任家里又羁留了两天。村主任的女人提心吊胆侍她，怕她在自家屋里一病不起。全金的高烧在村主任女人的红糖水加感冒冲剂的浇灌下，只过了一天就消退了。同时，她的情绪也好转了，兴致极高，略微带些亢奋，就像她刚从长途车上下来时那样。她发高烧的时候，全文标拄着拐杖，拎着鸡来看她，他不停地抱怨路上不好走，抱怨几个媳妇对他越来越凶，他说他这个公公做得还是不错的，既未爬灰又未给她们娶个后婆婆。人都是贱的，他那样干的话，也许她们会对他怜惜一些。说了一篇闲话以后，两个人就沉默着，抽了一屋子的烟。后来全文标突然张开嘴，脸上挂了两串眼泪。没看见眼泪的人还以为这老头张开嘴巴在笑呢。全金知道老年人哭是最伤神的事，老年人哭等于年轻人流血。她强挣着起来拿了一张手纸给全文标擦掉眼泪鼻涕。全文标的哭泣在外表上看来是不满意他目前的生活状况，但是全金明白。两个人心照不宣。

这天晚上，村里的女人们来给全金送行。她们依旧说说笑笑，不流露惜别的心绪。其实因为地理位置的偏僻，她们很容易对告别产生伤感情绪。她们满不在意地把带给全金的东西放在桌上，告诉全金说前两天下了雨，正好把田耕了，撒了化肥，麦也播了。接下来的日子真是悠闲自在：嗑嗑新瓜子、打打麻将、纳鞋底、晒太阳、陪你说话。一番春秋笔法的客气的挽留过后，女人们便东拉西扯起来。她们问全金那天怎么会去想投河的？

全金说，活烦了。

女人们又问，后来怎么又不想投河了？

全金说，想了已经活了这么一大把年纪，坚持坚持，图一个好死。

女人们啧啧有声，表示赞同。又说，怎样才算好死？

全金说瓜熟蒂落。入地，吹吹打打。

她想起飘扬在全丰的葬礼上那些欢乐的曲子，深切地体会到所奏的曲子多么恰如其分，多么合情合理。就像她这样的人，一生的悲哀不是悲哀，死了之后用哀乐发送才是悲哀呢。

女人们又问她第一次投海的经历。

全金就用安详的语调说起来，她的安详与其说在掩饰，还不如说是至此她彻底平静了。她发现她从踏进全庄以来就一直不停地在说，真真假假，连她自己都怀疑有些往事是不是真的发生过。她说那次投海时正好遇上了退潮，她湿漉漉地被搁在一方陌生的海滩上，又被几个船上人发现。她就留在了船上替男人浆洗衣服，替女人看孩子。船上有两个男人，自从收留她以后他们明显变得心事重重，船上的女人像看家狗一样严密看守着全金，结果还是疏于防范，让两个男人在她们上岸离开片刻时强奸了全金。她们慌忙跑回船上，惊愕之余看见全金若无其事地坐在舱房里扯袖子，那袖子短了，紧箍在小手臂上。全金不住地发出微笑。船上的女人怒从中来，骂道，看你这个贱货，上船以后胖得袖子都拉不直。谁让你吃胖的？我，好心没好报。她拿起撑篙虎视着全金，她把全金的无动于衷看作无耻。滚。她喊道。于是全金开始从一个城市流浪到另一个城市。

全金在叙述这个故事时她的用语时而轻佻时而粗鄙，但她的安详成功地中和了她的轻佻和粗鄙，使人没有从中感到丝毫的不安。最后，她笑了，你猜她说什么了，她说了四个字。

红颜薄命。

所有的女人都听懂了，她们传出一阵哄笑。全金的家乡之行实质上是一次企图化解痛苦的行为，结果痛苦没有如愿化解，反而促使她寻找到了另一种归宿：红颜薄命。她把所有的怨恨和抗争全卸到了这句话上。

1997.10.9—11.2一稿
2003年11月修改

花码头一夜风雪

德高望重的旅行家江吉米路过花码头镇，临走时这样说：

这是一个充满谎言的镇子。

野菊花盛开时他经过白菊湾的花码头镇，他被这些茂盛的花草吸引，在大道观里住了一个星期。江吉米走的时候天气突然变冷，来自西伯利亚的第一场冷空气降临，满天空的流云，显得花码头上空热闹非凡。

同时热闹起来的还有花码头镇子西边的蓝湖，大道观里的住持邢大舅正带着一帮人在湖边观云，进行一年一度的观云大赛。邢大舅是正一教的道士，家里有老婆，有孩子。他的法名叫什么，没人在意。他的外甥是镇长，这一点让人不得不在意。所以，他在白菊湾这儿就被称呼为"大舅"。镇长今天没有到场，这当口，他在家里脱下了腰里的牛皮裤带，正要朝女儿花亚头上挥去，花亚未婚先孕，还悄悄地准备了一些东西，想在明天晚上与那个男孩私奔。镇长怒气冲天，想知道那个让她怀孕的男孩是谁，但是花亚坚决拒绝说出那个男孩的姓名。皮带刚落到她的头上，她就一头撞向了白墙。这一招很灵，镇长只好系上了裤带。

邢大舅除了是道观里的住持，他还身兼白菊湾地区的观云协会会长。有史料记载，白菊湾居民酷爱观云，观云史可追溯至一千五百年前。从清康熙年间开始，每年"立冬"那天正式进行观云比赛，第二天开始祭神大会。一个星期的祭神活动，吹拉弹唱，白天人头攒动，夜里烟火不断。祭的是本地雨神张霖。

雨神张霖的金身塑像放在道观里，清朝皇帝曾经御赐了两个字的匾额：彰霖。"文革"中不知去向。现在由本地的书法家写了这两个字，挂在观里供人瞻仰。这个书法家是张霖的后代，爱水如命，他除了写书法，最爱的是画各种形态的水，落款"张水痴"。"张水痴"又穷又迂，整天沉迷于水，他的儿子张小虎却沉迷于镇长的女儿花亚，准备明天与怀孕的花亚私奔到远方去。现在他正在被窝里假装蒙头大睡，他的妈妈已经知道了他的计划，寸步不离地看着他。

邢大舅他们在蓝湖边上观了五个小时的云了，五个小时中间，天空上出现过无数品种的花卉，出现过二郎神和他的哮天犬、毛泽东、观世音、布袋和尚、爱因斯坦等人，天色渐黑，邢大舅虚指着远方一朵浮云，大声说："玛丽莲·梦露。"引来一片掌声。观云比赛就此结束。邢大舅对众人说："明天开始祭神，晚上有空的到观里帮帮忙。"一人问："大舅，我不明白，为什么今天观云，按理说要明天才观云呢。"邢大舅说："叫你什么时候观你就什么时候观。这是花镇长昨天订下来的事。"那人一脸傻相地还问下去："早一天观云，是不是就想早一天祭神？"邢大舅不耐烦地回答说："我×你妈！花镇长高兴，想什么时候祭神就什么时候祭，这里他说了算。"

大道观藏在镇子中间，原也是一座民房，后来改成了一个小道观。道士都是信正一教的，白天到观里点个卯，晚上全都回家去了。只有看门人老邬时时刻刻守着观门,留着神。

老邬吃过晚饭后,突然困倦,歪在被子上睡着了。他做了一个梦,他梦见了一片一望无际的森林,"张水痴"从森林里迎面走过来,手里提了一只透明大塑料袋,里面装满了水,对老邬说:"这是水!"

老邬盯着那水看,没敢回答。

外面有人敲门了,老邬醒过来。开了门,放进七八个来帮忙的人,娘儿们居多。与往常一样,他们先不忙着布置明天的祭神会,而是围坐在老邬的床边,抽着烟,嗑南瓜子,说闲话。老邬的大黄狗温顺地躺在地上。

老邬问"张水痴"的隔壁邻居范婆婆:"张水痴还好吧?"

范婆婆吐出一口瓜子壳,显得见多识广地说:"谈不上他有什么好不好的,他就是那个老样子。"

老邬笑道:"我刚才做了一个梦,看见他手里拿着一袋子水,对我说,这是水。我睁大眼睛看看,确实是水。但我没敢吭声,怕他有啥鬼名堂。"

范婆婆摇着手说:"哎哟,你不要这么说。这个人看上去奇奇怪怪,其实是一个大老实人。你不用提防他。这一家祖祖辈辈都老实的。说也奇怪,祖上成了神仙,放在这里千人供养,万人磕头,后代当中竟然没有一个发达起来的……"

老金根打断她的话说:"你不懂的,张霖也是死在了老实上的,死得太老实了,人家当成笑话讲。皇帝微服南下,听见了这个笑话,不忍心,才赐给他两个字。他成神仙也是赐字后来的事。"

范婆婆问道:"什么笑话?我怎么从来没听说过?……"

花码头一夜风雪 239

老邬咳嗽一声，大家知趣地中止聊天，都站起来到殿里面去布置了。老邬把观里所有的灯都开亮，放下这一帮人，独自提了竹篮子到花码头街上买供奉的水果。他天天都看见张霖的神像，一年四季给神像供鲜果和花，他才不愿意知道张霖是个笑话。

老邬走在街上，突然想起了江吉米。江吉米离开了花码头镇，就朝福建去了。福建肯定比这里要暖和一些。老邬和他相处了一个星期，知道这个人是一个真正的修行者。今晚真的很冷，从二十度降到了零度，路面积水的地方"吱吱"地响，那是结冰的声音吧？风一阵紧着一阵，像一群孩子的哭叫。老邬在街上买好水果就走回去了，除了香蕉、苹果和橘子，他还买了自己喜欢吃的花生米。这时候风略小一些了，雪一大片一大片地从天空飘落，他抬头看看天，预料到这场雪会下得很大。

老邬路过镇中心的码头时，房屋角落里伸出一只手拉住他，原来是邢大舅。邢大舅在他的竹篮子里拿了一串香蕉，哆嗦着手分给身后的几个人。身后那几个人的身影是邢二舅、邢三舅、邢二舅的儿子……老邬不敢多看，小跑着离开了。回到观里对范婆婆说："今夜里恐怕要下大雪了。"片刻又说："邢住持带着人藏在码头花镇长家那边，不知道又想做什么？"范婆婆上来打了他一下，声音颇为清脆地说："老邬，你千万不要去管这件闲事。既然你看见了，我就告诉你一个秘密。刚才我不敢说。张水痴的儿子张小虎闯大祸了……"老邬眯起眼睛想张小虎的模样，张小虎小时候经常和一些孩子到观里来玩耍，忽然就不再来了。有一次老邬走在街上，听到有人在身后喊："张小虎。"他回头一看，看见了张小虎，才知道他为什么不来观里玩了，因为他长成个大人了。老邬说："我知道的,一个俊秀的青年,戴一副眼镜。"范婆婆说:"正是。长得很俊。眼睫毛长长的,齐刷刷的一排,顶到眼镜片子上。女孩子都不如他俊。他和花镇长家里的女儿花亚好上了,好多人都知道的,就瞒着女方家里人。昨天花镇长在家里拷问花亚,原来女的怀上了,还想跟张小虎私奔,定的就是今天夜里。我刚才到张家看了一眼,张小虎他妈寸步不离地看着他呢。花镇长已经放出了话,就等着男方露面,打他个半死不活。"老金根走过来说:"咱们在这里议论一句镇长,说实话,花家和他那一门子亲戚,没啥水平。"

老邬对范婆婆说:"你怎么知道的?"

范婆婆说:"这等大事,镇上谁人不知?几头消息一凑起来,就明白了。"

老邬问:"明白了干什么?"

范婆婆说:"等着看好戏啊!"范婆婆精神抖擞,浑身有劲。

花镇长昨天下午在家里审女儿时,张小虎就知道了。告诉他的人很多,范婆婆、张婆婆、老金根……诸多的人从他家的后门来来往往,不断地带来关于花家的最新消息,告诉他花亚一直没有供出他的名字。今天一天,张小虎几乎没有吃任何东西,到了晚上,妈妈终于进了厨房。他打开窗户,看着天上的鹅毛大雪,想起今夜约好的私奔,一跺脚,从家里冲了出去。他的母亲在厨房里听见声音,随后冲出去一把抓住他,抱着他的胳膊,在薄雪地里拖了老远。眼看着气力不支,腿软手酸,只好放了手,对着儿子的背影叫喊:"下大雪啦,早点回家。到了花家,看一眼就回来,千万不要承认是你干的。留得青山在,不怕没柴烧。"回到家门口,看见邻居们都开了门看她,她忽然冲他们笑了,嚼着嘴里的半口剩面条,自嘲着说:"你们看看张家的种!好样的!"她关了门,听见邻居李阿姨在外面说:"她为什么不跟了去?"另一个叫梅娣的女人体谅地说:"花镇长什么样的人,要是我,我也不敢跟了去。"梅娣的丈夫也是画家,他自有高见。他说:"张神仙是运气好,额头碰到天花板上,皇帝怜惜他,赐了两个字,又转成了神仙。小辈就没有那样的好运气了。张水痴嘛,他要是好好地做事,现在说不定也是我们白菊湾的书法协会的会长了,要啥有啥……"另一位邻居金大男叫起来:"哎呀,我刚才看到他了。吃晚饭前,我骑自行车从蓝湖那边过来,看见他趴在湖边,耳朵对着湖水听什么声音呢。说不定现在还在那里趴着看水呢。"

张小虎的妈端起一只杯子朝地上一扔,外面说话声马上中止了。既然儿子抓不住,她得去找到丈夫。今天一天她没见到他。她戴上绒线帽子,围了一条厚围巾,拿上伞的时候想,她这个人,父母生下来的这个身体不是用来吃饭穿衣的,而是用来寻找这一对父子俩的。

风大雪大,伞在风雪里摇摇晃晃,像汪洋里的一只小船。

张小虎挣脱了母亲的手,大步流星地赶到花家门口。因为下了雪,邢大舅带着的那些亲朋好友,一个一个地回家去了,只剩下邢大舅一个人,沮丧地进了花家,坐在那里等着花镇长的老婆煮姜汤喝。花镇长的老婆一面煮姜汤,一面唠叨:"去年姜上市的时候,两块钱一斤,今年六块钱一斤。手里的钱越来越少,镇长镇长,还不如到区里干个副局长。"说着说着,话开始无边无际:"花亚不出这件事,好歹也能嫁个区里的或者市里的干部。现在可好，看谁还会要这种垃圾货？"一偏头，又想起一件事："区财政局的赵副局长好像刚死了老婆，不知道……"邢大舅瓮声瓮气地打断她的话，说："不是那个大麻子吗？他是山里人，哈，哈，山里大麻子。"

张小虎举手敲门，邢大舅站起来开了门。两个人面面相觑，张小虎不由得显出畏缩的样子。他定了定神，才大着胆子说："我，我找花亚。我爱花亚！我，我是……我就是……"

大道观里，布置完毕，帮忙的人陆续与老邬告别。老邬站在门外，送走最后一个人，关上门。他的黄狗前后跟着他，一齐进了屋子。老邬在大黄狗的注视下一只一只地关掉电灯，带了大黄狗到门房里睡觉，他没有来由地想，也许今天夜里还会梦见张水痴呢。

今天他是累了，不知睡了多久，外面的风雪地里突然出现嘈杂的人声，老邬的大黄狗听到了动静，马上在黑暗里伸长了脖子，竖起耳朵，嘴巴里发出低沉的"呜呜"声，它怕吵醒主人，不敢放开喉咙叫嚷。就是这样，老邬也被它吵醒了。醒来后听到外面的声音，披了衣服，灯也不开，开了门出去看个究竟。

漫天的大雪，纷至沓来，轻舞飞扬成一个柔和美好的世界。

出了门，外面突然变得悄无声息。铺子前挂的红灯笼照着前面路上几个人，这几个人正低头看着路上的什么东西。老邬走近一看，路上趴着一个人，隐隐地嗅到一股血腥气正从这个人身上散发出来。老邬想把这个人翻个身，刚伸手出去，围着的几个人就散开走了。其中一个人说："老邬，你不要多事。这是张家小虎，自己送上门去找花亚。被镇长和邢大舅打了扔在这里。"另一人问他：

花码头一夜风雪　　243

"听说除了镇长和邢大舅,还有一个人过来打。这个人是谁?听说谁都看不到他的脸,因为他蒙着脸。这事真怪。"先前说话的这人回答:"也不怪,明天祭张霖神,他怕打了张小虎被神责怪,所以蒙着脸。但是你看着好了,他一定会到花家去表功的……咱们走,明天有谁问起这些事,我一概说不知道。"后说话的那个人响应:"对,咱们什么都不知道。"

现在,昏迷的张小虎边上只有老邬和他的大黄狗。大黄狗并不能分辨人间的是非,但它具有无比的怜悯心。此刻它温柔地在张小虎身上嗅来嗅去,并把爪子搭到他身上,小声叫了几下,让张小虎快起来,不要让它的主人担心。

老邬想,这下子怎么办好呢?

他决定先把张小虎叫醒了再说。于是他双膝跪下去,把张小虎翻转身,凑着他的耳朵,说:"张神仙保佑你!张小虎。下大雪了,你快点醒过来。"

只是蹲了片刻,老邬的身上就挂下了雪帘,从屁股那里快连到地上了。正在无望的时候,张小虎突然说了两个字:"饿啊!"然后又不吭声了。

老金根匆匆忙忙地过来了,他低头看了看张小虎,说:"我在家里听说他的腿被打断了,他真傻,为什么主动去承认这种事呢?咦,我说这里除了你,怎么一个人也没有呢?"他搓着手,把老邬拉起来朝观里推,一边说:"我知道了,这时候谁也不想惹事的。老邬,你是个好人,但你也要替自己想想,你那看门人的位置好些人想呢。你回老家的话,无儿无女,又失了地,靠什么养活你自己?你看你身上,都是雪。"老邬被老金根推着跑,低了头,嘴巴里"呜呜"地答应，又像在哭。大黄狗跟着他们。

到了观门口，老金根破天荒地俯身摸摸狗脑袋，夸奖它说："好狗，真是一条好狗啊！"对老邬说："老邬啊，快睡吧。想开些，这世上哪天不死人？我们都要想开些啊。"

老金根走了，老邬推开门进去，依旧不开灯，坐在床边，心里想着外面的事。衣服上粘着雪，感觉到身子很沉，心也一样沉。

老邬终于站起来了，从抽屉里拿出刚才在街上买的那包花生米，揣在口袋里出门去了。大黄狗已经想睡了，但是主人出门，它是一定要跟着去的。它非但跟着，还表现出高高兴兴的样子。

老邬再次来到张小虎身边，他已成了一个雪人。老邬屏气凝神一听，听到了张小虎的喘气声。他就打开装花生米的塑料袋，从里面抓了一把放在张小虎的脸边，然后他往回走，走几步放一些花生米。一包花生米正好散到门口没有了。老邬进门了。他提了水果，抱了自己那床厚棉被去了殿后的张神仙像边，把被子放在神像底下，水果供在神像面前。做好这些事，他把前门开了一条缝，门里门外用砖块固定。然后他开了灯。灯光便从门缝里透了出去，尖锐而冷静地照着外面的纷纷大雪。

张小虎的妈妈冒着顶风来到蓝湖边上。湖边的雪比镇上的雪重一些，像沙子一样打在伞面上。她看到湖边走动着几个承包湖面养水产的人，就上前问他们是否看到张水痴了。但是他们都说没有看到，因为他们也是下了大雪以后才来的，这样的大雪，几步外就看不到人了。

张小虎的妈妈站在湖边，快哭出来了。

花码头一夜风雪

镇上，花镇长和他的老婆，加上邢大舅，三个人拖着花亚，把她架到了私人医生李八福家里。李八福手艺挺好，就是脑子受了一些刺激，有点糊涂，所以，他是这个镇上唯一敢于大声嚷嚷的人。他听到敲门，不情愿地开了门，一开门，险些被镇长推了一个跟头。他马上大声嚷嚷起来："为什么？为什么？你是镇长就能欺负我？走，走，你们出去。我要睡觉。"邢大舅举了手，上去打了他一个耳光，说："我看你是装傻。"李八福还是嚷嚷："谁说我装傻？谁说我装傻？镇长打人啦！"镇长老婆只得掏了三百块钱塞到他的手里，赔着笑说："李医生，你不要叫喊。手术做好了再给你加钱。"李八福就去找白大，嘴里还在说："三百块算什么，我听说去年镇长从派出所所长那里就拿了五万块好处费。你们坦白一下，是不是有这回事？"

他拿下塞在花亚嘴上的布，花亚勒尖了嗓子，放声大哭。她的哭声透过风雪游丝一样散到镇子的每个角落。这时候，蓝湖边上，张小虎的妈妈终于找到了丈夫，他一动不动地趴在水里，被风吹得紧紧地贴在湖边，浑身上下洒满雪花。他是如此安静，好像他的世界里从来没有过风。张小虎妈妈扔了伞，拼尽了力气，号叫起来。

李八福的诊所里，邢大舅走了，镇长夫妇坐在手术室外面，听里面的动静，这手术快完了。镇长的老婆长长地出了一口气，突然有了拌嘴的欲望。于是她说："这下好，咱家臭了。"镇长最不喜欢听到这种话，反驳道："你说什么呢？难道你没看到我的本事吗？我让他们提早一天观云、祭神，他们谁敢说个不字。我想怎样就怎样。"镇长的老婆说："你还敢这样说，我们可把神给得罪了。"镇长梗起脖子,眼睛斜睨着说大话:"我是连神也不怕的。张霖算个什么东西?一个莫名其妙的人,莫名其妙地封了神。告诉你,他的像早就在'文革'中毁掉了,现在这个,不过是新货,没有灵气的。你见识少,所以什么都相信。"镇长老婆做出不屑的样子朝镇长的软肋进攻,这种说话方式让她心里轻松不少。她说:"呸,在我面前摆谱,想也别想。我还不知道你,区长骂你几句就能叫你尿裤子,真是想不通这镇子上的人怎么都怕你。我可不怕你,少在我面前装蒜。"

  镇长老婆出完了心里的气,惬意地靠着墙,合上眼睛休息。镇长的电话响了,是派出所的所长打来的,他告诉镇长,张水痴死在蓝湖里,这个人爱水如命,常到蓝湖边上去看水,应该是赏水的时候失足跌落湖里死去的。镇长挂了电话,嘀咕道:"这样的死法,在咱花码头镇,是千古以来第一人。"转过脸对老婆说:"张水痴这东西死了。"他老婆说:"死了与我有什么关系?我在想一个问题,咱家女儿喜欢张小虎什么?"她说了这句话又倚到墙上了,闭着眼睛说:"也许喜欢他的眼睫毛吧。"

  张小虎醒过来了,他的眼睫毛上沾满了雪,他费了好大的劲才睁开眼睛。然后他就闻到了一股炒花生米的香味,他伸手在脸边一摸,真的摸到了一把炒花生米。就像发生了奇迹一样。

  他饿极了。吃掉那把花生米后,他身上有了气力。他忍住腿上的疼,翻过身,像狗一样用鼻子四处嗅。风里继续传过来花生的香味,就在两步远的地方。

  就这样,张小虎被老邬的花生米一路引着,拐过了一个弯,就看见了大道观，观门开了一条缝，灯光从里面透出来，温暖得令人安心。他知道，这是今夜收留他的地方。

大道观里，黄狗刚吠了一声，就被老邬按住了头。凌乱的脚步声朝着后殿去了，那正是老邬计划好的。过了一会儿，老邬起来，关上了门。拿着手电筒悄悄地到后殿，张霖神像的下面，张小虎缩在老邬的被子里，已经睡着了。供奉给神的水果也吃了大半。老邬看一眼威严的张霖，叹着气走了。

张霖，按照清朝末年的白菊湾地方志上记载，他原先只是一个凡人。那年大旱，两个月没有下雨，蓝湖快要见底。县官请来了法师求雨。法师说从神那里得到启示：去问一百个人，一百个人如果说今天会下雨的话，那么这雨过几天就会下了。县官亲自跟着法师，一路上问了九百九十九个人，九百九十九个人都看着县官的眼色回答法师说：今天会下雨。无一差错。问到秀才张霖时，他是第一百个人。张霖听到法师的问话，忽略了县官的眼色，略懂天象的他，从容地看一眼天空，说："天上鱼鳞斑，明天晒谷不用翻。不要说今天，明天也不会下雨。"他第二天就被处以死刑。罪名是妖言惑众。他死时倒是有种，大声呼喊："我说真话，何罪之有？父老乡亲你们看，这天上一丝云彩也没有，我说不会下雨就是不会下雨。"

张霖死后半月，这地方才下了雨。

皇帝下江南，来到蓝湖边，听说了这件事，笑得不可开交。后来心血来潮，就给张霖写了两字以示表彰：彰霖。意思是张霖的死才把雨水带来了。从此张霖就是本地的雨神了。

老邬看过张小虎，放心地回到自己的屋里睡了。他真的又梦见了张水痴。张水痴的手里还是拿着那个装水的塑料袋，对他说：

"老邬，你是个好人。你救了小虎，我就放心地上天了。"老邬有些奇怪，问："你为什么要上天？"张水痴笑着说："这个事不要提了。我想和你说的不是这件事。我告诉你，我一直像一个孩子，总能活在自己的世界里。"老邬在梦里开始流泪，睡在地上的大黄狗醒过来了，惊异地看着哭泣的老邬。它听到老邬说："我也想做一个孩子，永远不要长大……"梦里的张水痴继续说话给老邬听："我一生爱水，世上没有人像我这样爱水。我敢说，世上每一条河的水我都认识，哪怕我没见过的。"老邬说："我听不懂你的话。"张水痴走近了一步，举起手里的水说："这是蓝湖的水，我带着它上天堂。我真的是世上最幸福的人，因为就在今天傍晚，我听懂水的语言了。我听到蓝湖里的水说，下雪了。我抬头一看，天上真的下雪了……"

大黄狗忍不住叫了一声，把老邬叫醒了。窗户上一片雪光。老邬探头一望，花码头一夜风雪，外面是银装素裹。老邬擦掉脸上的眼泪，想起刚才做的那个梦，感叹说："张家有救了，出了一个会撒谎的人，听得懂水的语言？"他笑起来。

2009年3月3日—13日

另类报告

　　白菊湾的菊花盛开时，无论刮多大的风，空气里总有一股浓浓的菊花味道。

　　旅行家江吉米第一次路过这里时，漫山遍野的野菊花正开得无比俏丽。为了这些花和空气中的花香，他决定住几天再走。花码头镇上那些挂着灯笼的旅馆和酒店，他都不喜欢。他喜欢那所素朴的大道观。大道观的道士都是正一教派的信徒，置房置地，娶妻生子。平时只有看门人老邬和他的大黄狗看守着道观。

　　老邬隔着铁栅栏听江吉米说明了来意，放下手里的针线活，稳稳地给江吉米开了门。门外的垃圾桶边乱扔着几只装满垃圾的塑料袋，还有十来枝新鲜的野菊花。老邬把垃圾袋捡起来扔进桶里，再捡起地上的野菊花，吹去沾在花上的灰尘。

　　观里没有开电灯，点着善男信女们供奉时没燃尽的蜡烛。江吉米一眼看到烛光的暖色时，看到屋子里呈现出的明暗层次，心里莫名地感动起来。他特别不喜欢两样东西，一样是电灯，一样是柏油马路。在他看来，这不过是西方劣质的物质文明，不幸在全球倾销成功。

　　吃晚饭的时候，饭桌上放了一只水杯，里面插着一大把野菊花，很显然这就是垃圾桶边的花朵。江吉米看了看野菊花，想到了垃圾的事，感叹道："自私的人啊！"老邬抬起眼睛，看了他一眼，没说话。

第二天下午，江吉米穿了白衬衫和打着补丁的黄军裤，带着照相机出去了。老邬坐在门口的槐树荫下剥黄豆，一面看着风摇动白玉兰的叶子。他身后什么时候出现了一只玩具娃娃？他不知道。但是大黄狗看到了，它远远地坐下，严肃地盯着玩具娃娃，然后起身跑走开了，似乎已打定主意要回避这件事。

老邬随后发现了地上的玩具，心里充满奇怪。他还从来没见过这么豪华的洋娃娃：一头长长的波浪金发，粉红色镶蕾丝的连衣裙。神情高傲而矜持。它的衣服上还吊着一张簇新的价码标牌，表明它还是新的。

"五百八十元。"他念道，自嘲地笑了一声。他一个月的工资才四百元。现今镇上有好几户富得不知道东南西北的人家，也许就是他们家里遗落的。

老邬写了一张认领的纸条贴在门上，把玩具娃娃挂在门环上，半天过去了，没有人来认领它。花码头镇上，消息和流言传得一样的快，谁家缺了拖把上的布条大家都会马上知道，何况这么贵重的东西？看来这是一只无主的玩具娃娃。老邬的老婆早就死了，他无儿无女，也没有再娶。

傍晚时分，门外走过一位个子高高头发浓密的女孩，是花镇长的女儿花亚。她正在上高三，明年夏天就要考大学了。老邬走出门外，叫住花亚，把玩具娃娃交给了她，并且胸有成竹对她说，这是一只无主的洋娃娃，也许是王母娘娘特意赐给她的。

花亚神情冷淡地看了娃娃一眼，迟疑地接过它走了。她看上去不太喜欢这个娃娃，也不太喜欢老邬。老邬在她的背后接连叹了好

另类报告　251

几口气,他明白这个女孩子内心非常不安。她的不安也让老邬感到不安。

傍晚,滚烫的太阳消失在西边。对于太阳,花码头镇上的人都信誓旦旦地说,太阳西沉,其实是掉到蓝湖下面去了。蓝湖下面有一个无底洞,里面的金银珠宝把洞照得通体透彻。太阳每天晚上就睡在洞里面。它就像一个皇帝一样,拥有无数价值连城的宝贝,而别人连看一眼的机会都没有。

信仰神秘主义的人真是不少。就在一个星期前,水产养殖户赵大和赵二,在请客喝酒的时候情绪饱满地宣布,他们在蓝湖边上看到了一只闪闪发光的金钱豹,但是眼睛一眨就不见了。宴席上所有的人都在问他们,这金钱豹身上的斑纹,是不是金子做的?

金子!中国人什么都可以不要,唯独不能缺少金子。

拿了玩具娃娃的花亚经过公交车站时,看见站台后面的丝瓜架边上,站着一个很脏的胖女生,背着书包,手里拿着一个破的易拉罐。穿着一条花短裙,上面的白花脏成了灰色。脚上穿着一双拖鞋。头发乱糟糟,脸上有红晕,很腼腆的样子。她的红晕,让花亚觉得十分难过,感觉到她是一个好女孩,只是发生了一些事,让她成了这个样子。是的,世上很多事都是这样的。

正好公交车来了,花亚含着眼泪跳上车子,坐了一站的路,来到了蓝湖边,坐在树丛和芦苇之间的草地上,捂着头哭起来。她的哭泣,一大半是为了张小虎,这个班上最帅气的男孩,她爱上了他,而他爱着别人。下午,他给了她一张纸条,他在上面写着:花镇长家里的人,我一个也不喜欢。他们都是冰块做的,夏天不用开空调。纸条的另一面,是花亚留下的字迹:张小虎,今生今世,我只喜欢你一个人!

有人拍拍她的肩膀。花亚吃惊地转脸一看,是那个胖女孩。胖女孩笑嘻嘻地说:"你手上的娃娃是我的。"花亚瞄一眼玩具娃娃的价目牌,疑心重重地问道:"我从来没见过你,你住哪里?"

胖女孩指指湖水里的一棵大柳树。这几天下了大雨,湖水淹没了许多岸边的树。大柳树的一小半露在湖水上面,柳树的顶上,结着一只灰色大鸟窝,就像一个人,大半个身子浸在水里,露出一个戴着草帽的头。"夏天,我就睡在鸟窝里。"她还是笑嘻嘻地说,"但是冬天,我睡在土里,土里暖和。蓝湖边上的土真暖和,又软又松,不干不粘,黑油油,香喷喷的……"

花镇长从赵大赵二家里出来,一回到家里就埋头写一份报告,这是崔区长让他写的。崔区长是一个小有名气的书法家,他喜欢下属使用钢笔,当然最好是毛笔。

金钱豹的传说已经到了区长老崔的耳朵里。其实他也不敢相信这件事,但是他心里又愿意这是真实的事情。他的区财政收入连续三年是全市最差的。蓝湖生态环境在变好,也许会有一些珍禽异兽重现江湖,赵大赵二看见的东西,不一定是金钱豹,但肯定是野兽无异。野兽,意味着什么?意味着蓝湖不仅仅是生态环境好转那么简单,它还具有莫大的旅游价值。他红着脖子,眼睛发光,给花镇长打了半个小时的电话。半个小时过后,花镇长才算听明白了,原来老崔要一份蓝湖生态环境的调查报告,他想在报告中看到一个令人鼓舞的前景,因为蓝湖除了野鸡野鸭野兔黄鼠狼之类,还应该有一些让人难以置信的东西。金钱豹当然好,没有金钱豹,野鹿野獐也好啊。

花镇长赌气说:"蓝湖又不是花码头镇的。凭什么让我写?再说了,凭什么相信赵大赵二的话?这俩东西喝完酒,还没回到家,路上就把说过的话否认了。"

老崔问:"谁说的?"

花镇长说:"我刚才去过他们的家里了,两人不在,他爹老赵在。老赵说……"

老崔说:"我不管。总之你先去调查一下,写个报告给我。"

花镇长说:"啥金钱豹?八辈子没看到了。我爹小时候还看到湖边有野兔,我小时候只看到野鸡了。现在可好,连野鸡都看不到了,只能看到个把黄鼠狼。"

这份报告有些难写,花镇长咬着钢笔杆,眼睛斜睨着他太太穿着紧身牛仔短裤的屁股,她正在屋里来回烦躁地走动,一面打着手机,说话的声音比外面的黑市电动车还响。花镇长沮丧地想到一个问题:为什么这世界女人越来越像男人?而男人越来越像女人?花镇长的太太在邮局工作,副局长。她是一个三角脸的女人,三角脸的女人往往身材特别好。她就是这样,这副好身材不知倾倒了多少人。传说区长老崔喝了酒以后,常常对人提起花镇长老婆的好身材,说他见过无数女人,只有花镇长太太的身材是最好的。

镇长太太挂掉手机对镇长说:"花亚跑到蓝湖边上去了。她说她和鬼在一起。我叫她回来,她说她宁愿和鬼在一起。"花镇长恼火地说:"那就让她把鬼带回来吧。"

湖边，胖女孩对花亚说："你为什么这样对你的父母说话？你有父母多好啊！我的父母早死了。我找不到他们的魂。"花亚沉思了一会儿，提出一个条件："你说的话比较有趣。如果你是一个鬼的话，你要证明给我看。"胖女孩说："不用了吧，你会害怕的。你只要知道我是一个鬼就行了。"她突然伸出舌头，把花亚吓了一跳。胖女孩儿得意扬扬地说："哈哈，湖盗老大说得对，人是胆小的。比鬼还胆小。"花亚重新坐直了身体，问她："鬼胆小吗？"胖女孩说："胆子小得不得了。你想，世界上的鬼比人多，要是他们胆大敢出来的话，你们一天到晚都能见到鬼了。"花亚说："你不是出来了吗？""我想出来散散心，找一个朋友聊聊天。"胖女孩专注地看看花亚，说："你对我不感兴趣，我走了。"她一挥手，变去了那只洋娃娃，再摇动一下脑袋，变成了一只肥胖的八哥，抖抖翅膀，飞上了天。花亚站起来朝八哥喊道："小胖鬼，回来。我做你的朋友。"

八哥飞回来在花亚头上打了一个旋，开口说道："我叫小胖，小胖是我。花亚姑娘，你笑笑。"花亚忍不住大笑一声。八哥再打一个旋，飞下来变成胖女孩。花亚问她："你还会变什么？"小胖说："还会变金钱豹……八哥和金钱豹。"花亚拉起小胖的手，很功利地说："你看，我们是朋友了。张小虎不爱我，还打击我。你去给他变个金钱豹看看。"

花亚个子高，头发又长又密，略微有点卷曲，小胖又矮又胖，头发稀少。两个人站在一起，就像老天有意安排着让人发笑的。小胖拉着花亚的手走路，心里想，这么美的女孩儿，又是没什么缺点

另类报告　255

的。不像我……唉。

小胖抬起头看一眼花亚，赞美她说："你真好——又漂亮又好！"手上用了一点劲，表示真心诚意地这么说。

她俩在蓝湖边看到了张水痴，他是张小虎的父亲。他爱水如命，近来他到处散布一个谬论，说水也有语言，只是人类听不懂。当然他也听不懂。花亚和小胖离开了蓝湖，在一片开满野菊花的荒坡上，她们看见了江吉米，江吉米对着她俩举起了镜头，一连拍了许多张。

现在花亚和小胖挽着手朝镇上走。下午五点钟了，正是大家出来采购食物的时候，她们看见了老金根、范婆婆、李阿姨、梅娣、私人医生李八福——他后来替花亚打掉了肚子里的孩子——张小虎和花亚的孩子。此时他疯疯癫癫地对花亚说："人最宝贵的是什么？是钱！是他妈的钱！当官也是为了钱！一切都是为了钱！花亚小姐，是不是这样？"小胖被他的神情吓住了，紧紧贴住花亚的身体。花亚捏紧小胖的手轻轻说："别理会他。这是一个疯子！——对我来说，最宝贵的是张小虎。"话音刚落，大道观的住持邢大舅一只手抱着一只公鸡，一只手抽着一支雪茄烟，拿腔拿调地说："花亚，你怎么还不回去呀。你妈妈在家里很着急呢。"邢大舅是花亚的舅公，但他说的话，花亚从来不听。花亚停下来，阴森森地说："我的事你别多管，要不然的话我一把火烧了你的大道观。"邢大舅站在那儿，伸了伸舌头。然后掐灭雪茄，这雪茄烟是一个外国人赠送给他的——两年前的事了。他每天都在享用着雪茄，有时候点着了，有时候干脆就是没点火。两年了，才用掉两根。照这个速度推算，这盒雪茄烟他可以用上十年。

张小虎的家门口。

张小虎的妈妈在井台上洗菜,看到花亚,诙谐地说:"花姑娘来啦?张小虎跟董莉姑娘在屋子里做功课,刚才他们搂在一起了,被我打了一下,没打散,还在里面呢。你推开门就看见了。"

花亚没去推门,而是拉着小胖来到张家的后窗边,从窗户望进去,清清楚楚看见张小虎和同班同学董莉坐在一条长凳子上,亲热地说着话。董莉一抬头发现了花亚,矫情地说:"花亚,你不要乱想。我们可没干什么,我们在做功课呢。"花亚气恼地对小胖说:"小胖,变个金钱豹子吓死这个女人。"看上去小胖不喜欢干这件事。她红了脸,死命地拉着花亚,想把花亚拉走。张小虎推开董莉,走到窗户边,对花亚说:"我早就说过了,花镇长家里的人,我一个都不喜欢。"张小虎的妈在屋前面支着耳朵听里面的动静,一边洗菜一边感叹:"我家小虎有什么好?除了眼睫毛长一点。其他处处都落在人后——就和他爸爸一个样子。我真是想不通为什么有这么多女孩子追他……当然,我也想不通我自己……"

窗户"啪"地一响,把她吓了一大跳。她摇了摇头,不需要过去看,她都知道是张小虎把窗子关上了。

花亚在紧闭的窗户外差点哭出来,她死死地盯住小胖。她并不知道小胖恐惧的时候,什么都变不出来的。

花亚带着小胖踏进家门。邢大舅已经来过了,他的公鸡正在院子里熟悉新的环境,脚上拖着一根布条,脸色已经恢复正常。

花镇长没写成那份报告,心里窝着一肚子的气,恰在此时他老婆又开始埋怨他的官位太小,做人不行。火上加火时,他一

另类报告　257

眼看到花亚带着一个难看的胖女孩进门，立刻骂道："你成天死在外面瞎逛，高中毕业了想干什么？"花亚接着话头说："想寻死，重新投胎。"花镇长翻动眼珠想不出恰当的话予以反击。恰在此时他老婆的手机响了起来，接着他的老婆跑出去打手机。过了片刻，他老婆又一阵风一样跑回来，满面春风地说："死鬼，崔区长问你的报告还有没有写好呢。他说过一阵子区里有两个局的局长位置要调整，到时候也要推荐你呢。"花镇长不高兴地说："哼，凭什么不给我打电话？升官的事，比命还重要呢，说什么也应该亲自对我本人讲。"他老婆带着恶意说："凭什么非得和你讲？就凭你这个木头脑子？"花镇长知道这时候应该转移话题了，马上看了一眼小胖，对花亚说："你不是说要带一个鬼回来吗？这就是你带回来的鬼？哼，长成这个样子倒是少见，比鬼还难看呢？这是哪家出来的？"

江吉米晚上就在大道观里吃老邬煮的新米粥，下粥的菜是一大碗小葱炒毛豆，一大盘煎馄饨。江吉米说，饭店里的肉鱼海鲜算不上"吃"，这才真正叫作"吃"。吃完这顿舒服的晚餐，江吉米去了镇子中心的照片洗印店。过了一会儿，他拿到照片一看，发现了奇怪的事：两个女孩的照片上，只有高个子女孩的影像，一只手好似挽着什么东西。江吉米拿照片给店里的伙计看，那伙计说，高个子女孩是镇长家的女儿花亚，是个冷脸冷心的家伙。她家就住在镇上，花码头镇十八号。

江吉米听到了店伙计对花亚的评价，心里很不舒服，他最不喜欢的一种个性就是冷漠。他犹豫了片刻，还是决定去找花亚。

这些照片太不寻常了，也许她会碰到什么麻烦，他有责任去提醒她一下。

江吉米到了镇长家门口，听见里面一个女孩子的声音喊叫着，要叫什么东西"变"。还有一个女人带着颤音地笑。他上前敲敲门，喊叫声和笑声一起停止。来开门的正是花亚。花亚冷冷地看着他，她认识这个拍照片的人。

江吉米好奇地朝屋里看看，他看见了镇长和他的太太，他太太的嘴边还挂着刚才的笑。那个胖孩子神色惊慌。镇长太太的身材真好，一个东方女人居然有这样好的身材！江吉米想到了自己的照相机。可惜没带照相机。

镇长太太迎着江吉米的目光走上来，客气地问他："你有什么事吗？"江吉米把照片递给她，说："你是花亚的妈妈吧。我下午给花亚和……"他朝屋里的胖女孩看了一眼，说："和这个胖孩子一起照了几张照片，但是不知道为什么，照片上只有花亚一个人。"

镇长太太拿过照片一看，脸色变白了。她转眼看着小胖，小胖站在那儿，害怕得浑身抖起来。对于人类来说，她是异类。狗、猫、猪、鸟等，都是异类，人类统治着地球，吃所有的异类。人类实在太强大了！她也是异类，但是人类害怕鬼魂，只是凶狠地驱赶她，不让她接近人类。就是在这种情况下，她被人类驱赶过无数次了，有时候是火，有时候是棍棒。也遭受过很传统的驱赶方法：屎和尿混和着朝头上淋。

镇长朝后退了一步。镇长太太及时地一把拉住江吉米，声音尖锐地叫喊："你不要走！帮帮我！"江吉米走南闯北，见过许多怪

另类报告　259

异之事。他还镇静着,所以他听到镇长太太的那句话——帮帮我,而不是帮帮我们。

小胖拉住花亚,昏头昏脑的,变成了八哥,飞起来,一头撞到了窗户玻璃上。掉下地,挣扎着爬到花亚的脚边,趴下不动了。花亚抱起八哥,拉长了脸,眼睛看着地下,嘴巴飞快地蠕动起来。她是在骂人,虽然谁也听不到她在骂谁,骂些什么。凭她的样子,一定是在咒骂自己的父母。

江吉米非常吃惊。他吃惊的不是小胖变成了八哥,而是镇长这一家子的关系。

花镇长到这时候想到了对策。他从自己的裤腰里悄悄抽出牛皮裤带,瞄准了花亚和她手上的八哥,就要抽下去。江吉米拉住了他的皮带说道:"你真莽撞!"他伸手搂过花亚:"走。你们跟我走。"

他们走到蓝湖边,刚在大堤上坐下来,花亚怀里的八哥就变成了小胖,把花亚压得仰头倒下。江吉米说:"丫头,"他是对花亚说的,"我带你出来,没别的事,是叫你把头抬起来看看月亮,看看青山绿水,再闻闻这空气里的花香。"花亚语气生硬地说:"干什么?"江吉米说:"感受生活的美。"小胖说:"月光下的蓝湖水多美啊!"花亚低下头不说话。于是江吉米说:"花亚,眼睛不愿看这些美丽的东西,肯定心里有别的想法。那你说说你现在心里是怎么想的吧。"花亚说:"我希望董莉明天进教室的时候,一头撞死在门框上。我希望我爸我妈明天就过到八十岁,连那只公鸡的肉都啃不动,喝汤流到脖子里。张小虎呢,他终身不娶。……邢大舅抽雪茄的时候呛死。我们校长脑溢血。还有……"

江吉米吃惊地站起身就走,说:"说什么看月亮,闻花香。你这种人……没用了。"

江吉米走到一半的路,才想起小胖是个鬼。但他又想,为什么会忘了小胖是个鬼呢?因为小胖实在不像一个鬼,她可爱、善良,比人还好呢。江吉米想到这里,拍打拍打自己的脑袋:你怎么能这么想呢?比人还好?……你内心里不信任人了?不行不行,你和花亚一个样子了。你什么时候变得不信任人了?……想想,好好地想想。

江吉米一路走一路想,想了又想,想不出自己是什么时候变得不信任人的。

江吉米今晚的思绪有些乱了,在他四十年的旅行生涯中从没有出现过这样的情况。当他孤独地穿过大沙漠时,当他一次一次面临死亡时,当他在"文革"中身陷囹圄时,他都从来没有失去过对人类的信念,难道现在要失去了吗?他挥挥拳头喊道:"白头江吉米,加油再加油!"每当他心里空虚时,他就这么喊。

喊了几句,他觉得身上有了力气,脑子也清楚了。他原谅了自己。因为人有时候是会胡思乱想的,刚才对人类一刹那的不信任,只是胡思乱想罢了。

到了花码头镇十八号,他毫不迟疑地敲门走了进去。

蓝湖边上,小胖躺在地上,无忧无虑地唱着歌。她唱的什么,花亚听不懂。唱完了,她问花亚:"好听吗?"花亚说:"我不喜欢唱歌,也不喜欢听别人唱歌。从小学三年级起,我就不上唱

另类报告　261

歌课。你不要问我为什么,不为什么,就是不喜欢。"小胖问:"那你喜欢什么?"花亚说:"张小虎。"小胖说:"湖盗老大会变人。我把他叫来变个张小虎给你看。这样你会高兴了吧?"花亚说:"你去把他叫来,他要是变得像张小虎,我就笑给你看。"

小胖吹起口哨,她的口哨短促尖锐,像是小鸭子在叫。她吹后不久,蓝湖边到处响起小鸭子一样的口哨声,不知道的人还以为是一大群鸭子迷了路呢。

江吉米进了花镇长家里,他是一个干脆的人,开门见山地谈起了花亚的心态。他认为花亚的心态很不好,她对世界的看法是错误的,这会影响到她的身心健康和她的将来。花镇长说:"你来就是为了谈教育吗?对不起,我们有更重要的事情做。"江吉米知道自己错了,又不甘心马上就走,破天荒地低声下气地说:"看在我一头白发的分上,"他指指自己的头发,"你能说说看有什么更重要的事?"花镇长盛气凌人地回答:"一个字,钱。两个字,金钱。三个字,人民币。"江吉米怒气冲冲地说:"我知道了。钱是好东西啊!从你嘴里说出来就变酸了。"花镇长的手放到了腰里的皮带上。

江吉米心里一酸,他挨过皮带的打,现在可不想再尝皮带的滋味。他站起来,礼貌地鞠了一躬,就走了。

但是花镇长的太太却追了上去,送江吉米到门外,显得很有教养的模样。告别时,她问:"花亚和你一块走的,现在在什么地方呢?"江吉米说:"她和小胖应该还在湖边玩呢。"花镇长太太埋怨说:"她宁肯要一个鬼,也不要自己的父母。但是说不定她的选择是对的,也许这个鬼能让她发大财呢。"江吉米说:"没事呢。

她们在湖边看星星和月亮——让花亚多看星星月亮，她就会变得安心的。"花镇长太太颇有风情地把手放在江吉米的肩膀上说："你真会开玩笑，看月亮星星有什么用？我每次不快乐不安心的时候，只要打开保险箱，一看到存折，心里马上踏实快乐了。"江吉米望着她叹了一口气，说："可怜的孩子，不知道人生真正的快乐。"花镇长太太冲着江吉米的后背喊道："你是一个幼稚的人！"照片洗印店的伙计隔着柜台，多嘴多舌地问江吉米："那个女人在你身后喊什么呢？"江吉米回答："她夸奖我呢。"

花镇长的太太把门关上，回到屋里，坐到沙发上，点了一支烟吸着。镇长在屋里写那份报告，亲眼见到鬼，他还在激动着，浑身还在时不时地发抖。他的太太在外面吸了大半支烟，转脸冲着他骂道："写，写，你一口气写昏过去吧，别醒过来。"他听到骂，就如听到了召唤，懒洋洋地从屋里踱了出来："唉，其实我也不想写。这件事真的很难办……实说吧……不实说吧……我看还是你给老崔打个电话吧。问问这件事……"

大道观里，老邬给自己缝一只破了的袜子，嘴里却在问江吉米为啥穿着一条打着补丁的黄军裤。

江吉米低头看着黄军裤上的补丁，背书似的说："我曾经是一个狂热的信仰革命的人，带着革命理想和战友们一起响应毛主席的号召，整天斗争，也整天推销斗争。为的就是铲除异己。这条裤子见证过一切。我留着它，穿在身上，不是为了纪念，而是为了时刻提醒我自己要有理性。"老邬一边飞针走线，一边笑眯眯地夸奖江吉米："你们这种人就是有水平，说的话简直跟电视里的一模一

另类报告　263

样。"江吉米想了一想，笑了起来。难怪老邬听不懂他的话，铲除异己？这也是他在沙漠中迷了路，静下心来等死的那一刻，突然发现的一个词汇。自己以往为了理想所做的，不过是为别人，或为自己，做了一件铲除异己的事。仅此而已。那些华丽而纯真的词汇，实际上并不存在。

大黄狗走过来，安静地躺到两个人的脚下。江吉米的心里再次涌出那个不被他欢迎的念头：人有时候真的不如动物那么懂得自然法则。就说大黄狗吧，它知道什么是该做的，什么是不该做的，永远不会混淆。而人呢，因为自认为聪明能干，所以一件紧一件地做着不安分的事。

江吉米这次没有给自己加油。他眼泪汪汪。幸好老邬还在起劲地缝补，没有发现他的眼泪。江吉米声音平静地说起另外话题："老邬，你一个人住在大道观里三十年了，有没有见过怪事？"老邬说："见过许多事，就是没有怪事。你说有啥怪事呢？那年观里来了一个迷路的鬼魂，我就让他住到后面的仓房里，他住了几天，居然闹起鬼来。我就对他说，你爱住不住，想住的话，要守规矩，不想住的话，赶紧走人。他就不闹了，本来也是闲得发慌。……这算得一件怪事吗？其实也不怪。"江吉米悄然擦掉眼泪，不禁笑出了声："被你这么一说，这世上真的没有什么怪事，也没有好怕的事，所有的事都是平常的事。"老邬说："那是。人其实也就和草木一样，生老病死，没啥了不起的。"江吉米问："那件事后来呢？"老邬说："后来就没声音了，大概走了。……你呢？走南闯北，一定也碰到过这种事。"江吉米说："真是，刚才在蓝湖边，还与一个小胖鬼说话来着……"

电话响了。老邬去接听，回来不安地说："赵大进城了，赵二到外地去了。老赵一个人守在鱼塘边上，要我去陪他。他那鱼塘就在蓝湖边上，前几天说蓝湖边上有豹子。我真不信。……我可走不开呢。这兄弟俩……"江吉米说："这好办，你把我送到老赵那里就行。我替你陪着他。"

蓝湖边，花亚冷着脸站起来走了。她等了很长时间，并没见到别的鬼物出来变张小虎。小胖咬着手指，瞧着花亚的背影，不知如何是好。突然看见一个手电筒照过来，老邬和江吉米走过来了。小胖连忙喊花亚："哎，老朋友都来了，你等会儿再走。"

花亚真的回来坐下，两个人看着手电筒的光。没想到手电筒没有发现她俩，顾自领着老邬和江吉米从她俩身边走过，又领着他们到了老赵的哨屋里，哨屋简陋得很，不过是几块铝皮的屋顶，再盖上了稻草。四周围糊的是泥墙。但是睡在里面倒也惬意，因为与蓝湖只隔了一条窄窄的公路，听得见湖水涌动，鸟儿做梦时的呢喃。

老邬立刻回了大道观。江吉米不舍得马上就睡，对老赵说他去湖边小坐一会。他来到公路对面的湖边，在一丛野菊花边上坐下。抬头朝天上一看，西边头上的上弦月有些怪异，竟是红的，就像人的眼睛，因哭泣带上了血丝。

镇长太太要抢头功，听了镇长的话慌忙奔到院子里，掏出手机与老崔联络。老崔马上接了电话，她情绪饱满地说："区长，我看到一个鬼哎……"但是老崔刚听了一句就挂掉了，然后怎么也不接电话了。她脑筋一转，给花亚打了一个电话。她要确定花亚是不是

另类报告　265

与小胖在一起，她还想让花亚带着小胖回家。她想囚住小胖。她看到小胖的表现了，是一个胆小的鬼。囚在那只狗笼子里，让老崔过来看了，肯定让老崔又吃惊，又兴奋，一时别想说出话来。

花亚接了电话。当然，她与小胖在一起。回家？带小胖一起回家睡？为什么？

镇长太太说："我和你爸爸都太忙，顾不上关心你。所以你太孤独。不过我也是今天才知道你是这么孤独。"

花亚从来就不相信她的妈妈。但是今天她相信了。"孤独"这个词打到了她的心坎上，她不由得哭起来，一边擦着眼泪一边和妈妈说，她还要看小胖召唤湖边的鬼，小胖说了，它们有的会变鸟，有的会变鱼，还有的会变张小虎……她过一会儿就带着小胖回家睡觉。说着说着，她带着泪微笑起来，幸福得不知所措的模样。

镇长的太太在那头倒抽了一口冷气，问道："这么说来，湖边的鬼多着呢？我们平时怎么都不知道？"花亚听着妈妈的口气，感到不安："有成千上万。但是他们就像土里的蚯蚓，安分守己，从来不出来做伤人的事。"她自以为是地补充了一句："你放心，我没事的。他们比人胆子小多了。"小胖在边上说："你妈让你带着我回去睡觉？你妈真好，和你一样好。你妈也漂亮，和你一样漂亮。"

镇长太太在那头刚想盘算这件事，手机显示有电话打进来。她连忙中断了与花亚的通话。接过来一听，果然是区长老崔。老崔还在喝酒，喝得有些多了，打心眼里愉快。听到镇长太太的声音，敏感地问："你半小时前给我打过一个电话的，刚才又打。打了四个……你莫不是看上我了？"镇长太太声音颤抖着说："区长，有鬼，鬼多着呢。"也算是撒个小娇。

老崔突然清醒，说："哦，我想起来了。你刚才就说过这件事……不过你说只有一个鬼，怎么一下子跑出成千上万个鬼呢？"他转脸问桌上闹哄哄的一群："各位，有谁相信有鬼的请举手。"他看着桌子上高高低低举起的手，脑子又愉快地糊涂了。第一遍点出十一只手，第二遍点出十五只手……他对镇长太太说："相信有鬼的是大多数。……所以，请你和镇长想办法把鬼灭了吧，人的世界不容许鬼来猖狂。"

镇长太太呆了片刻，只得说道："我听区长的。"

然后她给邢大舅挂了一个电话，邢大舅说："我正闲得没事呢，幸亏你这个电话，要不然我又想抽雪茄了。这一抽二抽的，过不了几天就要抽没了。……鬼是异类，不灭不行的。"镇长太太说："有没有灭鬼的好法子，听说有成千上万。"邢大舅装腔作势地想了一想说："我师父的师父，有过一套灭鬼的法子。用桃木烧成灰，拌上锡箔灰再掺上水银，浇上南瓜汁，撒到有鬼的地方。鬼就会从土里蹦出来，在半空里自己炸开。当年日本人杀了许多人，这许多人变了鬼，就是被我师父的师父灭了的……"

花亚又开始不高兴了，皱起了眉，若有所思。过了半晌，她慢悠悠地说："我妈这家伙口气不对，她想动什么歪脑筋呢？"小胖说："你不要胡思乱想了。我们回家睡觉。"

她们回家了，还是牵着手。等到她们到家里时，家里已空无一人。花镇长太太在她们到家之前，成功地做完了一件事，她让邢大舅悄悄地去统计一下，镇上有多少人想看蓝湖边上的灭鬼行动？每个人头要收观看费。邢大舅随后就把这件差事指派给了老金根。一会儿老金根向邢大舅汇报：镇上一共有二百一十户人家，每家都有去的。少的一人，多的四五人不等。邢大舅说："每个人头收十五块钱的观看费。"老金根和各家最后谈妥的价钱是每个人头收十块五毛钱。邢大舅就向花镇长太太说，每个人头收八块钱。花镇长太太心中有数，并不追究人头费到底收了多少，只是让邢大舅在看客中组织一批身强力壮的，大家都到大道观集合，她，不，镇长要训话。

邢大舅挂掉手机，感受颇多地评点这一次的行动："唯心主义和唯物主义的完美结合。"

镇长太太办完这件事，披上一件风衣，就和镇长去了大道观。邢大舅把老邬叫了起来，正在观里砍那棵大桃树。老邬一边砍树一边叹气，说："好好的棵树，每年都开花结果子。……真是从来不知道湖边有鬼……"邢大舅劈头拦住他的话："等你知道了就晚了。鬼这样东西，就和畜生一样，该灭的时候就得灭。"老邬说："畜生也不是都要斩尽杀绝的……"邢大舅说："有些畜生还能看门，捉老鼠。鬼有什么用？区长也说了，鬼是异类，一定得灭掉的。你不要多说了，你把我的头都搞昏掉了。小心我请你滚回老家去。"

这天夜里，镇上一大半的人，都在刹那间燃起了狂热。静悄悄地来到了蓝湖边看灭鬼。他们煞有介事，行踪鬼祟，就连狗都没有敢叫的。几乎空了的黑镇子里，只有镇长家里灯火明亮，那是花亚开了许多灯，让小胖参观家里的一些东西。然后她给小胖洗澡。等到她洗好回到屋里，看到一只大豹子趴在床上，刚想惊声尖叫，豹子忽地变成了八哥。她又惊又喜，哈哈大笑起来。她听着自己的笑声，觉得陌生又难听，不由得摸着脸，害羞起来。

湖边，邢大舅把成分复杂的灭鬼药剂分成若干份，让人拿在手里四下散开，准备朝土里撒。他心情激动地说："各位，好久没有这么热闹过了。"看客全都坐在后面的土堤上，有一个老者便接着邢大舅的话说道："真是。现在的日子过得实在太静了，没劲道。八十年代以前……多有劲头。"

邢大舅撒下了第一把药剂，他惊奇地看到有一个鬼从土里痛苦地跳了出来，化成黑烟冒到半空，然后在半空中闪亮地炸成一朵白花。他叫起来："好看好看！炸开来就像烟花一样。可惜不是彩色的。"

桃木灰、锡箔灰、水银、南瓜汁……

药方从四面八方撒开来，空中开满朵朵闪亮的白花。引起一阵一阵的喝彩。这一场灭鬼，竟然没有一个鬼逃脱的。鬼是太胆小了，连猫狗的胆子都不如，至多也就像鸡鸭，一见到人的狠劲，只有束手就擒。

江吉米也在人群中观看，面对着黑压压的兴奋的人群，他想起曾经经历过的群情激昂的场面，悄然退到了人群后面。只是无奈和害怕，没有话说，更不敢上前阻拦什么人。

花亚在家里睡得正香时，电话突然响了。打电话的是张小虎，他告诉花亚，她的父母和舅公，正在湖边杀鬼，他在湖边看了，真是惨不忍睹。他请花亚劝劝她的父母，能否手下留情。花码头镇上的人，从来不曾被鬼物害过，可见这些鬼并不妨害人。

花亚没有听完张小虎的话，从床上直蹦起来，穿着睡裙冲了出去。她来到蓝湖边，看到满天开放的白花，又惊又怕，说不出话来。后来，她不知被谁强行按坐在地上，被迫看完了最后一朵绽放

另类报告　269

的白花。一切结束后,人群陷入短暂的沉默。突然之间,全体暴跳起来,发出震耳欲聋的欢叫,庆贺刚才的那一幕。然后,花亚被喜气洋洋的人群裹挟着朝镇里走,她也在尖叫,不是庆贺,而是疼痛——觉醒的疼痛。

还是那样,花亚挽着小胖的手,走过热闹的花码头镇。她准备带着小胖远走他乡。她给张小虎留下只有两句话的一封信,说她要带着小胖远走他乡。请张小虎原谅她以往的过错。

下午五点,正是镇民出来采购食物的时候。她们看到了许多人:老金根、范婆婆、李阿姨、梅娣、私人医生李八福……李八福疯疯癫癫地对花亚说:"花姑娘,你妈这次捞了一大把。你将来的嫁妆肯定多得不得了……不过也说不定的,谁不知道你妈这个人,除了银行存折,亲娘老子也不认的。"

她们走过贺家兄弟开的"通吃"酒楼,两兄弟一齐追了出来。贺老大说:"你们看,这边还漏了一个小胖鬼呢。"贺老二接着说:"花亚,把小胖鬼卖给我们酒楼吧,让我们搞一个鬼肉宴。肉狗是一百块一只,这小胖鬼嘛,我给你一千块。"他的话引起路边人的一阵哄笑。

花亚和小胖最后看到了江吉米,那是她们出了镇子,在公路上等车的时候。江吉米也在等车,他要离开花码头镇了,他的行程永远没有止境。

江吉米问:"花亚,你带着小胖到哪里?"

花亚想了一想,说:"也许能找到一个桃花源呢。"

许久,江吉米才郑重其事地说:"花亚,我们这个社会就像一只烂桃子，但是希望还是有的。桃子烂光了，剩下核，见了土，见了水和阳光，又能发出新芽来了。"

花亚冷着脸说："你说的比唱的还好听。"

车子来了，花亚搀扶着小胖上了车，江吉米愣在那里，呆若木鸡。他只能等下一班车了。

花码头镇上，张小虎看到了花亚的信，他对着信说："我张小虎不是一个无情无义的人。"他找到董莉，告诉她，他要去追花亚。他不能让花亚一个人流落他乡。他说完就飞快地跑起来了。而在大道观的门口，老邬正安安静静地捡野菊花，这两天地上的野菊花出奇地多，令他不由得忧心起来。也许真有那么一天，漫山遍野开着的野菊花都会被人糟蹋了。那么，这是为什么呢？范婆婆从集市上买了菜回家，看见老邬还在地上捡，就说："老邬，我看到你的脸冒火了。你是不是马上就要恼火了？"老邬慢吞吞说："没有。……我只是心里面有点……难过。"

2009年5月20日—6月30日写于浦庄"解华居"

拈花桥

屈指算来,我在花码头镇住了两年了。我已知道,这里不是桃花源。

不说别的,本来这里山多水多,有许多漂亮的豆娘种类,现在的豆娘,几乎只剩下了一种,小的,蓝翅的。至于梦幻一样的萤火虫,八年前的夏天,我在这里曾经见到过与天上星星一样多的萤火虫儿,现在也所剩无几。我是一个十分会享乐的人,生活中任何细微的感受,只要是美好的,总能在我的心中激起适当的愉悦,但我现在对人类过分的扩张行为怨声载道:大自然失去的太多,这一切都是因为人类的贪欲。农药使用过多,良田变成房屋和水泥路,沼泽所剩无几,你会经常看到带着孩子的白鹭栖身在农田边上的一小片水泽中,而这片水泽也将被人类用于厂区建设。……我没有搬回城里,继续住在了这里。原因是这里有水,空气洁净,几乎没有夜生活。这样的生活还是卫生的。

农历九月中旬,稻田收了,黄豆收了。每当看见空空的稻田和豆田,我的心中会涌起无比的感动,人类的努力,在这时候呈现出和谐、本分的美。种植和收割的过程,与太阳、月亮、风,息息相关,细腻而美妙,充满着真正的时尚元素。

那天的半夜里,我写好了两首关于童年的诗,打开门,走到外边呼吸稻草香的空气。什么地方飘来了烧稻草的焦煳味?这股味道在清冽的空气中传得很远。一场冷空气从昨天晚上到来，刮了一天一夜，风已经平息，寒冷正在安营扎寨。月亮偏西，冷风里，它的光晕仿佛在晃动，似笑非笑，显得犹豫和不自信。或者它的脸也被冻住了。我信步走到镇子上，合上眼睛的镇子，只有一些大红灯笼在夜空里孤芳自赏。林家铺子门口，台阶上坐着一个长发女孩，只穿着短裤和一件背心。旁边还坐着一个短发女孩，用力搂着她。这两个女孩，我都认识，她们俩在小皮的理发店里谋生。理发店里有些不干活的女孩，穿着暴露，染着黄的或红的头发，整天坐在理发店的玻璃门后，吸引想要她们的男人。她们温顺和善，营养不良，思维迟钝，缺少亲人的关心，年龄一般在十八岁左右，或者冒充十八岁左右。

"她怎么啦？"我问那个短发女孩。

"她好冷。她现在啥都没有了。"短发女孩抬起头，温文尔雅地说。

我很快就弄明白了，长头发的叫小洁，短头发的叫小弥。小洁才来没几天，今天晚上在街上拉客的时候，不幸拉到了穿着便衣的花码头镇派出所所长赵长春，赵长春并不想轻易地饶恕她，于是她被带到派出所去接受罚款。等到她回到宿舍的时候，她的厚衣服和棉被不翼而飞，脸盆和电饭锅也不见了。邻居们对她说，是"老狼"拿走的。谁敢得罪"老狼"？这家伙刚从牢里放出来，正缺少这些东西。

我让小洁和小弥在林家铺子前等着我，我马上回家拿些衣物过来。在回家的路上，我听到后面有一样东西跟着我。回头一看，是一条温顺漂亮的大黑狗。这条狗我也认识，但是从来不知道是谁家养的。深夜的狗，一般都会守在自家门口，它跟着我，一定有事。我招手让它过来，它大约两岁模样，是条小公狗。年轻力壮，有些瘦，眼神里透着无奈和无助。它喘得厉害，后面一条腿也瘸着。它是因为生病而向我求援？也许它只是想要点东西吃。不管什么情况，它肯定是对主人失望了才来找我的。因为惦记着小洁，我匆匆忙忙地对它说："跟我来。"它就提着一条瘸腿一直跟我到了家里。

我给它弄了一些鸡肉和汤。这些鸡肉是昨天上午的，我买了半只鸡，煮了汤，几乎没有吃。近年来，我对肉食渐渐地失去兴趣。中国人是世上最贪吃的民族。我是梭罗的信徒。梭罗说：贪吃的人处于幼虫状态。处于这种状态的还有整个国家；全体国民没有幻想，没有想象，唯一能体现它们的就是那张挺着的大肚皮。

大黑狗从梭罗那儿得到了好处。它雍容华贵地躺下来，感激地抬头看我一眼，从容不迫地慢慢享用起来。我拿了一件棉风衣，一件小碎花薄棉袄，一条厚实的牛仔裤和一条薄绒衬裤。急忙赶去林家铺子。小弥接过衣服，轻轻地谢了我一声。深夜里，两个女孩子坐在寒风中，毛发蓬松，搂抱着取暖。此情此景，令人感叹。我转身要走的时候，小洁忽然抬起头，细声对我说："姐姐，这两天路上不太平，你要小心被人跟踪。"

我发现她的语调和用词也是温文尔雅的。这种说话方式不应该属于她们，她们理应泼辣粗野，这样才能捍卫自己的利益。

对于社会的底层，小洁和小弥当然比我更了解。我相信小洁那句话，不是空穴来风。果然，我在回去的路上，听到了后面隐约有什么东西悄悄地跟着。难道又是一条狗？我猛地回头一看，两排寂寞的昏黄街灯，啥都没有。但我确信是有东西跟在我后面的。我不再回头，迈开大步回到我住的小区。今夜值班的是小李，一个十九岁的小孩，他玩游戏刚结束，又困又累，给我开门时，嘴里不满地嘀咕了一句，说他一无所有，看个大门还要这么麻烦。

大黑狗吃完了食物，还趴在我门口，朝我使劲地摇晃毛茸茸的大尾巴。令人感到安心和温暖。我想起江吉米的身上，也有这样令人安心的温暖。

白发江吉米，一个对人类失去信心的人，他是个大富翁，也是个旅行家，有着走也走不完的路，不是他牵着路，而是路牵着他。我呢，牵着我的是一台电脑，我有着永远写不完的美丽汉字。一年之中，江吉米只在秋天才到我这里来，那时候白菊湾的野菊花开了，他会在这里陪着我，一直陪到漫山遍野的野菊花开完最后一朵花。今年野菊花开放的时候他没能来，他行走在亚维农到里昂的路上，举世闻名的普罗旺斯葡萄园让他无比迷恋。他说，他预感到在这里能重新建立起对人类的信心。我希望他在那里能重建对人类的信心，因为我是一个爱人的人，虽说人类已经这么贪婪了，我还是深爱我的同类。

我打算让大黑狗留下来陪我，拍拍它的头，对它说："我给你起个名字，就叫你六儿好不好？"这个名字是一个纪念，国家刚过六十大庆，我深知祖国对于一个公民的重要，虽然我对这个国家充满疑虑。大黑狗六儿听了我的话，郑重地站起来，跛着一条腿依偎过来，靠着我的胳膊，表示它听得懂的。"你要是想治病，今晚就睡这里，明天一早我带你到兽医站去。行吧？"六儿浑身一紧，把嘴放到了我的手里。为了不破坏此时融洽细腻的气氛，它尽力克制住粗重的喘气声。

拉开窗帘,让月光照进卧室。透过窗子,我能看到六儿。它卧在院子里的大橘树底下,像一块黑石头。

今夜一如既往地寂静,但是我总觉得不安。前些日子,街上死了一个年轻女子,是被她的同居者用菜刀砍死的。这件事我已经忘了,今夜又想起来,眼前出现那个女人的面孔,浑身不寒而栗。于是摸黑到书架上拿了一把小刀放在枕头边,这是江吉米送给我的刀,有着华丽的暗蓝珐琅把手,珐琅上绘着妖艳的大朵粉红牡丹,刀口锋利,闪烁着绿莹莹的寒光。

果然,小偷来了。

厨房间的窗子"咯噔"地响了一下,就像是这把刀子引来了贼。我这才想起,厨房里的窗子没有关好。这一声响,应该是纱窗被贼卸下了。当我住在城里的时候,我装防盗门,防盗窗,报警器……这些东西让我感到生活每时每刻充满不安定的因素。住到花码头镇以后,我不再装这些东西,这里当然是有贼的,但是我首先要让自己放松心情。

我悄悄趸到房门边,倾听外屋声响。脚步声在屋子里鬼魂一样游走。听声音,这个贼应该是一个生手,脚步生涩凌乱,目的性不强,是顺手牵羊一类的。我不想多费事,打开手机拨了报警电话。外屋的贼听到了我报警的声音,不动了,好像在发愣。我隔了门对贼说:"我没有贵重首饰,也没有多余现金,你偷错人家了。我报了警了,你还是快走吧。"

我听见这个贼慌忙一头冲到大门边,开了门窜出去。没想到六儿早就老练地不声不吭地守在了门边,上来就是一口,咬住了不放。然后六儿就惨叫起来。我冲出去时候,那个贼已经跑到小区的围栏边,准备攀上围栏逃跑。我攥了小刀,对着黑乎乎的身影就是一刀。这人被我扎了一刀,却闷声不吭,笨拙地翻过栏杆逃走了。我受了惊吓,对着贼消失的地方破口大骂。看门的小孩这时候才醒了过来,开了灯,正好赶上镇派出所的警察来到。

来的是花码头镇派出所所长赵长春和一位民警,他们打着手电筒四下里看了一看,在我家大门口发现一把剪刀,剪刀上面带着血,六儿的背上有一个伤口,应该是它扎伤了六儿。赵长春上来夺走我手上的小刀,拿手电筒照照刀子,上面也带着血迹,再不客气地用电筒光晃晃我的脸。看见了血,我心里害怕起来,我把那个贼伤成什么样了?

赵长春问我:"看看保险箱里贵重物品,现金少了没有?"

我回答他,我没有什么贵重物品,也没有很多现金。我家里根本就没有保险箱。况且那个小偷刚进来没多一会儿。

我给六儿的伤口上了消炎药,包扎了一下。伤口不深,出的血也不多。然后我就跟着赵长春和那位民警到派出所去了,做了一个笔录。这时候是凌晨两点了,我坐着赵长春的摩托车回了家,我们没有从镇里面走,而是从镇外面的大路走。镇外是一条宽阔的种着紫薇花树的大路,路边都是庄稼地,整整齐齐,几乎一模一样。这条路上只有一个叫得出名称的标志物,那就是拈花桥。破破烂烂的拈花桥,有一个动人的传说,说是晚明年间,此间大旱,饥民遍地。父老乡亲设坛求雨,连续跪求一个月后,住在拈花桥下的捡破烂的独身瞎婆子,一个默默无闻的穷苦女人,突然升空,变身为杨柳菩萨,手持杨柳,遍洒甘露,于是枯木逢春,饥荒顿消。我在镇

拈花桥 277

志上查到过这个传说，看后热泪盈眶。

我在回想那把剪刀，因为它看起来那么眼熟。它油黑发亮，光润无比，有着年长日久使用而后形成的柔熟，劲道从每一个细节里暗暗地透出来，沉重但不霸道。

我睡到上午十点半才起身。六儿早就不耐烦地在外面挠门了。我先去镇上的烧饼铺子给自己买了几个饼，走过"崔记"缝补摊时，老崔夫妇俩早就规规矩矩地坐在路边等着做开张生意了。我想起前天的早上，我拿了一件缎面绣花棉夹袄让老崔整一整盘扣。老崔当时抚摸着夹袄，声音柔和地说："唉，进口的丝绸，手绣的花。真漂亮，这件衣服要是穿在我家秋媛身上，有多好？人和人就是不一样，她嫁了我，一辈子也穿不起这种衣服。"他的话让我心中极其不舒服，我就问："你是说，这件衣服我穿着不好看？"老崔一本正经地说："你穿着也好看，但是我家秋媛穿着会比你更加好看。"

不知道为什么，我心中陡生一念，站下来，心存戒备地打量老崔。老崔的老婆秋媛我是熟悉的，她是一个沉静的漂亮的女人，镇上风传她在外寻欢，贪欲无度，而老崔因为力不从心，无法管教她。秋媛抬起头，主动和我打了一个招呼。我俩寒暄之时，埋头缝补的老崔看了我一眼，眼里掩不住一阵慌乱。

为什么这样慌乱？失落在我家门口的那把剪子是老崔用的吧？

老崔喘着粗气，手里的剪子好像不太听他使唤，生生的，硬硬的，像初生犊子一样犟头倔脑。

我暗地里"哼"了一声，不动声色，告别了老崔夫妇，拿着烧饼,继续朝前走。走到一个弄堂,我拐了进去,这是一条曲里拐弯的小路,从这里可以绕到镇派出所。正好,赵长春在呢。

我口气激动地告诉赵长春,那把剪子可能是缝补摊上老崔的。而且,我也觉得昨夜那个人,身高、行动和气息,与老崔有几分相像。

赵长春二话不说,拉着我上了挎斗车,开到缝补摊子那边,老崔和他的老婆全不见了。赵长春说:"我早上过来还见到他们在这里。走,上他家里去。"我犹豫了一下,一刹那里仿佛看到老崔和秋媛仓皇的身影,看到他俩急急如丧家之犬一样收拾东西回家。我后悔了,对赵长春说:"我想起来了,昨夜那个人比老崔高,也比他肥壮。——不会是他。"

赵长春冷着脸看了我片刻,他心里在想什么,我不清楚。但有一点我是清楚的,他并不相信我的话,他不会放过老崔的,他的眼神坚硬而冷漠。我毫无办法,静等着他的反应。结果,他微笑了一下,说:"这件事明天再说,反正你也没受损失,就是黑狗受了一点伤。走,我先带你回家去。"看着他的微笑,我有些安心。他的微笑温暖可人。可以说,当他微笑时,全世界都亮了。

他把我带回家,又把六儿带到兽医站去看病。六儿很听他的话,乖乖地坐在挎斗车的另一面,一人一狗,都是威风凛凛的,瓷实、自信,散发着刚阳之美,那是我只能欣赏只能向往而无法进入的世界。

他们走后,我坐在沙发里,因为太累,我一头歪倒在沙发里睡着了,我做了一个令我信心百倍的梦,我梦见我成了那个传说中的瞎婆婆,一跃升天,手持杨柳枝,遍洒雨露,万众膜拜。

我很快醒来了。我并不为这个梦感到不安,每个人的内心都有

拈花桥　279

一些辉煌的不切实际的梦想，这些梦想点燃我们黯淡的生活。

一会儿，赵长春回来了。他告诉我几件事：第一，六儿是收旧货的老张所养，老张全家搬迁到很远的地方去了。搬家时嫌它多余，就把它给扔下了。这狗现在就是我的了。第二，六儿的后腿是轻微骨折，它失了主人，是街上开饭店的赵大想打杀它卖肉。没事的，打一个绑腿，它就会慢慢恢复。第三，它得的是气管炎，现在正在挂水。到下午五点钟左右的时候可以去领它回家。第四，老崔确实受过伤，他的老婆秋媛一大早就到私人小药店去买酒精消炎药一类的东西。

我听着他最后的那句话，虽然是意料之中，还是愣了。

赵长春说："怎么，给你打听了这么多的事，你不谢我？"他微笑了一下，他的微笑不夸张地说，真的是既温暖又美丽。它照亮了我。

我真诚地道谢。

赵长春说："你谢我，至少有点行动吧？至少请我吃个饭嘛。"

我说："那好。我们上饭店去吃。"

赵长春派头十足地说："我不喜欢饭店。你去弄两个菜，我就在你的院子里吃。"

这不是一个好的建议，但我无法拒绝。于是我对他说："好啊，我把你的太太一起叫过来吃吧。"

赵长春爽快地说："你去叫她吧。我家住在花码头镇二百四十号，就在菜场边上。你不用把房门关了，我要进你的屋子，你关了也没用。我就在院子里等你。你快去快回。"

他的语气令我有一丝不快，我感到他侵犯到了我，当我略一思索，看到的是他坦诚的热心，把我反衬得像一个拘束的小女人。我就照他的话去做了。

我去菜场上买了一些熟菜和汤料。中午的小镇菜场就是整个中国的象征：混乱无序，嘈杂拥挤，充满手段，又是欣欣向荣，充满活力的。然后我去了花码头镇二百四十号，赵家是一座路边的红瓦小别墅，别墅前一大块干干净净的空地，种着不多见的高大的月季花。我敲门进去，赵长春的太太是一个美得出奇的女人，我初一看，心里一惊，一时自惭形秽。听我说了来意，女人张开小巧的嘴唇，懒懒地说："操他妈的，我才不去呢。跑来跑去的累人。再说，我家已经烧好了。你家还没烧呢。"我说："快得很快得很。"她慢悠悠地挥挥手："你快回家烧饭吧。我不去的。"

既然她不去，我也没办法。出了赵家大门，我想起老崔的家就在旁边。何不去老崔家里看看呢？

赵长春的老婆突然在我身后说："听说你家没有保险箱？真的？你刚来的时候，镇上传你一个人藏着五个保险箱呢。"我还没来得及回答，她坦荡然而炫耀地说："我家有三个保险箱。"又说了一句："花镇长家有四个呢。"

我没好气地斜了她一眼，走了。

背后突然响起赵长春老婆刺耳的笑。回头一看，她又不笑了，盯着我看，扬扬得意的样子，让我又惊又疑，好像我正处在陷阱的边缘，眼看着就要掉下去。我出了一身的冷汗。

老崔的家我来过一次，除了绣花夹袄，以前我还让他给我缝补过一条丝绸连衣裙，我骑自行车的时候，这条昂贵的裙子下摆卷进了车链条里，把手工绣花的下裙边辗得稀烂。我也为此从车上摔到了地上，摔得非常重，腿上的青瘀块，半个月后才完全消退。从此我就不再骑车了，还像以前一样，走路，或坐公交车。

我还记得这个缝补活费了老崔一个星期的时间。但是，他缝得真好，我敢说这是世界上缝补得最好的一条裙子。他用的是刺绣的丝线，也用上了刺绣的功夫。二十多种与裙子颜色相配的丝线，使缝合的地方浑然天成。针脚细得看不出来，简直是一个艺术品。这项烦琐的技术活所蕴含的价值应当远超过这条裙子，但他只要二十块，他说按他的开价，就只能收二十块。这个诚实的人，我额外加给他三十块。有一次我与密友唐莉一起去参加市教育局举办的中外青年学者联谊会，我就穿了这条长长的裙子，因为自己觉得这条裙子很特别，所以跳得分外好，吸引了无数目光。我很得意。跳舞的空隙，我对唐莉吹嘘说："我这条裙子是世上独一无二的——你看这条裙边。"唐莉蹲下来才看清我的裙子是经过了缝补的。她不屑地回答我："在这种正式的场合，穿一条缝补过的裙子不合适。我认识的女人当中，也只有你才会去缝补破衣服。你要晓得，现在没有人会去缝补衣服了，连打工的外来妹都不高兴穿补过的衣裳。"唐莉的口气让我想笑出来，我捏一下她的脸说："别这么忌妒好吧？你看，也有男人盯着你瞧呢。"

老崔家的门关得紧紧的，屋子里也没有动静。中午了，应该烧饭或者吃饭，总之不应该这么冷冷清清的。我觉得老崔家里会有人，上前动手敲了几下门。

忽然门开了，秋媛走出来，把我拉到屋后树丛边，四下一看，跪了下来。我不喜欢受到这样的"礼"遇，拉起她，把她拖到墙边一只凳子上，问她："咱们明人不说暗话，老崔最近是怎么啦？"秋媛坐在上面说："这一个星期，他每天晚上都出去。我们根本不知道他要干什么。问他，他也不说。我以为他又像以前一样发神经病了，也不去多管他。"老崔有神经病？这倒是第一次听说。看见我惊讶的样子，秋媛又跪了下来："我只是随口这么说说的，他不是神经病。上个月他的妈带着他的后爹来投奔他，要他养老。我想他是着急了，心里一时想不开。请你救救他，放他一马，不要对别人说起这件事。别人要是知道的话，我们没活路了。"

我知道，天下做贼的人，都有理由。我再次拉起她一起进了屋子。屋子里阴冷而弥漫着一股酸味。我想到了一个词——"穷酸"。贫穷的屋子，总是有一股酸味。贫穷的屋子，也令人心酸。老崔的父母静悄悄地坐在床上，一脸惶恐。灰暗的白发，是屋子里唯一发亮的东西。我对他们说："大伯、大妈，要吃中饭啦。"老崔的母亲伶牙俐齿地回答："没事。我们一顿饭不吃饿不死的。"——朝里屋喊："老崔，出来吧。人家来了，快求求人家放过你吧！"然后又转头对我说："他为什么要做贼？他从小到大，没有偷过别人一样东西。他是嫌我和他爸爸在这里白吃饭，想用这个办法撵我们走。"她指指老头："这是他后爹，不是他亲爹。"那后爹一开口就是倔强的："我才不走呢。我一天吃两顿白饭就够了，一顿半碗米饭，再加上两根咸菜。"

老崔在里屋一声不吭。既然他不出来，只有我去看他了。

我跟着秋媛进了里屋。老崔坐在床上，低着头缝一样东西，我看清了，是我的缎面绣花棉夹袄。秋媛走上前，脱下他的外套，解开包扎的药布，露出胁边的伤口，乞求我的怜悯。老崔的手猛地一抖,针刺进了他的另一只手。

我感到我的心一痛。老崔的针尖也刺痛了我?我气冲冲地问他:"老崔,你到我家,想干什么呢?"

老崔抬起头慢腾腾地说:"听说你家有五个保险箱呢。"

我的手机响了,是赵长春的。他等得不耐烦,来催我了。

秋媛送我出去。在门外,我看到一个男人走过,飞了她一眼,她也急忙回瞟了一眼。这个情景被我收在眼里。她急忙掩饰说:"我真想好好地哭一场,生活太不容易了。"

老崔出去偷盗,肯定与她有关。她是老崔最爱的人,而她不爱老崔。老崔幻想打开我五个保险箱中的一个,这样他与秋媛的生活就会彻底改善了。

到现在为止,我的目的已经十分明确。我要替老崔解脱他的罪名。我所做的一切,都是为了解救一个可怜的一时糊涂犯下错误的人。

我在厨房忙活着,赵长春坐在院子里,时不时地来看我一看。他的目的也十分明确,他要借着老崔这件事,与我套近乎。事情到现在为止,还算安静平和的,像春天的风一样,暧昧不安,但是平静,没有残酷的成分在里面。这件事到什么地方为止,我不清楚。

赵长春坚持要在院子里吃饭,这个决定有些奇怪。但是一会儿我就明白了,当我俩在院子里吃饭时,总是有认识他的一些男人上来与他说话,拿我和他调笑:"赵所长,美女坐在边上陪着嘛。家里一个大美女,外面还弄个大美女,把人羡慕死了。"他说:"美女不嫌多嘛！""赵所长，满面春风啊。"他们都这么说。而他真的是满面春风，毫不避讳。我拘谨尴尬地坐在他身边，就像是他的战利品。他看我的目光，我也读得懂，是骄傲，是占有了一样贵重东西。这样东西就是我：一个城里的年轻女人，有知识有文化，高傲独立，写的诗集在新华书店的柜台放着。这是我从来没有遇到过的目光，炫耀得坦率，邪气得强悍，配上他灿烂的笑容，我有几分喜欢。

我说："早知道我把你的太太死活拉了来。"

赵长春说："她敢来？大耳光子抽她。"

我苦笑了一下，看来赵长春夫妻俩经常合伙唱这种戏。我不是一个软弱的女人，我开口就说："赵所长，明人不说暗话。老崔的事，我不起诉他。他是初犯，又是一个老实人。"

赵长春哈哈一笑说："你真的相信他是初犯？你真的认为你的同情心能解救一个人？"

我说："我当然相信他是初犯。他没偷到什么东西，身上又挨了我一刀。他家里真是太困难了，你去看看就知道……"

赵长春说："我啥都知道，我也是这么穷过来的。你想听我说说老崔一家人是怎么回事吗？老崔的父母是干什么的？……"

我打断他的话："你不想听。"

赵长春叹了一口气："你真愚蠢。你想保护老崔，就把我当作了对立面。你是有文化有地位的人，你应该站在法律这一边。"

我哑口无言，没想到赵长春这么决绝，那我还有什么理由和他周旋？

我果断地说："赵所长，你是个讲法律的人，法律让你快些回家去。你在这里会让别人误会我。谢谢你替我做了这么多的事。"

赵长春紧盯住我的脸,看了片刻。突然他的眼睛朝铁栏外面一扫,外面走过小洁和小弥,她俩好像到什么地方去吃午饭,或者是到什么地方去吃了午饭。赵长春对她俩大喝一声:"你们俩,过来一下。"

小洁和小弥互相看了一眼,隔着栏杆,面对赵长春停下。

赵长春说:"告诉我,你们俩几岁啦?"

小洁说:"十八。"

小弥也说:"十八。"

赵长春拿起他吃剩的一根鸡骨头扔了过去,正好扔在小洁的头上。

小洁说:"我二十一了。"

小弥说:"我也二十一了。"说完拉了小洁赶快走了。

我对赵长春说:"你是什么意思呢?"

赵长春说:"我听说你昨天晚上给了她们许多同情,我现在告诉你,人,不值得同情。小洁二十五岁了,小弥也二十六岁了。她们谎话连篇的。她们还合伙骗人钱财,你想听吗?"

我说:"我不想听。"我一指外面的大路:"请你现在就走!"

赵长春真的站起来就走了。

我正气呼呼地坐着生闷气,他突然又回来了,我心中不由得一喜,先不管小洁和小弥了,老崔的事也许有峰回路转的希望。

赵长春坐下来说:"你烧的菜真的好吃。不吃白不吃。你说,有啥条件你提吧。"

我说:"你放过老崔。"

赵长春说:"好。就这样。"

我不相信他这么干脆,就问他:"那你的法律怎么办?"

"法律对我说,吃好以后,就在这里睡一会儿吧。我昨夜里被你打扰,没有睡好,现在需要睡一觉。你去给我整出个床。让我好好睡一觉。我起来以后,去替你把黑狗领回来。我们之间,就啥事也没有了。"赵长春说。

我让他在楼下的小房里睡,这间房间一向用来招待客人。给他整理好床铺,我深叹了一口气:老崔这件事看似结束了,但怎么像刚开始呢?

赵长春头一挨枕头就睡着了。我进去看了看他,给他披披被子,他睡着的样子天真无邪,完全不像醒着时那样心机重重。

我在客厅里坐下,打开索甲仁波切的《西藏生死之书》。江吉米奔波在外,企图重建人类的信心,看来我也面临着同样的问题。

阳光渐渐地冷却,凉爽的阳光里,也有一股烧荒的焦煳味。让人想起"荒凉"这个词。在清朗的月夜,这种味道引起莫名的忧伤,在悄然黯淡的阳光里,同样引起人莫名的忧伤。索甲仁波切说:学习生活就是学习放下。我说,现实的容易放下,不现实的难放下,譬如这莫名的忧伤。

赵长春从房间里走出来了,他显得精神焕发。

"走。"他说,"我们去把黑狗领回来。"

他说他希望与我步行到兽医站,然后再回来拿车子。我同意了。在路上,他敏感地问我刚才在想什么,我说:"一位大师说,

拈花桥　287

学习生活就是学习放下。"他对这句话很反感，皱起眉头说："没有得到，怎么放下？"我反驳他说："得到什么？四个或者五个保险箱？"

他不说话了。我们一路安静地过了拈花桥，走到了兽医站，六儿已挂完了水，一看见我们进去，摇头摆尾，又哼又唱，浑身散发出活力。兽医老贾问："这条黑狗是收旧货的老张扔下的吧？"我说是的。老贾便笑着骂："这只畜生，这只丧家犬，前两天我还见它夹着尾巴，鬼头鬼脑。开饭店的赵大想打杀它卖肉，它怕得眼泪都要出来。今天倒好，它狗仗人势，去咬别的狗，刚才一条来挂水的哈巴狗被它咬得逃了出去。这只畜生，好玩好玩。"我说："他有名字的，叫六儿。"老贾看了我一眼，看了赵长春一眼，又笑了起来："呵呵。难怪它要咬别的狗了，有了名字，还有一个警察大官做干爹，它不咬，谁咬？"

赵长春拍了老贾一下。

我们带着六儿回家。一出门，赵长春就说："你看，狗都这样，何况人呢？"

我尖锐地问他："包括所有的人吗？"

说实话，我对六儿有点失望。

我对所有的人都有点失望，江吉米、老崔、小洁、小弥。

到家时，发生了一件事：赵长春的车子发动不起来了。这样，他只好把车子扔在我这边。他说："最后一个要求——请你陪我走回家。"

我一时没有说话，我隐隐感到，老崔这件事并没有结束。那么，我是否应该继续妥协？

电话响了。我跑进屋里去接电话。是江吉米，他总是两天给我打一次电话，说很多话。他还在普罗旺斯。与往常一样，他一定要我告诉他这两天发生的所有事情，我告诉他小洁、小弥和六儿，告诉他老崔的事。我告诉他，我的刀刺伤了老崔，但老崔的针尖刺伤了我。如果我不能帮助他的话，老崔的针尖就一辈子刺着我。

江吉米是我信任的人，他不仅是我的爱人，也是我的精神导师。他年轻时开始种下不爱人类的种子，中年以后总是游走在世界各地，企图恢复他曾经有过的对人类的那份爱。他行踪不定，我也从不去计较。我俩约好，爱是自由的，即使结了婚，也给予对方最大的自由。

不料，江吉米却说："我很为难……"

我赶紧问："你为难什么？"

江吉米什么都没说就挂了电话。看来他的内心前所未有地困难重重，我很后悔刚才用我的困惑去打扰他。

那么，我现在需要做些什么呢？我必须要做些什么。从昨夜到今天，我失去了许多，失去的速度里响着坍塌的声音。我清晰地感受到了内心的虚弱。我告诉我自己，要撑着。

花码头镇志就在电话边，我翻到拈花桥传说那一页，大声读了起来。读了两遍，我觉得舒服一些了。我还记得第一次看到这个传说时感动的心情，时隔差不多两年，再读这个传说时，我还是无比感动。

手机响了，我一看，是赵长春的，他在门外不耐烦了。

我披上毛线外套，六儿突然对着我重重叹了一口气，会叹气的狗不太多。我对着它看了又看，想知道它的两重性到底哪一样占的比例更多些。

我们走的还是镇子外面的路,月亮早就升起来了,东边还有着隐隐的天光。路上杳无人迹,连过往的车子都没有。浮尘在空气里悠然游动,就像无数的小鱼。赵长春放心大胆地说着一些调情的话,譬如有我在他身边走着,他很开心……

走到拈花桥了。

陈旧的拈花桥,桥墩已经损坏,桥下长着密密的矮树丛和野花野草,因为干旱,泥沙的河床露出了大半,在月光下就像呲出来的两条牙床。我看了一眼,心生厌烦,就对赵长春说:"就到这里吧,我得回去了。"

赵长春说:"不行。好事做到底。"他又体贴地说:"我们走桥下的路吧,这里近,沿着河朝前走,拐个弯就到了。"他指着桥说:"我从小就住在桥下面,我不喜欢这座桥,但是我长大以后,一直在梦里见到它,每次梦见它后,我都会浑身乏力,不想吃不想喝,像大病一场。"我对赵长春的说法感到奇怪,问他:"为什么?"赵长春说:"很简单,我怕它。它就是另外一个我,受尽风寒,受尽挫折,充满自卑。……"很显然,他在这桥下面有过许多不切实际的精神生活。

我打断赵长春的话:"很抱歉,我没法安慰你。没想到拈花桥对你是这种象征。我在镇志上看过它的传说,高尚、美丽。"赵长春沉默了许久才说:"你相信这些无聊的传说?都是一帮目光短浅的人造出来的故事。"我反击道:"你胡说!"

赵长春拨了一个电话号码,然后把手机递给我,说:"这个人就是编镇志的,你问问他,这个故事是怎么回事?"我推开他的手，要问的话，我自己会去问个明白的。赵长春挂了电话对我说："你想以后自己去问？没人会对你说真话的。……好啊，你想听是不是？编这个传说的是文化站的老刘，老刘他家就住在拈花桥下，是我家的邻居。老刘他妈就是一个捡垃圾的瞎女人，他想美化他的生活，就造出一个捡垃圾的瞎女人变身为菩萨的故事。为这事，老刘受了处分。镇上没钱，有钱的话早就编新的镇志了。"

赵长春看我沉默不语的样子，四下看看，过来拉住我的手说："有些事你要想明白，一个人要有理性。理性才是最珍贵的。……我索性都告诉你了吧，我们派出所下午就把老崔收审了。他承认，带着那把快剪子，在必要的时候，会向你下手。"

我一把甩开了他的手。

我知道我这一天一夜里经历什么了，我正经历着改变。

我们走到桥下。赵长春神情诡秘地说："这条路不安全，人家都不高兴走。"我说："不安全？你们警察应该管一管。"他说："没法子管，是闹鬼。前天夜里还有人看到一群小孩，都背着书包，穿着校服，排成长队，整整齐齐地走在路上，正奇怪他们为啥没有一丝脚步声，突然，这些小孩一转眼就没了。"

我是个不信鬼神的女人，赵长春不知道这一点。以他的经验，女人都相信鬼神之事。他说了之后，以为我会惊讶或惊叫，伸出手，赶忙一把搂住了我。但是我没有惊讶或惊叫。而他这一拉，我也知道从退缩到退守有多远了，就是我家到拈花桥这么远。我挣开他有力的双手，我可不是弱不禁风的女人。我身体健壮，意志坚强，不是好惹的，只要需要，我随时随地都有可能一拳捣在该捣的地方。

复杂的一天一夜,复杂的人生,到此为止,回归简单。没有小洁小弥们,没有老崔秋媛们,他们都是表象,表象如鸟栖枝头,一有响动,轰然四散,剩下的只是我自己。

赵长春放了手,两眼瞪着我,我也瞪着他。两个人就这样互相瞪着,各不相让。一轮明月快升到我们的头顶上了,满天的星星一动也不动。

就在此时,一只小鸟顶着风,艰难地从我们的头顶飞过。它缓慢飞过我头顶时,我看到它嘴里衔着一条虫子,急切而欢快地叫喊着冲进桥墩底下。我惊讶于它一边衔着东西一边这么叫喊,我也完全明白它的意思,这桥下的杂草树丛里,一定有它的亲人。

大自然中,机缘巧合,即有感动。既有感动,就有生机。

我放松了拳头,走了。

何为来路,何为去路。来的即是去,去的就是来。一开始就是这样了。

2009年11月3日—4日完成于浦庄"解华居"
2010年月3月9日修改

叶弥小说的腔调

我认识叶弥很迟,而看她的小说则更迟一些。

这之前,有人跟我说:叶弥啊,你看她的小说,完全不像她这个人。

一个人的小说,是否要"像"这个人,或者说这个"像",又是什么角度与意义上的像,这个问题大概需要另外谈——我们熟悉的许多作家,其人其作,有的相似度极高,有的错位得厉害,这两种情况,或有失望,或有惊喜,并无定势……

总之,我是先认识她这个人的,但绝不是一见如故相见恨晚那样的流程,因为说句实话,我感觉她好像有一点怪,固执,像是不通人情,用她小说里的一个词,叫"土性"。但跟她小说里的江南才子不一样,对这样的人,我虽也同样感到一种"怕"、感到不适应,但这个怕与不适应,其实是高兴的意思。我最高兴看到有些格格不入的事物与人——因为我向往而做不到。

然后才去看她的小说,也没看几篇:《天鹅绒》《小女人》《猛虎》《马德里的雪白衬衫》《"崔记"火车》。这当然不能完全代表她的不同时期与不同风格,甚至这几篇也不全是她最出色的产出。但够了。我不能够再看了,或者暂时不愿意再看了。为什么?因为她仗着她的小说欺负人了。

看了小说，我写短信去，她回：我是个愚蠢的人，小题大做的人……

唉，小题大做！我正是被这个给弄得不肯再往下看了！

人们夸耀某人高超的技巧，都爱说"举重若轻""绕指为柔"，就是把大得不得了、难得不得了、狠得不得了的事情，弄得跟羽毛或头发丝一样，极轻松地玩弄股掌并嬉笑如常，看的人个个都知道拍手喝彩——可是反过来试试看，把羽毛弄成铁，把头发丝弄成钢管，有几个会弄的？或者有几个肯这样弄的？

叶弥就会，并且太会弄了，会得让人愤怒、百肠纠结。她的小说，要真正说起来，把其大意讲给一个粗枝大叶的莽汉去听，哎呀，有什么嘛，那个有什么嘛，屎尖子大的个事情，还是个男人嘛，要老子我早就……可也许就在下一秒，这个莽汉本人就会回过头来气恼地追问一句：那么，到底，他妈的，那雪白衬衫上的六个小黑点是什么意思？

这就是她小说的狠，一丝丝不肯将就，只要有一点毛刺给勾了一下，日子就好比整匹的布料，完全而永远地毁了，每一个见到这匹布料的人，都会为之失去宁静。

当然话说回来，这样小题大做、往死里揪着小毛刺不放的写法，也有、还不少，但小题大做的难度在于落脚点。

这就要谈到此类小说的结局——正所谓要狠容易、收场难，尤其作为同行，不免一边看她要一边抿着嘴不敢叫好，因为生怕她行进到后面，散了。要知道，有多少的好篇章，尤其是短篇，开头都同样的惊人，中间都同样的惊险，但偏偏"做"到最后，要结尾了、要结尾了——作家自己本人先自慌了,阵脚一乱,破绽补都补不住,好不容易蓄下的水沥沥拉拉洒了一半,委实令人心疼。

可叶弥不大肯给人这种心疼的机会,她稳、她笃定,从头到尾都这个样子,因为她有她的道理与依靠——她小说里的人,你竟不能说他们是疯魔或是病态的,这太粗暴,也不公平。《天鹅绒》里的小队长也好,《马德里的雪白衬衫》的马德里也好,还是那个小女人凤毛也好,他们完全有他们的逻辑,他们的头脑清醒极了,可这清醒也像是寒冬腊月里深夜的地面,坚硬,一点弹性都没有,任何人都没有办法使他们去化冻,除非他本人,比如小队长——这一天,他想消失了,于是他自己化掉了。

顺便插一句,说那个《天鹅绒》里的穷女人。她是个配角,或者说是个药引子,但就这么个穷女人,叶弥大约用了一千来字的笔墨,概括掉她的一生,就这么一生,同样也极为稳妥、经得起一百个推敲。这篇小说里,我尤其地喜欢这个穷女人。

"她不知道自己能清醒多少时候,赶紧梳了头,洗个澡,穿上鞋子,乘着清醒又自尊的时候,急急忙忙地跳河了。"你看,这种疯子式的死,太像这个穷女人了,她就应当这样去死,这根本不是叶弥写出来的——因为我不知道叶弥是怎么写出来。

接着说叶弥小说的结尾。

中国昆剧里,把中场称为"小煞",终场称为"大煞",前者讲究"留有勾想",后者要"收于无形",而叶弥小说的结尾,却好似把这两者都占了。只举一例。

看她《天鹅绒》的倒数第二段。

答案是会的。所有的人都这么说,唐雨林是个侠骨柔肠的男人。他如果想杀李东方,早就下手了,何必等到一定的时候。可以这么说,这是李东方自己找死。疯女人的儿子在一刹那驾驭着自尊滑到了生命的边缘,让我们看到自尊失控之后的灿烂和沉重。

要一般的处理,好比结毛线衣,这里就好收头了,已经相当之圆满了,该暗示的该华丽的,统统出来了,相当于爬到了第九十九级台阶了。可是不,叶弥没有完。歇了一小口气,空了一大行,一长段的沉默之后,一个跳跃般的尾声才真正出场。

李东方死后的若干年后,公元一九九九年,大不列颠英国,王位继承人查尔斯王子,在与情人卡米拉通热线电话时说:"我恨不得做你的卫生棉条。"这使我们想起若干年前,一个疯女人的儿子,一个至死都不知道天鹅绒为何物的乡下人,竟然说出与英国王子相仿的情话:"我要做你用的草纸。"

于是我们思想了,于是我们对生命一视同仁。

看到这里,看到貌似十万八千里的查尔斯王子与卡米拉,再看到最后一句,看到"思想"一词,看到最后那个字,一视同仁的"仁"。哎呀,何止是再上一级台阶,而是又另外上了个九重天哎。

——她就这么的一步步的,把个"小"做得如此之"大",庞然、压顶、不可呼吸。

真是把人给欺负狠了。

为什么竟会觉得被欺负了?我想了想——同样是好文章,其好,却又各不相同。比方说,她的小说,并不柔顺,而是尖锐,可这尖锐,又兼具仁厚的成分,读来心知意会,但却令人痛苦。

我想到了"腔调"。

"腔调"这个词,说来好像比较俗气,甚或有些江湖气,像上海人周立波最爱说的,做人要有腔调——这句话说来动听,但不好做,因为做人这件事,做着做着,大家都泯然众人或装着泯然众人,腔调都成了大合唱……

那么另一方面,为文要有腔调,如何呢?恐怕也好不到哪里。有人觉得这大概要容易些,就好比说话总归会有口音,写小说么,总归会有文风,可是,这个口音与文风的问题,也蛮复杂的,弄不好,就永远停留在口音与文风的地步:文风流畅、用词犀利、笔锋老到、行文幽默……这些都是文风,也是语感,没有错的,但若要再进一步,成其为一种腔调,私以为大不易,也极宝贵。

叶弥的一部分小说,就具有了她的腔调。

她这股腔调,约莫可以这样描述:慢、简洁、有控制、掐尖儿;具体到个别情况下,还包括犹疑与狠毒……当然也不尽然,腔调这东西,本身就是抽象性的,用具体的理论去解释,更绝非我的强项。

只有用笨办法,仍旧录她的原文,仍以《天鹅绒》为例,请允许我就盯着这一篇说好了。

写唐雨林与痞子们的关系——

唐雨林对泼皮们说:"有时候,我是你们的朋友……"泼皮们响应:"是朋友啊!"

唐雨林又说:"有时候,我是你们爹。"泼皮们再次响应:"是老爹啊!"

这就是一种典型的掐尖儿式的腔调，两句傻乎乎的重复性的咏叹，表现唐某的侠义情怀、众人对他的服膺，足足够了。可同时，在这两句话的言外之意里，不知为何又看到了唐雨林的极端无聊……

……唐雨林站在屋前眺望落日。西边的天空上不断变幻色彩，从橘红到橘黄是一个长长的芬芳的叹息，从橘黄到玫瑰红，到紫色，到蓝灰，到烟灰，是一系列转瞬即逝的秋波。然后，炊烟升起来了，表达着生活里简单的愿望……

光从写景角度看，这几句没什么惊人，但这是谁在看景？是唐雨林啊！他又是在什么背景下看景？是他欲杀李东方而不得为的背景下啊！更何况，这整篇小说里写景的笔墨殊为吝啬，每到一个怪异的关头，无知而迷人的大自然就出来了，甜美地活生生地对比着，令人目光流连，不忍离去——这也是叶弥小说的腔调，会打岔，会控制，绝不放纵让悲情与惨烈，这好似是客气与节约，但我又觉得，这正成了她小说令人神伤和痛苦的地方。

顺便扯一句，我一向觉得，小说写得是否地道就是看这种控制与收放的能力，看走走停停、忽快忽慢的节奏感。有的小说，不急不慌像在烤火，才读半页，浑身都燥热，可写小说的认为那正是其特色；再或者，有的小说则照顾你的时间，一路往前狂走，于是被夸为一气呵成之类，但我觉得这些都不是最妙。妙的小说好比有趣的人，真诚、天然，活泼而多情，得意时会四顾，苦痛时会迂回，疾走时是人非、流年忽忽，驻足处方寸万千、肝肠寸断。

话再说回来。叶弥小说的腔调还包括她的人物对话，典型的例子太多了，这里不一一举了，否则像在抄她的小说。她小说里的对话通常较短促，用词平常，却极险恶——这个恶，我不是取其本意，而是借它形容一个程度，指对话逼迫人心的程度，这种逼迫，我认为，就是恶的。而能够把对话做到险恶，这也是形成她小说腔调的一个要素。

……说了这么碎，却似乎还是没有说清腔调的确切含意，但为什么、一定要确切？

——可以定义的事物往往是狭窄和有限的，反之，则是广阔和耐人寻味的，我愿意让"小说的腔调"这个词成为后者，成为一个不可捉摸、囫囵吞枣的东西，有了，人人心中有数，没有，装也装不出。

叶弥创作年表

(1994年至2020年)

长篇小说：

1. 美哉少年. 南京：钟山，2002年第6期.

2. 风流图卷. 上海：收获，2014年春夏卷.

中篇小说：

1. 成长如蜕. 南京：钟山，1997年第4期.

2. 现在. 南京：钟山，1998年第3期.

3. 耶稣的圣光. 杭州：江南，1999年第2期.

4. 两世悲伤. 南京：钟山，2000年第1期.

5. 市民们. 北京：人民文学，2000年第8期.

6. 往事回想. 北京：十月，2001年第2期.

7. 小女人. 南京：钟山，2004年第1期.

8. 云追月. 南京：钟山，2005年第1期.

9. 恨枇杷. 天津：小说月报·原创，2006年第4期.

10. 小男人. 上海：收获，2006年第4期.

11. 马德里的雪白衬衫. 南京：钟山，2008年第1期.

12. 文家的帽子. 北京：北京文学，2016年第4期.

短篇小说：

1. 厨王.苏州:苏州杂志,1994年.
2. 我们的秩序.南京:雨花,1996年第10期.
3. 我那失控的回忆.南京:雨花,1997年第4期.
4. 钱币的正反两面.南京:雨花,1998年11期.
5. 无处躲藏.北京:青年文学,1998年第7期.
6. 我找王静.南京:钟山,1999年第5期.
7. 老王的假日.贵阳:山花,1999年第5期.
8. 说说林丽吧.长春:作家,1999年第5期.
9. 本质.昆明:大家,1999年第5期.
10. 晚景.济南:当代小说,1999年第3期.
11. 王启亮和他人.济南:当代小说,1999年第5期.
12. 两个女人和一个游戏.南京:青春,1999年第4期.
13. 闲来无事.昆明:大家,2000年第6期.
14. 粮站的故事.济南:时代文学,2001年第1期.
15. 粉红夜.北京:人民文学,2001年第4期.
16. 父亲和骗子.上海:收获,2001年第4期.
17. 黄色的故事.上海:收获,2001年第5期.
18. 司马的绳子.北京:人民文学,2002年第2期.
19. 天鹅绒.北京:人民文学,2002年第4期.
20. 黄帽子.南京:钟山,2002年第3期.
21. 水晶球.北京:人民文学,2003年第5期.
22. 猛虎.长春:作家,2003年第5期.
23. 我儿参军了.上海:上海文学,2003年第7期.

24. 明月寺. 南京: 钟山, 2003年第3期.

25. 霓裳. 上海: 收获, 2003年第4期.

26. 大笑上天堂. 北京: 人民文学, 2003年第10期.

27. 郎情妾意. 北京: 北京文学, 2005年第8期.

28. 深秋的小妮. 南京: 钟山, 2006年第2期.

29. 月亮的温泉. 北京: 人民文学, 2006年第4期.

30. 木枕头. 贵阳: 山花, 2006年第5期.

31. 消失在布达拉宫的一头鹰. 北京: 中国作家, 2007年第1期.

32. 玄妙. 上海: 收获, 2007年第4期.

33. 晚风轻拂落霞湖. 新疆: 西部·华语文学, 2007年第8期.

34. 救月亮. 新疆: 西部·华语文学, 2007年第8期.

35. 向一棵桃树致敬. 南京: 雨花, 2007年第9期.

36. 沾露花粉. 上海: 上海文学, 2008年第1期.

37. 混沌年代. 广州: 花城, 2008年第2期.

38. 雪人. 北京: 人民文学, 2008年第6期.

39. "崔记"火车. 长春: 作家, 2008年第11期.

40. 端午诗篇. 石家庄: 长城, 2008年第12期.

41. 桃花渡. 北京: 人民文学, 2009年第4期.

42. 草上的竹筏. 北京: 中国作家, 2009年第7期.

43. 黑夜黑夜跑起来. 上海: 上海文学, 2009年第8期.

44. 蔡东的狩猎. 长春: 作家, 2009年第10期.

45. 花码头一夜风雪. 北京: 人民文学, 2009年第10期.

46. 另类报告. 北京: 人民文学, 2010年第2期.

47. 香炉山. 上海: 收获, 2010年第2期.

48.拈花桥.南京:钟山,2010年第3期.

49.到客船.南京:钟山,2011年第1期.

50.你的世界之外.上海:小说界,2011年第3期.

51.局部.上海:收获,2011年第4期.

52.五彩缤纷.长春:作家,2012年第10期.

53.亲人.长春:作家,2013年第1期.

54.逃票.北京:中国作家,2013年第9期.

55.独自升起.南京:钟山,2013年第5期.

56.幸存记.广州:花城,2014年第1期.

57.有一种人生叫与世隔绝.上海:上海文学,2014年第7期.

58.致音乐.长春:作家,2015年第1期.

59.公民的兵法.杭州:西湖,2015年第4期.

60.雪花禅.天津:小说月报·原创,2016年第5期.

61.天堂里的一座桥.海口:天涯,2016年第4期.

62.下一站是天堂.郑州:莽原,2017年第5期.

63.对岸.北京:十月,2020年第2期.

64.久违了,地平线.贵阳:山花,2020年第2期.

建议配合二维码一起使用本书

本书可免费定制三大个性化阅读服务方案▼

1. **轻松阅读**：提供随手易得的辅助阅读资料，每天读一点，看完即止；
2. **高效阅读**：让阅读事半功倍，专攻本书的核心阅读脉络，快速阅读本书；
3. **深度阅读**：提供更全面、更深度的拓展阅读资料，深入研究本书。

三种阅读方式：简单了解式阅读？高效快速阅读？深入研究式阅读？由你选择！

免费获取专属于你的《你的世界之外》阅读服务方案

本书具有让你时间花得少，阅读体验好的方法

[时间管理]
根据你阅读本书的目的，为你制订一套完整的、具体的阅读计划。

[阅读资料]
精准匹配与阅读需求一致的本书辅助资料或拓展阅读资料。

[社群共读]
群里都是同读本书的读者，你可以和他们共享本书相关知识，交流阅读经验，分享阅读感悟，并获取本书不定期的活动信息。

个性化阅读服务方案三大亮点

微信扫码

免费阅读定制方案

不论你只是想对本书知识简单了解，还是想短期内快速提升，或者想在这个方向深入挖掘，都可以通过微信扫描【本页】的二维码，根据指引，选择你的阅读方式，免费获得专属于你的个性化读书方案。帮你时间花得少，阅读效果好。